HOPE ET LES DONS MYSTIQUES

PRÉMONITION, TOME 2

DEANNA CHASE

Traduction par

LORRAINE COCQUELIN

Traduit de l'anglais par Lorraine Cocquelin pour Valentin Translation

Image de couverture © Ravven

ISBN: 978-1-953422-24-8

Bayou Moon Press, LLC

www.deannachase.com

RÉSUMÉ DU LIVRE

Hope Anderson adore sa vie. Son entreprise est florissante, elle a les meilleurs amis dont on puisse rêver et un coven sur lequel elle peut compter. Oh, et elle est célibataire depuis plus de quinze ans, ce qui lui convient très bien... jusqu'à ce que l'amour de sa vie, Lucas King, revienne en ville et sème le chaos dans tout ce qu'elle croyait savoir sur elle-même.

Comme si cela ne suffisait pas, maintenant sa mère débarque pour lui rappeler une malédiction qui s'abat sur toutes les femmes de la famille Anderson à l'âge de quarante-six ans. Et elle ne parle pas de bouffées de chaleur ni de sautes d'humeur. Mais la malédiction n'est peut-être pas une si mauvaise chose, parce qu'elle découvre bientôt que des drogues dangereuses circulent dans leur petite ville pittoresque. En fin de compte, Hope va avoir besoin de cette malédiction pour faire tomber les dealers et sauver tout ce qu'elle aime à Prémonition. La question est : Lucas saura-t-il lui prouver qu'il mérite de poursuivre l'aventure avec elle, ou s'en ira-t-elle comme elle l'a fait quinze ans plus tôt ?

CHAPITRE 1

— Il va me falloir plus de vin, lança Hope Anderson après avoir vidé son verre.

En ce début d'automne, la brise dérivant de la côte balaya ses cheveux, les lui mettant dans les yeux. Pendant un instant, elle ne vit plus ses deux compagnes de coven, qui lui souriaient depuis l'autre côté du feu de camp qu'elles avaient invoqué. Il s'agissait de leur réunion mensuelle sur la falaise surplombant l'océan Pacifique, à l'occasion de laquelle elles buvaient du vin, riaient et lançaient des sorts d'intention destinés à les aider à affronter ce qui les attendait, quel que soit le sujet en question au moment des rassemblements.

Malheureusement, ses amies avaient déjà refusé d'envoûter son ex pour qu'il retourne à Boston, alors la pilule était un peu amère à avaler.

— Puisque vous ne voulez pas me rendre service pour Lucas, ça vous dirait que l'on fasse quelque chose à propos de ça ? suggéra-t-elle en s'indiquant de la main. Je ne pense pas pouvoir supporter de trouver une nouvelle ride demain matin.

— Bien sûr. Faisons ça.

Joy, la première à se lever, tendit les mains à ses deux amies.

— Je te laisse faire, dit-elle à Hope.

Elle prit les mains de ses sœurs de coven et scanda :

— Déesse de la mer, entends ma prière. Adoucis mes imperfections, montre-moi sous un meilleur jour, efface dix années grâce au chatoiement de la lune.

Une étincelle de magie éclata, illuminant la nuit, avant de disparaître tout aussi vite.

Le silence s'installa, comme chaque fois après un sort. Peu après, ses amies se mirent à rire.

— Oh non. Qu'est-ce qui s'est passé ? demanda Hope, en priant pour ne pas s'être transformée en filtre Snapchat.

Grace Valentine ricana en remplissant le verre de Hope.

— Si tu te voyais, tu te marrerais, toi aussi. N'est-ce pas, Joy ?

Souriant, Joy Lansing rassembla ses cheveux en chignon.

— Elle serait sans doute hystérique. Je crois que je n'avais jamais vu un sort tourner si mal.

Hope se regarda et fronça les sourcils. Son jean ne s'était pas déchiré à l'entrejambe, son chemisier à fleurs n'était pas devenu un débardeur transparent.

— Mais de quoi est-ce que vous parlez ? Le sort n'a pas du tout fonctionné. J'ai demandé à ressembler à la moi d'il y a dix ans, et pourtant, j'ai toujours ce pantalon que Lex qualifierait de « jean de maman » et cette blouse qui, même si elle est jolie, n'a été achetée que pour cacher les quelques kilos en trop que je me trimballe depuis une dizaine d'années.

— Rien à voir avec tes fringues, expliqua Grace en attrapant un petit miroir dans son sac à main pour le lui tendre.

Depuis qu'elle fréquentait un homme de dix ans son cadet, elle portait un peu plus de maquillage et des vêtements encore plus élégants, qui mettaient en valeur sa silhouette pulpeuse.

Hope l'avait toujours trouvée jolie mais, récemment, elle était vraiment sensationnelle.

Hope inspira, puis leva le miroir… et poussa un cri. Ses cheveux arboraient désormais la même coiffure que dix ans plus tôt, cette même coupe associée à cette même couleur qui l'avaient horrifiée dès la sortie du salon et l'avaient empêchée de quitter la maison pendant une semaine avant de pouvoir réparer les dégâts. Ses anciennes longues boucles sombres avaient été remplacées par un carré inégal, éclairé par des mèches blondes.

— Par les burnes du sorcier ! s'écria-t-elle en se mettant à faire les cent pas. Ce n'était pas ce que je voulais quand j'ai demandé à avoir dix ans de moins.

— Je n'en reviens toujours pas que tu n'aies pas réussi à te faire rembourser pour cette coiffure horrible, commenta Joy en secouant la tête tristement. Tu méritais un dédommagement pour le préjudice moral.

Hope se rassit et se couvrit les cheveux des deux mains.

— Comme si ça ne suffisait pas que je me retrouve à devoir bosser avec Lucas, voilà que je ressemble à un modèle d'école de coiffure.

Lucas King, pensa-t-elle en ravalant un soupir. Il était réapparu dans sa vie quelques semaines plus tôt et, depuis, elle était complètement chamboulée. Elle était persuadée que si le sort avait aussi mal tourné, c'était parce que Lucas était revenu à Prémonition, ruinant totalement son *mojo* par sa seule présence.

— Nous pouvons arranger ça, déclara Grace en venant s'asseoir à côté d'elle. Nous pouvons lancer un sort de réparation. Et si ça ne marche pas, nous irons à *Espace liminal* demander à Lance de faire des miracles.

Hope regarda les belles boucles auburn de son amie et se renfrogna.

— Facile à dire pour toi. On dirait que tu sors d'une pub pour shampooing.

Grace secoua la tête en pouffant.

— Ce n'est pas la fin du monde. Tu n'as pas filé de l'acné ou des verrues génitales à quelqu'un, contrairement à moi quand ma magie a été hors de contrôle. Ce n'est qu'une coupe de cheveux. Allez, lève-toi, on va voir ce qu'on peut faire.

— Pourquoi pas ? répliqua Hope. Ça ne peut pas être pire, de toute façon, n'est-ce pas ?

— Tu viens sans doute de te porter la poisse, intervint Joy en sortant trois bougies cylindriques de son sac de magie.

— Non. Je vous fais confiance.

Elle se mit debout et tendit les mains sur les côtés, comme ses deux sœurs dans le coven.

« Tant qu'on y est, on pourrait peut-être jeter un sort à Paul pour qu'il ait une érection, histoire que je tire enfin mon coup. »

— Quoi ? s'écria Hope, se tournant vers Joy.

Elle aurait juré avoir entendu sa grande amie élancée parler d'ensorceler son mari, sauf que ses lèvres n'avaient pas bougé.

— Hein ? demanda cette dernière en haussant les sourcils. Je n'ai rien dit.

— Je croyais que tu avais proposé de jeter un sort à Paul afin que tu puisses… hum… t'amuser un peu, avoua Hope.

Voyant son amie écarquiller les yeux, elle se marra.

— Je… hum… Je n'ai jamais dit ça, balbutia Joy, qui avait presque l'air horrifiée.

Grace explosa de rire.

— Je n'imagine pas Joy dire ça, mais ce n'est pas une mauvaise idée. À ce stade, ça ne peut pas faire de mal, si ?

— Donc tu ne l'as pas entendue parler ? l'interrogea Hope, se demandant si elle perdait la tête.

— Non. Mais qu'est-ce que tu en penses, Joy ? Devrions-nous essayer ? questionna Grace avec un sourire espiègle.

— Je ne... hum... ce serait mal, non ?

Joy détourna le regard un instant, puis se concentra à nouveau sur elles.

— Mais en même temps, que peut-il arriver de pire ? Qu'il ait une érection ? Ce n'est pas une mauvaise chose, n'est-ce pas ?

— Je dirais même que c'est une très bonne chose, répliqua Grace. Allez, viens. Occupons-nous des cheveux de Hope, puis nous te donnerons du travail pour plus tard.

Elle fit un clin d'œil à Joy.

« Peut-être qu'Owen pourrait emmener Paul dans ce magasin pour adultes et lui montrer le lubrifiant parfumé qu'il a découvert l'autre jour, ou quelque chose de plus excitant, comme des pinces à tétons. Quelque chose qui le ferait sortir de sa période de sécheresse sexuelle. »

Hope dévisagea son amie, bouche bée.

— Quoi ? Je ne suggère pas de modifier son anatomie. Juste de mettre un peu de carburant dans la machine, s'agaça Grace.

— Des pinces à téton ? demanda-t-elle.

Grace la fixa un long moment, puis fit la moue, méditative.

— Hope, es-tu en train de faire de la télépathie ?

— Attends, intervint Joy. Tu lis dans nos pensées ?

Elle posa vivement une main sur ses lèvres et poussa un petit cri.

— Tu lis *vraiment* dans nos pensées. Qu'est-ce qui se passe, Hope ? Depuis quand et pourquoi n'as-tu rien dit ?

— Je...

Hope secoua la tête.

— Je ne sais pas du tout ce qu'il m'arrive, avoua-t-elle, avant de regarder Grace. Tu viens de penser qu'Owen pourrait emmener Paul dans le magasin pour adultes, n'est-ce pas ?

— Oui, acquiesça son amie.

— Tu as pensé à du lubrifiant parfumé et des pinces à tétons, c'est bien ça ?

— Oui.

— Oh, par la déesse, comment on peut arrêter ça ? Je ne veux pas de tes pensées cochonnes dans ma tête, marmonna Hope en retournant s'installer sur le rondin de bois. C'est un cauchemar. Comment ? Pourquoi ? Je n'avais jamais entendu les pensées de personne. C'est à cause de la pleine lune ? Ou bien quelqu'un m'a maudite ?

— Ouah, calme-toi, répliqua Grace en venant s'asseoir à côté d'elle pour l'entourer d'un bras. Tu n'avais jamais lu dans l'esprit de quelqu'un, avant ?

— Non, et toi ?

Grace secoua la tête.

— Non. Mais, jusqu'au mois dernier, je n'avais jamais jeté de sort à quelqu'un pour lui donner de l'acné ou des verrues génitales. Est-ce que tu sais que j'ai déchiré par inadvertance le pantalon de Bill l'autre jour, de haut en bas ?

— Tu te fiches de nous, dit Joy, les yeux écarquillés.

— Non. Je suis tombée sur lui alors que je faisais visiter une maison, et il a tenté de s'attribuer le mérite de mon succès. À ce moment-là, je me suis dit qu'il s'exhibait encore et qu'il n'y en avait que pour ses fesses, à ce connard égoïste. Et l'instant d'après, il y a eu un bruit de déchirure. Le plus drôle dans l'histoire, c'était qu'il ne portait rien en dessous.

Elle riait tellement fort qu'elle en postillonnait. Elle s'essuya les yeux et tenta de reprendre son souffle.

— Son client s'est ravisé rapidement, si bien que la mienne

s'est retrouvée seule enchérisseuse pour la maison, au lieu de la guerre des enchères que nous pensions avoir. Elle a fait une super affaire.

— Est-ce que c'est éthique, demanda Joy, de maudire un compétiteur pour obtenir une meilleure offre pour tes clients ?

— Je ne l'ai pas fait exprès ! insista Grace. C'est arrivé… comme ça. Mais c'est là que je veux en venir. Hope n'a pas volontairement écouté nos pensées. La question est : peut-elle se contrôler ? Jusqu'ici, je n'ai, pour ma part, pas encore réussi à maîtriser totalement mes sorts de vengeance. Je vais m'énerver, songer à quelque chose, et, la seconde suivante, la garce du bureau va avoir de l'acné.

Elle haussa les épaules.

— Je fais des efforts pour essayer d'avoir des pensées plus charitables, mais les choses m'échappent parfois.

Hope gémit.

— Par pitié, faites que ce ne soit que temporaire. Je vous aime, les filles, mais je ne veux rien entendre sur vos vies sexuelles.

Grace pouffa tandis que Joy faisait la grimace et se cachait le visage. Lorsqu'elle leva enfin les yeux, elle regarda Grace.

— Des pinces à tétons ? Tu es sérieuse, là ? C'est ce qui vous branche, Owen et toi ?

— Non, répliqua Grace en rigolant. Mais à ta place, je tenterais le coup. Franchement, Joy. Tu mérites d'avoir une vie sexuelle. Ce n'est pas parce que tu es mariée depuis près de trente ans que tu dois rester sur la touche.

L'intéressée soupira.

— Je veux bien essayer quelque chose. Le truc, c'est que…

Elle secoua la tête.

— Je ne sais même pas quel est le problème. Paul n'a jamais été du genre à le faire tous les soirs, mais je pouvais au moins compter sur une fois par semaine. Sauf que toute l'année écoulée a été une période de sécheresse, et on n'en parle pas du tout.

— Alors donnons-lui matière à discuter.

Hope se releva, fit signe à ses amies de l'imiter, puis elle claqua des doigts. Les bougies s'allumèrent, dansant follement dans la brise. Elle leva les mains vers le ciel et entonna :

— Déesse de la mer, entends nos désirs.

Joy et Grace répétèrent ses paroles.

— Que le pouvoir du vent et de l'océan inverse ce sort de jeunesse et me redonne ma coiffure naturelle.

La magie traversa leur cercle à deux reprises en sifflant, avant de s'attarder sur les cheveux de Hope, comme la fois précédente. Quelques secondes plus tard, elle disparut et les bougies s'éteignirent.

— Ça a marché ? demanda Hope, hésitante.

Grace et Joy échangèrent un regard inquiet.

— Ça n'a pas fonctionné, c'est ça ?

Elle tendit la main vers ses cheveux. Ils étaient plus longs, c'était déjà ça, mais semblaient aussi plus indomptables, comme si elle avait oublié d'utiliser des produits pour les arranger.

— Oh, non.

— Tu as demandé à retrouver ta coiffure naturelle, commenta Grace.

— Je ne pensais pas à… Peu importe.

Elle sortit un élastique de sa poche et tenta de discipliner un peu ses cheveux.

— Je prendrai rendez-vous avec Lance à la première heure.

— Bonne idée, approuva Grace. Et maintenant, si nous redonnions un peu de magie à la chambre à coucher de Joy ?

Une demi-heure plus tard, après qu'elles eurent lancé un

sort à Paul pour qu'il puisse avoir une érection, Grace et Joy l'enlacèrent et lui firent ses adieux, avant de rentrer chez elles rejoindre leurs hommes. Hope s'attarda sur la falaise, s'approchant du bord pour observer les vagues s'écrasant en bas. À minuit, elle prendrait une année. En temps normal, elle l'accepterait sans sourciller ; elle croquait la vie à pleines dents, après tout. Cette année toutefois, il y avait Lucas. Dès qu'elle le voyait, elle se demandait à quoi sa vie aurait ressemblé s'il ne s'était pas éloigné d'elle... deux fois.

Elle grogna de frustration, essayant d'oublier qu'elle devait jouer les hôtesses lors de l'événement portes ouvertes du nouveau magasin de Lucas, *Innovation Intérieure,* le lendemain soir.

Cela allait être son pire anniversaire depuis des années.

Le vent s'enroula autour d'elle, repoussant ses cheveux rebelles. Et alors qu'elle se tenait debout face aux éléments, elle entendit le murmure du vent : « *Il est là. Si tu acceptes ce qui t'est offert, ta vie et celle de tous les autres changeront à jamais.* »

CHAPITRE 2

— Hope ? C'est toi ? s'écria Angela Anderson dès que Hope entra dans son mignon cottage bleu turquoise.

— Non, c'est Betty White. Tu devrais sortir la belle vaisselle, répliqua-t-elle en levant les yeux au ciel.

Qui d'autre cela pourrait être ? Elle vivait seule… du moins avant que sa mère n'emménage la semaine précédente. Elle ignorait toujours combien de temps celle-ci comptait rester.

— Très drôle.

Angela entra dans la cuisine, une tiare en strass sur la tête et deux coupes de champagne à la main. Deux ans plus tôt environ, elle avait décidé de laisser ses longs cheveux blonds au naturel. Ils étaient donc désormais d'un gris argenté magnifique qui rendait Hope envieuse, car elle savait déjà qu'elle n'avait pas eu la chance d'hériter d'un tel miracle.

— Bon anniversaire, ma puce ! Quarante-six ans, ouah !

Hope prit la flûte, trinqua avec sa mère et avala le champagne.

— Merci, maman.

Sans tarder, elle la contourna, dans l'intention de pénétrer dans la cuisine, mais se figea en percevant sa voix dans sa tête.

« Tout va changer, mon lapin. »

Hope pivota vers elle et lui lança un regard soupçonneux.

— Tu le savais ?

— Savais quoi ? répliqua Angela avec désinvolture, feignant clairement l'ignorance.

Elle fixa sa mère dans les yeux.

— Maman, ne te fiche pas de moi. Qu'est-ce que tu voulais dire par « tout va changer » ?

— Alors comme ça, tu m'as entendue, commenta sa mère en hochant la tête.

Puis elle récupéra la flûte des mains de Hope et se rendit à la cuisine.

Soupirant de frustration, elle la suivit et s'appuya contre le plan de travail tandis que sa mère remplissait leurs coupes et préparait deux parts de cheesecake au chocolat.

— Viens, dit celle-ci en posant champagne et dessert sur la table de la cuisine. Assieds-toi. Nous allons célébrer ton anniversaire.

— Je ne suis pas d'humeur à faire la fête, rétorqua-t-elle, s'installant tout de même pour prendre la fourchette.

Sa mère pouffa.

— D'accord. Nous ne le fêterons pas.

Elle dévisagea la femme qui l'avait élevée en parvenant à peine à calmer son irritation. Angela Anderson était une mère célibataire qui s'était démenée pour s'assurer que Hope ait tout ce dont elle avait besoin, y compris la possibilité d'aller à l'université. Sur le papier, c'était une mère géniale. Sauf que dès que Hope avait eu dix-huit ans et avait commencé la fac, Angela avait mis les voiles, la laissant seule. Le plus frustrant, c'était qu'elle revenait de temps en temps à Prémonition, agissant comme si elle n'en était jamais partie et essayant de dire à Hope comment vivre sa vie. Hope était persuadée que ce que sa mère comptait lui dire n'était que du réchauffé.

« Tu as besoin d'aventure, Hope. » « Oublie Lucas et tombe amoureuse d'un autre homme, Hope. » « Vis ta vie ou tu vas le regretter, Hope. »

Elle grogna tout bas. Elle n'avait pas envie de l'entendre. Ni maintenant ni jamais.

— Je ne vais pas te faire de sermon, mon lapin, déclara Angela, un petit sourire aux lèvres. C'est terminé.

Hope cilla.

— Tu viens d'entendre mes pensées ?

— À ton avis ?

L'irritation se transforma en frustration pure. Hope lança un regard assassin à sa mère.

— Ne fais pas ça. Pas maintenant. Tout à l'heure, j'ai entendu celles de Joy et Grace, et là, on dirait que tu essaies de t'amuser avec moi. Je n'ai aucune patience pour les jeux. Dis-moi ce qu'il se passe.

Angela hocha lentement la tête, posa les mains à plat sur la table et fit la moue, réfléchissant.

— Je ne suis pas rentrée à la maison pour fêter ton anniversaire.

— D'accord.

Hope s'adossa à sa chaise et croisa les bras.

— Alors, qu'est-ce que tu fais là ? Tu démarres une nouvelle entreprise ? Tu as encore rencontré un homme ? Ou bien une femme ?

Sa mère fréquentait tous les genres. Sa seule constante, c'est de ne pas être restée avec la même personne plus de quelques mois. En dehors du fait que Hope ne sortait qu'avec des hommes, sa mère et elle avaient de nombreux points communs en matière de vie amoureuse : elles n'étaient jamais en couple longtemps.

— Non. Je suis venue t'aider pour la transition.

Sa mère lui sourit.

— La ménopause, tu veux dire ? Parce que si c'est ça, je pense que je gère très bien, rétorqua-t-elle, fatiguée de se faire balader par sa mère.

— Non, pas ça, mon lapin.

Sa mère se caressa le bas du menton.

— Tu devrais sortir ta pince à épiler, ce soir, indiqua-t-elle.

Incapable de s'en empêcher, Hope se toucha la même zone et fit la grimace.

— Merci. Tu es hyper serviable.

— Je prends toujours soin de ma fille.

— Si seulement c'était vrai, rétorqua-t-elle sèchement.

Angela soupira et se pencha en avant.

— C'est la vérité, Hope. Si j'ai gardé mes distances, c'est pour une bonne raison, et pas parce que je ne voulais pas être là.

— Tu n'as aucune explication à me donner.

Elle ne voulait en entendre aucune, en tout cas. Pendant longtemps, elle avait reproché à sa mère de s'être tirée de Prémonition en la laissant seule à un si jeune âge. Désormais, elle avait mis sa rancune de côté, pour l'essentiel, et accepté que sa mère puisse avoir d'autres priorités.

— Hope, dit celle-ci, exaspérée. J'essaie de te dire quelque chose d'important. C'est lié au fait que tu entendes soudain les pensées de tes amies.

Hope cilla, stupéfaite. Elle posa les coudes sur la table et se pencha en avant.

— D'accord. Tu as toute mon attention.

— Trois mois avant tes dix-huit ans, j'ai eu quarante-six

ans, et j'ai alors reçu la malédiction qui me venait de mon arrière-grand-mère Moira Anderson.

Angela ferma les yeux quelques instants, puis avala un peu de champagne avant de poursuivre.

— Toutes les femmes Anderson de la lignée de Moira sont maudites quand elles atteignent leurs quarante-six ans. Apparemment, il s'agit d'un sort qui a mal tourné et qu'aucun sorcier n'a réussi à inverser.

La prise de conscience s'imposa à Hope.

— Ta malédiction, c'est la télépathie ?

Angela acquiesça.

— Chez moi, c'est incontrôlable. J'entends les pensées de presque tout le monde. C'est écrasant. C'est devenu un peu plus facile à gérer ces dernières années, mais je ne parviens toujours pas à bloquer celles de mes proches.

Elle a lu dans mon esprit tout ce temps ? Sainte mère de la déesse, songea Hope.

— Voilà pourquoi je suis partie, expliqua Angela, les yeux rivés sur sa part de cheesecake à laquelle elle n'avait pas touché.

Une vague de colère envahit Hope, qui se leva si vite que sa chaise tomba en arrière.

— Alors non seulement tu pouvais écouter dans mon esprit, mais en plus tu ne m'as rien dit. Et tu es partie, me faisant croire… Oh, bon sang. Peu importe ce que j'ai cru.

Elle leva les mains au ciel et quitta la cuisine au pas de course. Elle n'arriverait jamais à parler calmement à sa mère. Pas en cet instant. Pas alors qu'elle avait l'impression d'avoir été éventrée. Elle avait passé les vingt-huit dernières années à croire que sa mère l'avait abandonnée. Et chaque fois qu'elles s'étaient revues pendant cette période, elle en voulait tellement à sa mère qu'elle avait dû penser des choses horribles à son sujet, qu'elle n'avait toutefois jamais exprimées à voix haute. Sauf que sa mère les avait entendues.

— Hope ! Attends ! s'écria Angela en se précipitant derrière elle.

— Pourquoi ? rétorqua-t-elle en tournant vivement sur ses talons, tremblant de tout son être à cause des émotions qui la tourmentaient. Tu as tu cette information pendant vingt-huit ans. Pourquoi en parler maintenant ?

— Parce que je souhaite t'aider à vivre avec ça.

« Je ne veux pas que tu souffres comme moi. »

Ce furent les pensées de sa mère, et non ses paroles exprimées, qui vidèrent Hope de toute sa colère. Ses épaules s'affaissèrent et, une paume sur le front, elle retourna dans le salon pour s'asseoir sur un fauteuil rembourré.

Angela s'installa sur le coin du canapé, tout au bord, les mains serrées.

— Je te dois une explication.

— C'est un euphémisme, répliqua Hope en se mettant en boule, ne regardant sa mère que du coin de l'œil.

Le silence s'étira un long moment avant qu'Angela ne prenne la parole.

— Je suis désolée, Hope. Je sais l'effet que mon silence a eu sur toi. Ma seule défense, c'est que je voulais que tu puisses avoir une vie normale le plus longtemps possible, sans te soucier sans cesse de cette malédiction.

Hope fronça encore plus les sourcils.

— Je ne comprends pas. Quel aurait été le mal à m'en parler ? Au moins, j'aurais été préparée, quand j'ai entendu les pensées de mes amies pour la première fois.

Angela observa ses ongles comme s'il s'agissait de la chose la plus intéressante qu'elle ait vue depuis des années.

— Tu ne comprends pas. Je savais pour la malédiction avant

d'en être victime. Ma grand-mère m'en avait parlé à ta naissance. J'ai passé dix-sept ans à m'inquiéter de l'effet que ça aurait sur ma santé mentale et mes relations. Mamie Rosie était persuadée que c'était pour cette raison que ma mère est morte jeune. Sa mort a été déclarée comme un accident, puisqu'elle a fait une sortie de route, mais Rosie n'était pas convaincue que ce soit la vérité. Ma mère gérait mal le fait de percevoir les pensées des autres.

— Elle croyait que mamie Mary s'était volontairement jetée du haut de cette falaise ? demanda-t-elle, horrifiée.

Elle connaissait l'histoire. La mère de sa mère était sortie en pleine tempête, prétendument pour acheter du lait et des œufs, et n'était jamais revenue. Sauf que Harriet, leur voisine de longue date, avait toujours déclaré n'avoir jamais compris ce qui avait justifié cette sortie, puisqu'il y avait quatre litres de lait et une boîte remplie d'œufs au frigo ce soir-là. Harriet le savait bien, étant donné que c'était elle qui était restée avec Angela après avoir appris l'accident de Mary, et elle qui avait préparé le déjeuner d'Angela le lendemain matin.

— Oui. Elle était certaine que ce n'était pas un accident, mais elle n'a rien dit afin de préserver notre honneur.

Vu le dégoût qu'affichait sa mère, Hope s'interrogea pour la première fois sur la relation que sa mère avait entretenue avec sa grand-mère.

Elle savait qu'Angela ne s'était pas très bien entendue avec sa propre mère, mais elle l'avait crue proche de sa mamie Rosie. *Est-ce que c'est pour ça que c'était toujours aussi tendu entre elles ? Est-ce que maman lui reprochait la malédiction ?*

— Non, mon lapin. Je ne la lui reprochais pas, mais j'ai longtemps été en colère contre ma grand-mère pour ne pas m'avoir dit honnêtement ce qui s'était passé, répondit Angela, qui semblait triste. J'en voulais au monde entier, à cette époque-là.

Sauf à toi. Ça m'a dévastée de devoir partir. Mais il faut bien que tu comprennes que dès que j'ai commencé à entendre les pensées des gens, c'est devenu insupportable. Je n'arrivais pas à les faire taire. C'était incessant. Pour mon propre bien et pour que tu aies ton intimité, je devais vivre seule. Je n'avais pas du tout besoin d'entendre les pensées secrètes de ma fille de dix-huit ans.

Bouchée bée, Hope dévisagea sa mère en se demandant ce que celle-ci avait pu entendre dans son esprit. À dix-huit ans, Hope était follement amoureuse de Lucas. Ils sortaient ensemble depuis six mois, et il avait été son premier, dans tous les domaines… *Oh bon sang,* songea-t-elle, se sentant rougir d'embarras. Elle ne pouvait qu'imaginer les pensées et les scènes qui avaient pu tourner en boucle dans sa tête à cet âge-là.

Angela opina.

— Tu avais besoin d'intimité. Je te l'ai offerte, tout en préservant ma santé mentale.

Hope lui lança un regard agacé.

— Pourquoi est-ce que tu ne m'as rien dit ? Je n'aurais peut-être pas passé les vingt-huit dernières années à t'en vouloir.

Inutile de ne pas formuler ses pensées, puisque – elle commençait à le réaliser – sa mère allait les entendre tout de même.

— J'essayais de te protéger. Je n'avais pas envie que tu connaisses les mêmes angoisses et tourments que moi. Pourquoi t'en parler et laisser cette malédiction influencer ton existence tout entière avant qu'elle n'intervienne ? Je voulais que tu puisses avoir la vie normale que je n'avais pas eue. Je l'ai fait pour te rendre service.

Lui rendre service ? Était-ce lui rendre service que de lui faire croire que sa mère l'avait abandonnée ? Cela lui avait-il rendu service quand Lucas était parti, lui donnant le sentiment que quelque chose clochait chez elle, puisque tous ceux qu'elle aimait le plus la quittaient ? Elle observa sa mère, nota son expression douloureuse, et se rendit compte qu'elle avait lu dans ses pensées.

Les larmes montèrent aux yeux d'Angela, et Hope sut qu'elle devait dire quelque chose, n'importe quoi indiquant qu'elle comprenait que sa mère ne l'avait pas fait souffrir volontairement ; que, même si elle n'était pas d'accord avec celle-ci sur le fait qu'il valait mieux lui taire la vérité, elle pouvait au moins saisir les raisons de sa mère. Elle fut toutefois incapable de se forcer à prononcer ces paroles. Elle se sentait engourdie.

— Je ne peux pas faire ça maintenant, avoua-t-elle en se levant du fauteuil. Il… Il faut que j'assimile tout ça.

— Je comprends.

Angela lui prit la main et la serra gentiment. Comme elle ne réagit pas, Angela la lâcha en soupirant.

— Je serai là quand tu seras prête à parler.

Hope hocha la tête et partit se cloîtrer dans sa chambre.

Elle s'appuya contre la porte et ferma les yeux, se demandant s'il existait un sort permettant de remonter le temps. Quelques semaines plus tôt à peine, elle menait une vie parfaitement satisfaisante. Elle fréquentait un homme qui voulait la même chose qu'elle : juste s'amuser. Pas d'engagement, pas d'attentes. Puis Lucas était revenu en ville, et elle ne s'était plus intéressée à son amourette. Et maintenant, voilà que sa mère était là aussi, prête à parler pour la première fois depuis son départ. C'était trop difficile à supporter. Lucas et sa mère semaient la pagaille dans cette vie qu'elle s'était créée à Prémonition.

— Non, rétorqua-t-elle en secouant la tête. Ça n'arrivera pas. Ni aujourd'hui, ni demain, ni la semaine prochaine.

Peu importait les raisons de leur présence en ville ou le fait qu'elle puisse désormais lire dans les pensées. Elle ne laisserait rien ni personne la déstabiliser.

Elle sortit son portable de la poche et composa le numéro de Benji.

— *Salut, ma beauté. Ça faisait longtemps.*

Elle pouvait entendre le sourire dans sa voix, ce qui la calma légèrement. Benji était un homme décontracté, et elle passait toujours du bon temps avec lui.

— J'ai été un peu occupée. Et toi, alors ? Tu ne m'as pas appelée non plus.

Il rit.

— *Tu me connais. Je suis le mouvement. Je viens de passer quelques mois à Hawaï. Mais je suis revenu,* ajouta-t-il, sur un ton suggestif et aguicheur.

— Est-ce que tu es libre ce week-end ? Samedi soir ?

— *Je viens te chercher à sept heures.*

— Parfait.

En raccrochant, elle s'attendait à se sentir redevenue elle-même. Cependant, elle éprouvait un léger malaise.

— Merde, marmonna-t-elle en allant s'affaler sur le lit, dérangeant la pile de coussins.

CHAPITRE 3

Hope gara sa Toyota Highlander dans la dernière place disponible puis traversa le parking en courant sous le léger crachin pour entrer dans *Espace liminal.* Après avoir regardé des rediffusions des *Craquantes* jusqu'à deux heures du matin, elle avait fini par s'endormir et ne s'était réveillée que vingt minutes après que le salon avait ouvert. Puisqu'elle l'avait supplié, Lance avait accepté de s'occuper de sa coiffure, mais à la condition qu'elle arrive tout de suite.

— Je suis là, s'écria-t-elle en franchissant la porte.

Lance, en train de faire un brushing à Gigi Martin, se tourna vers elle et poussa un cri de surprise si fort qu'il fut audible par-dessus le sèche-cheveux.

— Oh, ça va, ce n'est pas si terrible que ça, répliqua-t-elle en tentant d'aplatir ses boucles indisciplinées.

Gigi croisa son regard dans le miroir et fit une grimace. Gigi venait de s'installer en ville. Elle avait quitté son mari violent et acheté l'une des maisons que Grace avait eu pour mission de vendre dès son arrivée chez *Landers Immobilier.* Gigi portait une robe d'été blanche et avait la peau bronzée. Ses cheveux blond miel semblaient briller, ce qui donna encore plus à Hope le sentiment d'être une créature de marécage.

— Merde. C'est vraiment si affreux que ça, alors ?

Elle s'affala sur le comptoir d'accueil, se cachant le visage.

— Ne t'en fais pas, Hope, la rassura Lance. Tu es au bon endroit. Je vais te faire redevenir un cygne.

Elle leva la tête pour observer le magnifique homme noir et lui adressa un faible sourire.

— Tu as du pain sur la planche.

— Oh, ma chérie. Si je peux transformer une drag-queen d'un mètre quatre-vingt-quinze avec une barbe de trois jours en super top model, alors tu n'as aucune raison de t'inquiéter. Je vais m'occuper de tes boucles et de ta barbe.

— Ma barbe ? s'écria-t-elle d'une voix suraiguë.

Il se tapota le menton et lui fit un clin d'œil.

— Ça arrive aux meilleurs d'entre nous, mon trésor. C'est pour ça que tu es venue, non ? Tonton Lance a la situation bien en main.

— Une barbe ? demanda Gigi à Lance.

Hope s'assit pour attendre son tour.

— Vous n'avez pas à vous en inquiéter, mademoiselle Gigi. Pas avant dix ans, au moins.

Il reprit le brushing et, dix minutes plus tard, il l'aida à se relever.

Gigi, qui se déplaçait toujours avec la grâce d'une danseuse, rejoignit l'accueil. Elle jeta un coup d'œil à Hope. *« Jolie peau. Je me demande quels produits elle utilise. »*

— Gamme Noisette de Sorcières, répliqua machinalement Hope.

Gigi tressaillit.

— Quoi ?

Hope répéta et ajouta :

— Mes produits de beauté. Vous m'avez demandé ce que j'achetais.

— Ah bon ?

Gigi la regarda d'une façon étrange, avant de lâcher un rire nerveux.

— Je ne m'étais pas rendu compte que je l'avais dit à voix haute.

Oh bon sang. Ce n'était sans doute pas le cas. Mais puisque Hope refusait d'admettre qu'elle avait perçu les pensées de quelqu'un, elle haussa les épaules.

— Vous pouvez les trouver au magasin bio à quelques rues d'ici.

— C'est bon à savoir, merci, répondit Gigi en souriant. Bonne chance avec vos cheveux. Je suis sûre que Lance va faire des miracles.

— Que la déesse vous entende, répliqua Hope.

— Ne t'en fais pas pour ça, intervint Lance en lui faisant signe de s'approcher. Je ne sais pas ce qui t'est arrivé mais, dans quelques minutes, tu ne te reconnaîtras plus.

Trop tard, songea-t-elle. Depuis qu'elle percevait les pensées des autres, elle avait l'impression que son cerveau lui avait été enlevé pour être remplacé par une version défectueuse.

« Ces sorcières et leurs sorts de beauté. Je suis épaté qu'elle n'ait pas perdu tous ses cheveux. »

— J'aurais pu en perdre mes cheveux ? s'écria-t-elle, avant de plaquer une main sur ses lèvres.

Lance contourna le siège sur lequel elle était installée et la regarda droit dans les yeux.

« Tu peux m'entendre. »

Elle hocha la tête, la bouche toujours cachée.

— Eh bien, voilà qui est intéressant, commenta-t-il, visiblement amusé. C'est nouveau, non ?

Elle opina.

— Alors, qu'as-tu entendu de plus croustillant et inavouable ? demanda-t-il en lui passant les mains dans les cheveux.

Elle explosa de rire.

— Je ne te le dirai pas. Ça me donne déjà l'impression d'être une fille louche.

Il haussa un sourcil.

— Tu n'as rien révélé à Grace et Joy ?

— Je n'en ai pas eu besoin. C'est l'une d'elles qui a eu cette pensée, répondit-elle en pouffant.

— Ah, ça devient intéressant.

Il fit descendre le siège et lui tendit la main.

— Viens. Nous devons mettre ce bazar dans les bonnes dispositions avant de pouvoir en faire quelque chose.

Une fois qu'elle fut installée au bac, Lance fit signe à l'une de ses assistantes de s'éloigner et se chargea lui-même du shampooing.

— Alors, c'était Grace ou Joy ? Joy, je parie.

Hope pouffa, puis poussa un soupir de contentement quand il entreprit de lui masser le crâne.

— Comment as-tu deviné ?

— Grace est un livre ouvert. Joy est plus réservée. Tu sais ce qu'on dit sur les plus timides.

— Oui. Tu as raison. Mais je ne te dirai rien. C'est entre Paul et elle.

Lance ricana avec dérision.

— Paul. C'est quelque chose, ce type, hein ?

Elle ouvrit les yeux.

— Qu'est-ce que tu veux dire ?

Il haussa les épaules.

— Simplement qu'il n'a pas l'air d'apprécier ce qu'il a. Joy mérite mieux.

Elle était sur le point de lui faire préciser son observation, quand elle perçut sa pensée suivante.

« Bon sang, ma fille. Tes cheveux, c'est un véritable carnage. Je vais devoir en couper beaucoup pour rattraper le coup. »

— Les couper ? s'exclama-t-elle. Quelle longueur ?

Il la dévisagea.

— Tu peux vraiment lire dans les pensées. Je vais devoir faire attention à les garder tout public.

— Je me fiche de tes idées cochonnes, insista-t-elle. Je veux savoir ce que tu comptes faire de mes cheveux !

— Détends-toi, Anderson. Je vais te faire une nouvelle coupe si sexy que Lucas te suppliera de te raccompagner chez toi ce soir.

Elle referma les yeux et le maudit d'avoir évoqué l'amour de sa vie, alors que ça faisait bien une heure qu'elle n'avait pas songé à lui.

— Il peut toujours supplier, ça n'arrivera pas.

— Mmh mmh, répliqua Lance, plus sceptique tu meurs.

— Crois ce que tu veux. C'est fini depuis des années.

— Si tu le dis.

Il termina le shampooing et les soins, puis la ramena à son siège.

— Maintenant, laisse-moi faire. Tu as des demandes particulières ?

Elle le regarda à travers le miroir.

— Si je te dis de faire des miracles, comme tu en es capable, peux-tu me promettre que je serai plus sexy qu'il y a quinze ans ?

Il pouffa.

— Hope Anderson, tu l'es déjà. Tu as pris de l'âge, de la sagesse et du caractère, et ça a fait de toi une femme d'affaires qui déchire. Mais oui, je peux t'assurer que si tu m'autorises à me lâcher, tu te sentiras bien plus canon qu'il y a quinze ans quand tu quitteras le salon tout à l'heure.

Un rire monta en Hope.

— Tu es un beau parleur, Lance. Je ne suis pas certaine de te croire, mais faisons-le quand même. Rends-moi superbe.

— Je vais faire de mon mieux.

Il se mit à l'ouvrage. Heureusement, ses pensées furent étouffées par le sèche-cheveux qu'utilisait l'un des autres coiffeurs.

Une heure plus tard, Lance détacha la cape des épaules de Hope et la fit pivoter afin qu'elle puisse se voir dans le miroir.

Elle inspira vivement, surprise. Ses boucles noires avaient été raccourcies, coupées en un carré plus court à l'arrière et plus long sur le devant.

— Tu m'as vraiment rendue superbe.

— Non, tu l'étais déjà, ma belle, répliqua-t-il en lui faisant un clin d'œil séducteur. Je n'ai fait qu'un peu d'entretien. Tu es prête pour l'épilation ?

Elle hocha la tête et le suivit au fond du salon, où il la confia à Carrie, l'une de ses esthéticiennes de longue date.

— Bonjour, Hope. Contente de vous revoir, la salua la femme de grande taille aux longs cheveux noirs.

Elle décocha un sourire à Hope qui n'atteignit pas son regard, ce qui l'inquiéta. Carrie faisait partie de ces gens toujours heureux, alors c'était très inhabituel de tomber sur l'un de ses mauvais jours.

— Moi aussi. Ça fait longtemps. Vous avez du pain sur la planche.

Carrie sourit.

— Ne vous en faites pas, je m'occupe de vous. Allongez-vous sur la table, je vais tout arranger. Lance m'a dit que vous aviez besoin d'une épilation du menton.

Hope hocha la tête.

— Autant faire la lèvre et les sourcils aussi.

— Ça marche.

Carrie prépara sa torture épilatoire, puis la dévisagea. « *Si je pouvais la convaincre de se teindre les cils et les sourcils, ça me permettrait de payer mon loyer cette semaine.* »

— Faites-le, lança Hope, qui voulait apaiser l'inquiétude de l'autre femme.

— Faire quoi ? demanda Carrie, les sourcils froncés.

— Oh… euh… votre travail. Enfin, tout ce qui est nécessaire pour donner un coup de jeune à ça.

Elle indiqua son visage, espérant avoir réussi à cacher le fait qu'elle avait entendu les pensées de l'autre femme.

— Ah. Compris, répondit Carrie et, quand elle sourit cette fois-ci, ses yeux pétillèrent. Je me demandais si vous teindre les cils et les sourcils vous intéresserait. Je pourrais aussi vous faire un soin du visage si ça vous…

— Ça a l'air super.

Elle avait entendu le soulagement dans la voix de l'esthéticienne quand elle lui avait dit vouloir plus de services. Elle semblait dans une situation tendue financièrement ; si Hope pouvait faire quoi que ce soit pour la soulager, elle le ferait. Et ce ne serait pas plus mal qu'elle soit toute en beauté pour la soirée portes ouvertes de Lucas.

— Parfait.

Carrie s'exécuta, épilant, teignant et utilisant un tas de produits sur le visage de Hope. Lorsque l'esthéticienne eut fini, elle se dit qu'elle devait faire cinq à dix ans de moins désormais.

— Vos cils et sourcils sont super, mais le reste de votre visage sera rouge quelques jours. Ça peut arriver avec les soins et les épilations. Dans vingt-quatre à quarante-huit heures, vous serez une femme nouvelle.

Hope ravala son gémissement de désespoir. Évidemment.

CHAPITRE 4

Hope se regarda dans le miroir et se demanda si ce serait vraiment faire preuve de manque de professionnalisme que de se balader avec un sac sur la tête. Quand Carrie avait évoqué une petite rougeur quelques jours, elle aurait plutôt dû dire que Hope ressemblerait à une tomate grillée. Clairement, les produits utilisés pour les soins du visage ne convenaient pas à sa peau.

Elle s'appliqua un maquillage léger et arrangea sa frange pour qu'elle couvre un peu plus de peau. C'était toujours mieux que l'option du sac sur la tête.

— Hope ? l'appela Lucas. Tu es là ?

— J'arrive.

Elle sortit des sanitaires et traversa le couloir jusqu'au bureau de Lucas, qu'elle découvrit penché sur sa table de travail pour attraper quelque chose. Bon sang, son jean mettait bien ses fesses en valeur. Elle s'appuya au chambranle pour admirer le spectacle. Elle avait mérité ce droit, non ?

— Tu as vu mon carnet de commandes ? la questionna-t-il sans se retourner.

Cela la fit sourire. Lucas avait toujours eu le don de sentir sa présence.

— Il est sur le comptoir d'accueil. Je l'ai posé là-bas pour le cas où tu aurais des demandes spéciales ce soir.

Il se redressa et se tourna vers elle. Quand elle était arrivée afin de préparer le magasin pour la soirée, il était en train de poncer une crédence. Ses cheveux poivre et sel partaient dans tous les sens et il avait de la poussière sur le tee-shirt et le jean.

— Ah, bien pensé. Mais je dois vérifier quelque chose.

Il s'approcha de la porte et la regarda en souriant d'un air appréciateur.

— Cette nouvelle coupe te va bien.

Ce compliment la ravit ; elle porta machinalement la main à ses cheveux. Si les soins du visage avaient été une erreur, la coiffure, en revanche, lui donnait fière allure. Outre la coupe elle-même, Lance avait utilisé des produits qui rendaient ses cheveux doux et brillants.

— Merci.

— Et joyeux anniversaire. J'espère que c'est une bonne journée.

Il lui fit un clin d'œil et se dirigea vers le magasin d'exposition.

Savoir qu'il s'en était souvenu fit gonfler son cœur dans sa poitrine. Elle le suivit, comme un aimant. Son attirance pour lui était tout aussi forte qu'à ses dix-huit ans. Cependant, si cela avait été excitant autrefois, c'était désormais troublant. Lucas lui avait brisé le cœur deux fois. Si elle le laissait s'approcher à nouveau, son cœur finirait cette fois-ci en mille morceaux.

Arrête ça, Hope, se réprimanda-t-elle en silence. Inutile de penser à Lucas ainsi. Elle s'était déjà juré de ne plus emprunter cette voie. Elle devait juste terminer cette soirée, et tout irait bien.

Elle pénétra dans le magasin d'exposition et vérifia le buffet proposant des feuilletés au crabe, des crevettes et des bouchées de saumon.

— « Où est le bœuf ? », demanda Lucas juste dans son dos, la faisant sursauter.

— Bon sang ! s'écria-t-elle, une main sur sa poitrine. Je ne savais pas que tu étais là.

Il posa la sienne en bas de son dos et se pencha pour attraper une crevette.

— Tu n'as indiqué aucune préférence pour le menu, alors j'ai opté pour le thème marin. Si tu veux du bœuf, la prochaine fois, je…

— Le poisson et les fruits de mer, c'est très bien, Hope, répondit-il, un sourire décontracté aux lèvres. C'était une piètre tentative pour être drôle. Oublie. Je devrais m'en tenir à l'ébénisterie et la menuiserie.

Hope le dévisagea, abasourdie. Puis, quand elle assimila véritablement ses paroles, elle pouffa avant de rire à gorge déployée. Lorsqu'elle se reprit enfin, elle s'essuya les yeux.

— Tu viens vraiment de blaguer en citant cette vieille pub qui passait quand on était enfants ?

Il haussa les épaules et répondit d'un petit sourire sexy.

— Ça t'a amusée, non ?

— Oui, mais de toi, pas de ta blague.

Le sourire de Lucas s'élargit.

— Tant que ça fait pétiller tes yeux comme ça, Anderson, je m'en fiche. Ça faisait longtemps que je n'avais pas vu cette expression sur ton visage.

Elle redevint sérieuse. Elle se déplaça le long du buffet, prétendant contrôler les serviettes et les assiettes.

Lucas se racla la gorge.

— Je reviens tout de suite. Je vais aller ranger.

— D'accord. J'ouvrirai les portes à dix-huit heures, dit-elle, vérifiant son portable pour s'assurer qu'elle n'avait manqué aucun message.

Elle avait invité plusieurs hommes et femmes d'affaires du coin pour la soirée, pensant que le travail de Lucas pourrait les intéresser. Cette liste incluait des décorateurs d'intérieur, des agents immobiliers et même le grossiste d'un magasin de vente en ligne de meubles haut de gamme. Sans oublier la journaliste de la rubrique Art de vivre du *Journal de Prémonition.* Elle devait donc se rendre disponible s'ils avaient des questions en amont.

S'il y avait bien une chose qu'elle savait faire en tant qu'organisatrice d'événements, c'était de créer le buzz et des opportunités pour nouer des liens. C'était exactement ce qu'elle comptait faire pour Lucas.

Parce que si son affaire marche bien, il ne quittera plus la ville. Hope fustigea ses pensées traîtresses. Elle ne devait pas envisager un avenir avec Lucas. Cela n'arriverait jamais.

Il y eut un coup sur la porte, et elle s'empressa d'aller ouvrir.

— Salut, Hope, lança Kendall Vonn en la suivant, sa guitare à la main, jusqu'au magasin d'exposition.

Ses longs cheveux roux étaient rassemblés en un chignon soigné, et elle avait revêtu une élégante robe fourreau rouge.

— Tu es superbe, ce soir, déclara Hope.

En temps normal, la chanteuse portait un tee-shirt assorti d'une jupe longue en coton, pour jouer sur le front de mer.

— Je sais me faire belle quand il faut.

Elle sourit tout en regardant autour d'elle.

— Où est M. Sexy ?

— M. Sexy ? répliqua Hope en haussant les sourcils.

— Franchement, rétorqua Kendall en levant les yeux au ciel. Comme si tu ignorais que Lucas était torride.

— Oh, je le sais parfaitement, dit Hope, incapable de s'en empêcher. Nous sommes sortis ensemble pendant près de dix ans, plus ou moins.

— C'est exact, confirma Lucas en apparaissant de l'arrière du magasin, vêtu d'un pantalon habillé et d'une chemise.

Il avait les cheveux humides et arborait un petit sourire suffisant qui indiquait qu'il avait entendu chaque mot de leur conversation.

— Elle connaît tous mes secrets.

— Oh punaise, souffla-t-elle en lui tournant le dos.

Elle n'avait pas besoin de ça.

« *Elle est adorable* », lança la voix de Lucas dans sa tête, lui donnant des papillons dans le ventre.

« *Mince. Il est pris avant même que je puisse tenter ma chance* », pensa Kendra.

Hope sourit. Elle avait beau se répéter sans cesse qu'elle ne retournerait pas avec lui, elle ne l'imaginait avec personne d'autre. N'était-ce pas égoïste de sa part ? En cet instant, elle s'en fichait. Elle se racla la gorge et indiqua un espace libre près du comptoir d'accueil.

— Kendall, je me disais que tu pouvais t'installer dans ce coin pour jouer.

— J'y vais.

Elle s'avança vers l'endroit en question et commença à se préparer.

— Tu as fait de l'excellent travail, la félicita Lucas. J'apprécie vraiment, tu sais.

Hope balaya sa remarque de la main.

— Ne parle pas trop vite. Voyons d'abord comment se passe la soirée.

— Te connaissant, je parie qu'il y aura la moitié de la ville, répliqua-t-il en l'embrassant sur la joue.

Elle se laissa faire, et soupira de frustration en sentant sa peau la picoter à cet endroit-là.

La sonnette retentit sur la porte et, à partir de là, les trois heures suivantes s'écoulèrent en un éclair, alors que Hope présentait Lucas aux invités, indiquant qu'il était le premier fabricant de meubles de Prémonition.

Tout le gratin de la ville côtière s'était rassemblé ici ce soir. Plusieurs membres du conseil municipal, ainsi que le président de la chambre de commerce et même la maire étaient présents. Hope veilla bien à tous les saluer, avant d'aller voir un groupe de propriétaires de résidences secondaires, qui vivaient tous dans le même quartier.

— Je me demande bien pourquoi personne ne s'est emparé de ce magnifique spécimen, lança une grande rousse en sirotant son champagne.

— Quelqu'un l'a fait, si, intervint Grace en arrivant derrière Gigi, qui se tenait en silence au milieu de ses nouveaux voisins. Mais il a déménagé à Boston, et vous savez comment se passent les relations à distance.

Hope ravala un grognement exaspéré. Oui, Lucas était un beau parti, mais fallait-il pour autant que toutes les femmes de la ville aient des vues sur lui ?

— Alors il est célibataire ? demanda la rousse.

Grace haussa les épaules.

— Il n'est pas marié, mais je ne crois pas qu'il se soit remis de celle qu'il a laissée derrière lui, si vous voyez ce que je veux dire.

« Grace », articula Hope en secouant discrètement la tête.

Son amie l'ignora.

— Je suis sûre qu'il espère raviver son ancienne flamme,

alors vous êtes prévenue, si vous envisagez de lui demander de sortir avec vous. Les premiers amours sont ce qu'il y a de pire. Ils sont inoubliables.

— Une fois qu'il aura goûté à ça, il sera incapable de se souvenir du prénom de l'autre femme, affirma la rousse, qui observait Lucas comme s'il était un bout de viande.

Elle esquissa un sourire prédateur et se tourna vers Lucas, non sans ajouter avant de s'éloigner :

— Prenez des notes, mesdames.

Hope s'empêcha de la retenir par le bras, évitant ainsi de se ridiculiser. Elle soupira longuement et, faussement amicale, dit :

— Excusez-moi, il faut que j'aille voir d'autres personnes.

Cependant, plutôt que de se mêler à la foule, elle alla vérifier les boissons et s'assurer qu'il y en avait assez pour tout le monde, surveillant la rousse qui était allée se plaquer contre Lucas.

Celui-ci fut très surpris quand la femme posa une main sur son torse. Pour le plus grand plaisir de Hope, il l'enleva gentiment de sa personne et refusa poliment les avances de la rouquine, tout en fouillant la pièce du regard pour chercher Hope. Lorsqu'il la trouva, il lui fit un petit clin d'œil, puis reprit sa conversation avec l'un des décorateurs d'intérieur qu'elle avait invités.

— On dirait que Lucas n'est définitivement plus sur le marché, déclara Grace, débarquant tout à coup.

— Mais non, répliqua Hope en levant les yeux au ciel et en pouffant.

— C'est ça, continue de t'en persuader.

Grace lui serra le bras.

— Owen est arrivé. Est-ce que je peux m'en aller ou bien as-tu besoin de moi pour te soutenir moralement ?

Hope regarda le compagnon de son amie, qui parlait avec Kevin Landers, son patron. Il était bronzé et savamment décoiffé. Il était tout ce que n'était pas l'ex de Grace : plus jeune, sexy, attentionné et, surtout, il adorait et appréciait Grace à sa juste valeur. Hope était très heureuse pour elle.

— Vas-y. Passe une bonne nuit.

— Je t'aime.

Grace l'enlaça et lui murmura à l'oreille :

— Cette soirée est géniale. Ça va faire décoller l'entreprise de Lucas. Tu le sais ?

— C'est le but.

Hope recula et fit un signe de tête à Owen.

— Allez, va retrouver cet homme et me laisser vivre ta vie par procuration.

— Tu n'es pas obligée de vivre par procuration, répliqua Grace en observant Lucas. Ton homme est juste là.

Hope lança un regard appuyé à son amie.

— File.

— Très bien, répondit Grace en repoussant ses cheveux de ses yeux. On se fait un brunch demain ?

— Oui.

Elle regarda son amie éloigner Owen de Landers et ne put s'empêcher de se sentir un peu jalouse en le voyant l'enlacer et l'embrasser sur la tempe. Elle n'enviait pas l'homme séduisant et plus jeune de son amie. C'était plutôt l'intimité qu'ils partageaient qui lui manquait.

Elle observa Lucas, soudain envahie par le souvenir de milliers de baisers, qui éveillèrent un désir en elle. Elle soupira de dégoût. Ce n'était pas le moment de se laisser aller aux réminiscences.

Carrant les épaules, elle se remit au travail, se mêlant aux invités.

~

— LUCAS, l'appela Hope vers la fin de la soirée, en lui faisant signe de la rejoindre. J'aimerais te présenter quelqu'un.

Il discutait avec une jolie blonde, qui devait être l'une des décoratrices d'intérieur d'une ville voisine. La femme déposa un long baiser sur la joue de Lucas, qui était davantage une invitation qu'un au revoir amical. Hope sentit son irritation s'embraser, et dut s'obliger à rester immobile et à ne pas aller éloigner la femme.

Merde. Elle savait que travailler avec lui serait une mauvaise idée. Elle essayait de se comporter comme une professionnelle, mais avait en réalité passé la majeure partie de la soirée à vouloir arracher à coups d'ongles les yeux de tous ceux qui mataient Lucas. Elle devait se reprendre.

Lucas se tourna vers elle et il la détailla de la tête aux pieds. Son petit sourire arrogant était de retour sur ses lèvres, indiquant qu'il savait précisément à quoi elle pensait.

Se plaquant sur le visage un rictus le plus neutre possible, elle reporta son attention sur l'homme aux cheveux noirs et épais qui se tenait à ses côtés.

— Kyle, je vous présente Lucas King, le propriétaire d'*Innovation Intérieure*.

Elle regarda Lucas.

— Lucas, voici Kyle Epps. C'est l'acheteur de *Luxe et Confort*, un site spécialisé dans la vente de meubles et accessoires à tirage limité.

— Bonjour.

Lucas serra la main de Kyle, qui le félicita sans tarder sur ses pièces les plus singulières. Il s'intéressa particulièrement à un porte-manteau ouvragé et à un chiffonnier peint à la main.

Satisfaite, elle s'éloigna, allant saluer les convives qui

s'apprêtaient à partir. Elle était en train d'enlacer Joy quand elle entendit dans sa tête : *« C'est parfait. C'est un nouveau magasin et l'endroit idéal pour le trafic de drogue. Vu les liens du type avec cette ville, personne ne le soupçonnera. »*

Elle se figea. *Le trafic de drogue ?*

Avec l'impression d'avancer au ralenti, elle étudia la foule restante, ces invités si élégants, pour essayer de déterminer qui comptait se servir du magasin de Lucas comme couverture.

Elle observa la maire et son mari ; quelques agents immobiliers ; Gabrielle, la journaliste de la rubrique Art de vivre ; des décorateurs d'intérieurs ; et une dizaine d'autres personnes qu'elle ne reconnut pas. Aucun d'eux n'avait une immense pancarte accrochée autour du cou proclamant « Dealer de drogues ».

CHAPITRE 5

Lorsque Hope ferma enfin la porte, après que les derniers invités eurent quitté le magasin, elle avait mal à la tête. Elle venait de passer les quarante-cinq minutes précédentes à faire usage de son don de télépathie sur tout le monde. Au début, quand elle avait essayé d'ouvrir son esprit, elle avait eu des difficultés. Elle n'avait perçu que des bribes de phrases sans aucune logique. Cependant, dès qu'elle avait compris que tout ce qu'elle avait à faire, c'était de demander à l'univers de lui en offrir l'accès, les pensées avaient envahi son esprit, et les quarante-cinq dernières minutes avaient été un véritable enfer.

Le brouhaha avait été si écrasant qu'elle avait eu l'impression de se tenir au milieu de la pièce pendant que tout le monde lui hurlait dessus en même temps. Remettre le génie dans sa lampe s'était avéré quasiment impossible. Si sa mère ressentait la même chose sans cesse, pas étonnant qu'elle ait pris la fuite pour avoir un peu de tranquillité.

— Hope ? lança Lucas dans son dos.

Elle sursauta et se tourna vivement vers lui, une main sur

son cœur qui battait la chamade. C'était impensable qu'elle ne l'ait pas entendu arriver. Pas après avoir tenté si activement d'envahir le cerveau de tout le monde.

— Désolé, dit-il. Je n'avais pas l'intention de te faire peur. Je voulais te dire que tu n'étais pas obligée de rester. Je peux nettoyer tout ça.

— Quoi ? Non, refusa-t-elle, fronçant les sourcils et secouant la tête. Je suis l'organisatrice, c'est à moi de tout ranger et de m'assurer que cet endroit brille avant mon départ.

— Tu t'es surpassée.

Il lui lança un sourire appréciateur.

— Tu as invité des gens d'une telle envergure que mon entreprise va littéralement décoller. J'ai déjà des rendez-vous avec une dizaine de personnes la semaine prochaine. Bon sang, Hope, il est clair que je te sous-paie considérablement, vu le service apporté. En fait, je compte te donner une commission pour chaque client que cette soirée m'a rapporté.

Rougissant de fierté, elle lui sourit. Il était vraiment le meilleur homme qu'elle ait jamais rencontré.

— Hors de question. Je ne faisais que mon travail.

Il éclata de rire et secoua la tête.

— Non, Hope. Je t'ai engagée pour organiser une soirée portes ouvertes. Et non seulement tu l'as fait, mais tu es même allée au-delà de ça en faisant ma publicité. Ce que tu as fait aujourd'hui, c'était incroyable. Merci.

Elle s'approcha de lui pour poser la main sur son cœur.

— Je t'en prie. J'ai fait ce que j'aurais fait pour n'importe qui, ajouta-t-elle en reculant.

Il haussa un sourcil, sceptique.

— Ah oui ?

Elle pouffa.

— Non. Ta soirée a peut-être eu droit à un traitement un peu spécial.

— Et pour quelle raison exactement ?

Son expression de défi lui indiquait qu'il connaissait la réponse, mais il était hors de question qu'elle lui fasse le plaisir d'avouer que c'était pour son succès à lui qu'elle s'était autant démenée.

— J'ai ma propre entreprise, tu sais. En invitant autant de femmes et d'hommes d'affaires de la ville, ça leur permettra de se souvenir de moi quand ils auront besoin d'organiser un événement.

Il avança les lèvres et hocha la tête.

— Le fait que tu sois la seule ici ne suffit pas ?

— Non. Je suis en compétition avec trois villes du coin. Et Peggy Pitsman vient de monter sa boîte il y a quelques mois. Elle s'occupe principalement des *baby showers,* mais j'ai entendu dire qu'elle avait organisé le déjeuner du club de lecture récemment. Je dois donc rester au top.

— Je vois.

Ses lèvres tressaillirent et ses yeux pétillèrent, indiquant qu'il se retenait de rire.

Elle leva les siens au ciel, comme agacée ; en réalité, plaisanter avec lui lui avait manqué. C'était agréable. Ils avaient cependant des sujets plus importants à aborder que la raison pour laquelle elle s'était donné tant de mal pour cette soirée. Elle se racla la gorge.

— Bon, il faut que je te parle d'un truc.

Dans les iris argentés de Lucas apparut une lueur inquiète, qui disparut tout aussi vite.

— D'accord. Allons nous asseoir.

Il se dirigea vers une table de salle à manger en exposition et lui tira une chaise.

Elle s'installa et attendit tandis qu'il se plaçait à sa gauche. Les mains serrées sur ses genoux, elle le regarda dans les yeux.

— Je t'ai dit que ma mère était revenue en ville, tu t'en souviens ?

— Oui, confirma-t-il, les sourcils froncés. Comment ça se passe ? Tu vas bien ?

Il connaissait mieux que personne ses soucis avec elle.

— Je ne sais pas trop.

Elle baissa le regard vers la table, étudiant les différentes nuances du bois.

— Il s'est passé quelque chose hier soir.

Il posa une main sur les siennes et les lui serra sans un mot.

Sentant une partie du poids qui lui pesait sur la poitrine disparaître, Hope sourit légèrement. Lucas la connaissait si bien. Il lui suffisait d'attendre un peu pour qu'elle déballe tout. Sans doute davantage que s'il l'avait interrogée. Quand elle avait un sujet important à l'esprit, elle avait tendance à y réfléchir pendant qu'elle parlait. Alors que, si on la questionnait, elle se fermait comme une huître.

— J'étais sur la falaise avec Grace et Joy et j'ai entendu leurs pensées.

— Tu as entendu leurs pensées ? Grace songeait au prochain sort qu'elle allait lancer contre son ex tandis que Joy se demandait quel sex-toy commander bientôt ? répliqua-t-il, les yeux pétillants d'humour.

Hope pouffa.

— Comment es-tu au courant pour les sex-toys ?

— C'est Joy qui me l'a dit. Je l'ai croisée au café, et elle m'a demandé des conseils, répondit-il, hilare.

— Sans déconner ? s'écria-t-elle.

Puis elle se plaqua une main sur la bouche et se mit à rire, si fort que les larmes coulèrent sur son visage.

— Je t'en prie, dis-moi qu'elle avait bu.

— Tu vois, c'est exactement ce que j'ai pensé au début. Je lui ai même demandé si elle avait pimenté son café. Mais je crois qu'elle avait surtout besoin du point de vue d'un homme concernant l'indifférence de Paul.

Il haussa les épaules.

— Je ne suis pas sûr de l'avoir aidée, cela dit.

Hope se pencha.

— Qu'est-ce que tu lui as répondu ?

— Qu'un homme n'était généralement pas très subtil quand il était intéressé, et qu'elle devrait sans doute avoir une conversation à cœur ouvert avec lui pour lui faire part de ses besoins.

— Je n'aimerais pas avoir ce genre de discussion avec Paul. Tu imagines ? Je parie qu'il emploie des termes comme « parties intimes » et « zone privée ».

— Il est coincé, aucun doute là-dessus, commenta Lucas en riant.

Puis il reprit son sérieux et l'étudia du regard. L'atmosphère s'alourdit, il semblait vouloir l'embrasser. Elle mourait d'envie de se pencher vers lui pour sentir une nouvelle fois ses lèvres contre les siennes. Au lieu de se laisser aller à ses vieilles habitudes, elle détourna les yeux.

— Quand je suis rentrée chez moi hier, après avoir passé la soirée avec Grace et Joy, ma mère m'a dit que, à cause d'une malédiction, les femmes de la famille devenaient télépathes à l'âge de quarante-six ans. Voilà pourquoi elle est partie. Elle m'a dit qu'elle ne pouvait pas contrôler son pouvoir, et qu'elle était donc allée ailleurs pour notre bien à toutes les deux, afin que j'aie de l'intimité et qu'elle ne perde pas la tête, elle.

Lucas cilla.

— Télépathe ? Tu es sérieuse ?

Elle acquiesça.

— C'est… ouah. Elle lisait dans tes pensées ? Quand tu étais adolescente ?

— Oui.

Elle l'observa et vit le moment où il en vint à la même conclusion qu'elle la veille : il se mit à rougir, ressemblant beaucoup au jeune homme nerveux dont elle était autrefois tombée amoureuse. Son cœur souffrit de nostalgie.

— C'était quand nous… euh… faisions tout un tas de choses tout en priant pour que ta mère ne l'apprenne jamais.

— Exactement.

Elle éclata de rire.

— Tu imagines avoir une ado et être télépathe ?

— Oh, non, je ne veux pas.

Il secoua la tête, horrifié. Puis, quelques secondes plus tard, il plissa les yeux.

— Tu dis que les femmes de ta famille le deviennent à quarante-six ans. Ça veut dire que tu as lu dans mes pensées toute la soirée ?

— Non. Je n'ai perçu que quelques bribes. Comme quand tu as songé que j'étais adorable.

— Tu l'es, c'est vrai. Ainsi que sexy et intelligente, au cas où tu aurais manqué ces passages.

Il lui fit un clin d'œil, et elle lui rendit son sourire, incapable de résister au sort qu'il lui lançait.

— Sais-tu à quoi je pense en cet instant ?

Elle le regarda dans les yeux et se concentra. Une image d'eux deux marchant main dans la main sur la plage de Prémonition jaillit dans son esprit. Ces souvenirs l'émurent ; elle cligna des paupières pour faire disparaître ses larmes. Les réminiscences du temps qu'ils avaient passé sur cette plage, dans cette zone qu'ils avaient toujours considérée comme *leur* crique, étaient trop difficiles à supporter. Elle ne pouvait pas faire ça maintenant. Pas sans s'effondrer complètement. Plutôt que de lui confirmer qu'elle avait bien vu ses images de plage, elle répliqua :

— Tu penses à la fois où nous nous sommes introduits dans la maison en location de Grayson Masterson pour boire toute la nuit dans son jacuzzi.

Il la dévisagea, sceptique, puis lui décocha ce fameux petit sourire sexy qui faisait apparaître ses fossettes.

— Non, mais maintenant oui. Tu te souviens de ce qui s'est passé quand nous sommes sortis du jacuzzi ? Il me semble me rappeler un bain de minuit dans l'océan, suivi de…

— Stop ! s'écria-t-elle, hilare. Pas besoin de préciser. Je crois qu'aucun de nous ne l'oubliera jamais.

— Très bien. Mais que dirais-tu de renouveler l'expérience ? Je suis certain que je peux toujours crocheter son portail. Un petit tour dans ce jacuzzi me plairait bien.

Elle lui sourit.

— Aussi tentant que ce soit, je suis sûre que Grayson a des caméras de sécurité maintenant. Je préfère éviter d'exhiber ma marchandise.

— Mince. Dommage. Cette idée m'emballait bien.

Il s'adossa à sa chaise et lui rendit son sourire.

Pour être honnête, elle aussi. Mais hors de question qu'elle l'avoue. En outre, elle avait un sujet plus important à aborder.

— Il faut que je te dise autre chose.

Il reprit son sérieux.

— D'accord. Qu'est-ce qui ne va pas ?

Elle regarda ses mains et constata qu'elle avait inconsciemment fermé les poings. Elle se força à les poser à plat sur la table, puis releva la tête.

— J'ai entendu quelqu'un penser que ton entreprise serait

parfaite pour faire transiter de la drogue. On aurait dit qu'ils évaluaient ton local et toi.

Le froncement de sourcils de Lucas s'approfondit.

— De la drogue ? C'est... impossible. Tu sais que je n'ai rien à voir avec ça. Bon sang, ça doit même faire vingt ans que je n'ai pas allumé de joint.

— Je n'ai pas dit que tu étais mouillé. J'ai dit qu'ils comptaient se servir de ton magasin. Je voulais te le dire, afin que tu saches qu'une des personnes que tu as rencontrées ce soir n'avait pas *tes* intérêts à cœur.

Il fit la grimace et balaya ses inquiétudes d'un geste de la main.

— Tu sais que je ne m'impliquerai jamais dans ce genre de choses. Et personne ne parviendra à faire transiter des drogues dans mon magasin sans que je sois au courant, n'est-ce pas ?

— J'imagine, oui. Je me sens mal d'avoir invité ce type de personne.

— Hope, répliqua-t-il gentiment. Tu as fait une annonce dans la presse, et c'est normal. Tu ne pouvais pas savoir qui allait venir. Tu as une idée de qui c'était ?

— Non. Mais je vais tendre l'oreille et voir si je peux le découvrir avant qu'il n'y ait un problème. Puisque je suis télépathe maintenant, je devrais bien finir par entendre quelque chose.

— Et que feras-tu de cette information ? demanda-t-il, en l'observant d'un regard perçant.

— Je ne sais pas. Prévenir la police ? Te le dire pour que tu ne te retrouves pas mêlé à ce commerce ? Ce genre de choses.

— C'est ce qu'il y aurait de mieux à faire, oui. Mais, Hope, tu ne devrais pas chercher les ennuis. Je ne voudrais pas que tu finisses dans la ligne de mire d'un baron de la drogue.

— Je ne cherche pas les ennuis. Je vais juste...

— Ah bon ? rit-il en secouant la tête. Empêcher des dealers de faire leurs affaires, c'est la définition même des ennuis.

Se levant, il lui tendit la main. Elle soupira, détestant le fait qu'il lui dise quoi faire, mais aussi qu'il ait raison. Que savait-elle des trafiquants de drogue, à part ce qu'elle en avait vu à la télévision ? Acceptant sa main, elle se mit debout.

— Tu voudrais boire un café… ou te balader sur la plage ?

Elle lui sourit tendrement.

— J'adorerais faire les deux, mais je ne pense pas que ce soit une bonne idée.

Il l'attira contre lui et la regarda dans les yeux.

— Pourquoi ?

— Tu sais très bien pourquoi.

Se mettant sur la pointe des pieds, elle l'embrassa sur la joue, puis lui tapota le torse.

— Mais je vais accepter ta proposition de te laisser tout nettoyer, et je vais y aller.

— Très bien, répondit-il, en la serrant contre lui.

Elle s'accrocha à lui de toutes ses forces quelques secondes, avant de s'écarter et de partir sans un regard en arrière.

CHAPITRE 6

— Vous voulez encore du café ? demanda Hope à Grace et Joy en se levant de la table qu'elles occupaient au *Panorama Café*.

Joy gémit et secoua la tête.

— Prends-moi plutôt un déca.

— Un déca ? Tu es sérieuse ? s'écria Grace, horrifiée comme si quelqu'un venait de lui suggérer de se débarrasser de sa paire de chaussures préférée. Depuis quand est-ce que tu bois du déca ?

— Depuis que j'ai les seins qui me font mal quand je bois trop de café.

Elle porta la main à sa poitrine et fit la grimace.

— Une tasse, ça va, mais plus, ils deviennent douloureux. Mon médecin m'a dit que ça pouvait arriver en vieillissant.

Hope la dévisagea. La caféine était pour elle aussi vitale que le sang dans ses veines et était tout ce qui l'aidait à tenir, certains jours.

— Tu plaisantes, c'est ça ? S'il te plaît, dis-moi que tu te fiches de nous.

— J'aimerais bien.

Elle baissa les mains, les posant sur la table.

— Vieillir, ça craint parfois franchement.

— Merde, Joy. Je suis désolée, dit Grace, avant de regarder Hope. Prends-m'en un autre, s'il te plaît. Un grand. Je vais boire la portion de Joy.

— Trop gentil de ta part, rétorqua l'intéressée en levant les yeux au ciel.

Hope se rendit au comptoir, commanda deux autres cafés à Jackson, le jeune diplômé qui travaillait comme barista en attendant de savoir quoi faire, puis retourna à leur table. Une fois donné son breuvage à Grace, Hope fit la grimace et s'attaqua à son roulé à la cannelle surdimensionné.

— Réjouis-toi déjà de ne pas souffrir d'une tendinite à la hanche et à la cheville, répliqua Grace sur un ton mélodramatique. L'autre soir, j'étais au lit avec Owen…

— Ça suffit, la coupa Joy en levant les mains en l'air. Je ne veux rien savoir de tes relations sexuelles. C'est trop déprimant. Ces derniers temps, Paul refuse même de me masser le dos. Bon sang, je pourrais presque croire qu'il a une aventure, si je ne le connaissais pas aussi bien.

Grace et Hope échangèrent un regard.

— Arrêtez, soupira Joy. Je sais ce que vous vous dites, mais je ne pense vraiment pas que ce soit le problème. Il n'est juste… pas d'humeur à ça, pour une raison que j'ignore.

— Tu ne crois donc pas que c'est parce qu'il est d'humeur à ça avec quelqu'un d'autre ? demanda gentiment Hope.

— Non. Il travaille beaucoup, et rentre épuisé et frustré le soir. Très tendu. Je pense sincèrement qu'il n'a pas d'aventure. En plus, il a une trouille bleue des MST. Alors il ne ferait jamais confiance à une femme désireuse de coucher avec un homme marié.

Elle haussa les épaules.

— Je lui ai proposé plein de fois de suivre une thérapie, mais il refuse.

— Je suis navrée, ma belle, lui dit Grace en lui serrant la main.

Elle-même venait de divorcer d'un homme qui pour le coup se tapait la secrétaire. Il ne restait plus rien de leur relation lorsqu'il s'était barré en déclarant qu'il comptait épouser sa maîtresse.

— Nous sommes là, si tu as besoin de parler.

— Elle a raison. Et je ne te dirai pas de le quitter, même si c'est ce que je pense, ajouta Hope en adressant un sourire compatissant à son amie, lui faisant comprendre qu'elle était de son côté.

Les larmes montèrent aux yeux de Joy, inondant ses iris bleu clair, mais elle battit des cils.

— Je sais. Je vous aime, toutes les deux, mais là, j'aimerais parler de tout sauf de Paul. J'en ai marre de me plaindre de ma relation.

— Ce n'est pas te plaindre. Si tu ne peux pas en discuter avec nous, alors avec qui ? demanda-t-elle.

— Bien dit, confirma Grace.

— Merci.

Joy ricana.

— Maintenant, aidez-moi à me sentir mieux et dites-moi que je ne suis pas la seule à avoir des symptômes de préménopause bizarres.

Elles éclatèrent de rire.

— J'ai découvert un poil sur mon visage qui faisait plus de deux centimètres l'autre soir, répondit Grace. Et je grisonne.

— Ta teinture masque ce souci à merveille, la félicita Hope.

— Pas de là, répliqua Grace en regardant son entrejambe, haussant un sourcil. Ça change de couleur, là.

— Oh.

Joy se plaqua une main sur la bouche, incapable de contrôler son hilarité.

— Je… hum… n'ai pas encore eu ce problème.

— C'est parce que tu es blonde, ça, indiqua Hope, qui riait aussi.

Voilà ce qu'elle préférait dans sa vie : passer du temps avec ses amies. Qui avait besoin d'ex-copains, du coup ?

— Grace ? l'interpella un homme assis à quelques tables de là.

Tournant la tête, elle remarqua un homme de haute stature aux cheveux argentés et aux yeux verts, qui tenait une tasse de café à la main. Matt quelque chose. Il avait acheté l'une des maisons hantées que Grace avait vendues récemment. Et il était sexy, clairement. Incapable de s'en empêcher, elle s'imagina se baigner nue dans un jacuzzi avec lui. Aussitôt, elle songea à Lucas, et la culpabilité l'envahit. Elle aurait voulu hurler. Elle n'avait aucune raison d'avoir mauvaise conscience. Elle ne sortait pas avec Lucas.

Pas encore. Mais dans combien de temps, au juste ? se demanda-t-elle.

Serrant les dents, elle essaya d'oublier son ex. Il n'en ressortirait rien de bon à s'imaginer se remettre avec lui.

— Matt ! s'écria Grace, se levant de sa chaise pour aller l'enlacer. Ça faisait longtemps. Comment allez-vous ?

— Oh, vous savez. J'ai passé du temps sur la plage avec mes fils et leurs familles. Mais ils sont partis, et il ne reste plus que moi. Je travaille à distance. Il n'y a rien de mieux que de faire des conférences téléphoniques installé sur ma terrasse, vous ne trouvez pas ?

— Ça a l'air super.

Elle se tourna vers leur table.

— Joy, Hope, vous vous souvenez de Matt Dahl, n'est-ce pas ?

— Bien sûr, confirma Joy.

— Qui pourrait oublier Matt ? renchérit Hope en lui souriant. C'est le célibataire le plus convoité de la ville.

Il rit.

— Grace n'était pas de cet avis.

L'intéressée se mit à rougir.

— Arrêtez. Je fréquentais, et je fréquente toujours, quelqu'un d'autre.

— C'est une grande perte pour moi.

Matt reporta son attention sur Hope et la dévisagea. *« Voilà qui j'aurais dû inviter à sortir. Ces magnifiques cheveux bruns seraient encore plus beaux étalés sur mon oreiller. »*

Hope se retrouva momentanément sans voix. Bordel de merde. Sa vie allait-elle ressembler à cela, à présent ? Entendre les pensées spontanées de Matt était déconcertant. Qu'aurait-il fait s'il avait perçu les siennes ? L'aurait-il traînée jusqu'à sa maison en bord de plage ? C'était bien pour cette raison que les gens ne disaient pas tout ce qui leur passait par la tête. Ce n'était pas civilisé.

— Voulez-vous vous joindre à nous ? lui proposa Grace.

Hope lui lança un regard noir, mais son amie était trop concentrée sur Matt pour le remarquer.

— Avec plaisir.

Il prit le siège libre à côté d'elle et posa son café sur la table.

— Comment allez-vous, Hope ?

— Très bien.

Elle sirota son breuvage et observa la vue incroyable par la fenêtre.

— Il paraît que la soirée portes ouvertes d'*Innovation Intérieure* a fait fureur. Tout le monde en parle ce matin.

Elle se tourna vers lui.

— Ah oui ?

— Oui. Deux membres du club des ornithologues amateurs en discutaient tout à l'heure, et quand je suis passé à la poste un peu plus tôt, la dame à l'accueil ne tarissait pas d'éloges sur le nouveau menuisier.

Elle ricana avec dérision. Elle l'aurait parié.

— Le club des ornithologues amateurs ? Ces dames n'étaient même pas là hier soir.

— Elles étaient en train de lire la critique dithyrambique parue dans *Point de vue de Prémonition.*

Il faisait allusion au canard local, qui sortait une fois par semaine.

— Au moins, c'était positif.

— Oh, toute la ville parle de notre meilleure amie. Hope, je parie que ta messagerie va être submergée de demandes de clients, tout à l'heure.

— On verra, répliqua-t-elle en balayant la prédiction d'un geste de la main.

Elle restait persuadée que tout le monde cancanait surtout sur le soudain retour de Lucas.

— J'espère que vous n'êtes pas trop occupée pour un dîner, intervint Matt en lui adressant un sourire sexy.

Une image de lui la plaquant contre un mur pour dévorer ses lèvres jaillit dans son esprit, et elle serait incapable de dire si c'étaient ses pensées ou celles de Matt.

— Je…

— Bien sûr que non, s'en mêla Joy. En fait, elle meurt d'envie de découvrir ce nouveau restau donnant sur l'océan. *L'ormeau*, c'est ça, Hope ?

— C'est ça.

Elle secoua la tête, consciente qu'elle ne pouvait pas se sortir de cette situation sans passer pour une garce.

— Moi aussi, répondit Matt, tout sourire. Alors, Hope, qu'en dites-vous ? Êtes-vous libre vendredi soir ? Je réserverai à *L'ormeau,* puis nous pourrions remonter la côte pour observer le coucher de soleil.

— Oui, approuvèrent Grace et Joy d'une même voix.

Hope leva les yeux au ciel.

— Je crois que les responsables de mes relations sociales ont parlé.

Matt hocha la tête.

— Oui, je les ai entendues. Mais c'est votre réponse qui m'intéresse le plus.

Il avait laissé tomber le côté joueur, et sa sincérité la toucha. Comment pouvait-elle dire non à ça ? Il était séduisant, amusant, et pas Lucas.

— Oui. J'aimerais beaucoup.

L'image d'eux deux plaqués contre un mur jaillit à nouveau dans son esprit, en même temps qu'une étincelle de désir dans le regard de Matt.

— Il me tarde, affirma-t-il.

— Moi aussi.

Elle réalisa toutefois en même temps que c'était un mensonge. Elle se sentait anxieuse, surtout.

Il lui tendit son portable.

— Vous voulez bien me donner vos coordonnées ? Je vous appellerai pour confirmer l'heure.

Elle s'exécuta et, peu après, il les quitta. Dès qu'il fut hors de vue, elle se tourna vers ses amies.

— Qu'est-ce qui ne va pas chez vous ?

— Quoi ? demanda Grace.

Joy, elle, eut la décence de paraître honteuse.

— Vous m'avez enlevé toute possibilité de refuser poliment. Maintenant, je vais dîner avec lui vendredi puis sortir avec Benji samedi.

— Et pourquoi est-ce que tu te plains ? intervint Joy, en haussant les sourcils.

« Elle ne sait pas que je donnerais tout pour avoir un rencard avec un mec sexy, alors deux... encore mieux. »

Hope soupira. Comment pouvait-elle se lamenter sur sa vie amoureuse chargée alors que l'une de ses meilleures amies avait tellement de mal à attirer l'attention de son propre mari ? Elle s'obligea à sourire.

— Je ne me plains pas. Je suis surprise, c'est tout. Ça fait longtemps que je n'ai pas jonglé entre deux hommes.

Grace fit mine de tousser dans son poing pour répliquer « Trois ».

— Pas trois, insista Hope. Juste Matt et Benji. Lucas n'a aucune chance.

— Bien sûr. Si tu le dis, rétorqua Grace, lui faisant un clin d'œil. Mais c'est ce qu'on va voir.

CHAPITRE 7

— Il faut que j'y aille, lança Grace. J'ai une visite à dix heures.

Elle ouvrit les bras, attendant son câlin. Hope se leva à contrecœur, toujours fâchée. Grace vivait une relation épanouie, en couple avec un homme plus jeune, en prime. Elle n'avait aucun problème au lit. Sans Joy, Hope aurait enguirlandé son amie de l'avoir forcée à avoir ce rencard avec Matt. Alors, tandis qu'elle enlaçait Grace, elle lui dit :

— On en reparlera plus tard. Tu le sais, n'est-ce pas ?

Grace pouffa.

— Je n'en doute pas, murmura-t-elle. Sois gentille avec Joy.

— Oui.

Hope se rassit et observa les adieux de ses amies. Quand elles furent seules, Joy la regarda.

— Je suis désolée. Nous avons dépassé les bornes.

— Ne t'en fais pas pour ça. Ça ne va pas me tuer de dîner avec un beau vieux.

Elle agita la main, balayant les excuses de Joy. Même si elle avait conscience que tout ce que Matt voulait, c'était lui arracher ses vêtements. Elle ne doutait pas non plus que, sans le retour de Lucas en ville, elle n'aurait eu aucun problème avec ça. Maintenant, elle ne savait plus quoi penser. À part qu'elle ne se voyait pas coucher avec un inconnu. Cela ne lui paraissait pas correct.

Joy sourit, soulagée.

— Nous avons dépassé les bornes. Merci de me laisser m'en sortir aussi facilement.

Hope s'apprêtait une nouvelle fois à l'absoudre de ses péchés, quand elle fut interrompue par des cris.

— Hé ! Faites attention !

Jackson jaillit de derrière le comptoir et se précipita sur un jeune homme élancé, vêtu d'un jean déchiré et d'un tee-shirt noir moulant. Mais, avant qu'il ne parvienne à retenir le client, ce dernier tomba en arrière sur une vitrine remplie de tasses en céramique élégantes.

Hope et Joy se mirent debout et levèrent les mains, hurlant en chœur « Lévitation ! »

Elles ne pouvaient rien faire pour le jeune homme. Il était déjà en mouvement, emportant la vitrine avec lui et une poignée de mugs, mais pas la majorité, sauvée grâce au sort lancé ; les tasses flottaient dans l'air.

— Reculez, ordonna Hope aux clients qui s'agglutinaient autour de l'homme au sol. Laissez-le respirer.

Jackson fit signe à tout le monde de s'écarter.

— Faites de la place à Hope et Joy pour qu'elles puissent reposer les tasses.

Les gens s'exécutèrent, et Joy parvint à faire atterrir tous les mugs sur le sol sans en casser un seul.

Hope se précipita vers Jackson et le jeune homme.

— Que s'est-il passé ? le questionna-t-elle.

— Il a commandé un gâteau au café mais, avant même de

pouvoir demander une boisson, il s'est mis à trembler violemment et a trébuché sur la vitrine.

S'agenouillant, Hope posa la main sur le torse de l'homme. Son cœur battait à tout rompre et ses yeux bougeaient dans tous les sens, très vite.

— Ça ressemble à une crise d'épilepsie. Appelez une ambulance.

— Je m'en occupe, lança Joy, qui tapait déjà sur son portable.

Hope reporta son attention sur l'homme et mit deux doigts sur son poignet. Oui, son pouls était trop rapide. Et il avait la peau moite. Elle ignorait quoi faire dans ce genre de situation. Elle savait seulement que l'homme n'était pas en bonne santé. Elle allait donc rester à ses côtés le temps que l'ambulance arrive.

Elle n'eut pas à patienter longtemps. Les sirènes se firent entendre au loin, et même si elle eut l'impression que son attente avait duré une éternité, elle était certaine que les deux femmes qui entrèrent précipitamment dans le café avaient en réalité fait au plus vite.

— Je m'en occupe, lui dit celle à la peau couleur bronze, en la repoussant gentiment.

Sa partenaire, une grande femme aux cheveux noirs et à la mâchoire carrée, se plaça de l'autre côté de l'homme et lui fixa sans tarder une perfusion.

— On dirait une overdose, commenta la femme à la peau dorée, qui leva alors la tête. Est-ce que quelqu'un sait ce qu'il a pris ?

Personne ne répondit.

— Quelqu'un connaît cet homme ?

— Il s'appelle Spencer, dit Jackson. Il vient deux ou trois fois par semaine. Je crois qu'il bosse à *Mystères et Boules de gomme.*

Il s'agissait de la librairie située sur la Route Principale, qui offrait aussi un large choix de jeux de plateau et de puzzles.

— Très bien.

Elle soupira puis dit à sa partenaire qu'elles devaient l'emmener aux urgences au plus vite pour un bilan toxicologique. Rapides et efficaces, les deux secouristes installèrent l'homme sur le brancard et le conduisirent à leur véhicule.

Jackson les regarda faire depuis l'intérieur. Il se passa la main dans les cheveux.

— Ça va ? lui demanda Hope en lui serrant doucement le bras.

Il secoua la tête.

— C'est la troisième overdose en ville ces deux dernières semaines. La deuxième à laquelle j'assiste.

Il se tourna vers elle, l'air inquiet, les mains tremblant légèrement.

— Il y a quatre ans, avant de partir pour la fac, je savais qu'il y avait des drogués en ville, mais ce n'était qu'une petite partie de la population, qui restait généralement dans son coin, là où personne ne pouvait les déranger. Les choses ont bien changé. Il y a d'abord eu l'ex de la mère de Lex et les gens avec qui il traînait, et maintenant ce type, une fille de dix-neuf ans et une femme de trente et quelques. Je ne sais pas ce qu'il se passe ni pourquoi notre ville est tout à coup un foyer pour consommateurs de drogues, mais ça me perturbe vraiment.

Elle plaça d'abord la main sur son bras, pour le consoler, mais opta finalement pour un câlin.

— Tu as très bien géré.

Il poussa un soupir moqueur.

— Non, c'est toi. C'est toi qui l'as empêché de tomber sur

une pile de vaisselle cassée et c'est toi qui as attendu l'arrivée des secours à ses côtés.

— Et toi, tu as réussi à faire garder leur calme aux clients, ce qui les a empêchés de flipper. Tu as fait du bon boulot, crois-moi. Maintenant, viens t'asseoir quelques minutes avec Joy et moi.

Elle essaya de le traîner vers leur table.

— Je ne peux pas. Je dois nettoyer ce bazar et retourner à mon poste.

Elle jeta un coup d'œil derrière lui et constata que des employés avaient déjà redressé la vitrine et commencé à balayer la vaisselle éparpillée, tandis qu'une jeune femme s'était installée au comptoir pour s'occuper des quelques clients encore présents.

— Je crois que tes collègues ont la situation sous contrôle.

Suivant son regard, il hocha lentement la tête.

— Oui. D'accord. Donne-moi une minute, je vais voir s'ils vont bien, eux aussi.

Quand il s'assit enfin avec elles, Joy lui tendit une bouteille d'eau qu'elle avait récupérée pendant que Hope et lui discutaient.

— Bois, lui conseilla-t-elle.

Il prit la bouteille, mais ne la porta pas à ses lèvres.

— Est-ce qu'il va s'en remettre, d'après vous ?

— Je l'espère, dit Hope, qui se souvenait de ce qu'elle avait entendu la veille à la soirée de Lucas.

Cette personne voulant se servir du magasin pour faire transiter de la drogue. Elle se demanda si elle avait déjà commencé ou si elle était responsable des overdoses récentes. Un frisson lui remonta l'échine. Prémonition avait toujours été une petite bourgade relativement préservée. Si la drogue s'emparait de la ville, Hope n'avait pas le choix ; elle devait découvrir le fin mot de l'histoire.

— Tu le connais bien, ce gars ?

— Pas bien, non, répondit Jackson, qui but enfin une gorgée. C'est un client, qui a flirté un peu avec moi. En fait, je rassemblais le courage de l'inviter à sortir, mais les dernières fois qu'il est venu, il était clair qu'il avait pris quelque chose, alors j'ai renoncé à cette idée. Je n'ai pas besoin de cette merde dans ma vie, tu vois ?

Elle acquiesça.

— Maintenant, après ce qu'il vient de se passer, je ne sais pas comment je me sens. Choqué, j'imagine. Inquiet. Énervé qu'il y ait des drogues ici. J'espérais monter mon entreprise d'art graphique à Prémonition, m'installer avec un gars sympa, nos deux chiens, et profiter de la vie, tu sais. Je commence à me demander si ce n'était pas une erreur.

— Non, répliqua Joy en secouant la tête. Cette ville est trop résistante pour se laisser envahir par la drogue, n'est-ce pas, Hope ?

Elle semblait surtout demander à Hope de la rassurer.

« Et si ça arrivait à l'un de mes enfants ? » Ses pensées étaient claires comme de l'eau de roche. Hope lui décocha un sourire rassurant.

— Bien sûr que cette ville ne se laissera pas faire. Et nous pouvons y veiller. J'ai quelques idées à ce sujet.

— Ah bon ? s'écrièrent Jackson et Joy en chœur.

— Oui.

Elle révéla son nouveau pouvoir télépathique à Jackson. Il écarquilla les yeux, bouche bée, puis il se racla la gorge.

— Tu lis dans les pensées, maintenant ?

— Pas exactement. Je perçois parfois des phrases aléatoires. Mais je n'ai rien entendu de ta part.

Il partit d'un rire nerveux.

— Est-ce que ça veut dire que je suis simple d'esprit ? demanda-t-il en se tapotant la tempe. Qu'il ne se passe rien là-dedans ?

— Si c'était ton cas, ce serait aussi celui de la plupart des gens. Je ne perçois pas grand-chose. Juste des bribes ci et là. Par exemple, je n'ai entendu que Joy s'inquiétant que ses enfants se retrouvent mêlés aux drogues, mais c'est tout.

— Je suis terrifiée à l'idée qu'ils fréquentent les mauvaises personnes, prennent des décisions stupides et qu'un truc comme ça arrive, avoua-t-elle, indiquant la vitrine pour illustrer son propos. Nous connaissons tous ces histoires. Il suffit parfois d'une dose pour être accro.

Hope hocha la tête.

— Oui. Ça m'inquiète, moi aussi. Pour tes enfants, pour Lex, pour toi, Jackson.

Il tressaillit.

— Je ne me drogue pas. Ce n'est pas mon truc.

Elle le croyait, mais il était un jeune diplômé de vingt-deux ans, qui vivait dans une petite ville et essayait de tracer son chemin.

— Je sais, mais ça ne m'empêchera pas de m'inquiéter. Tu es ami avec Lex et Kyle depuis si longtemps que je me sens comme votre tante. L'inquiétude vient avec.

Il leva les yeux au ciel, non sans qu'elle remarque toutefois son petit sourire. C'était un bon gamin, elle le savait.

Son autre motivation, c'était qu'elle ne voulait pas que l'entreprise de Lucas se retrouve mêlée à des dealers de drogues. S'ils décidaient de se servir de lui et de sa boîte, qui savait ce qu'ils pourraient chercher à le forcer à faire ? Ces gens-là n'étaient pas des tendres.

— Maintenant que tu connais mon nouveau super pouvoir,

je peux te dire qu'hier à la soirée de Lucas à *Innovation intérieure*, j'ai entendu quelqu'un penser que son entreprise serait un endroit parfait pour leur trafic.

— Quoi ? Tu ne crois quand même pas qu'il ferait ça ? s'écria Joy.

— Non. Du moins, pas le Lucas que je connais.

— Qui, dans ce cas ? demanda Jackson.

Elle haussa les épaules.

— Aucune idée. Le magasin était bondé, alors je n'ai pas réussi à rattacher ces pensées à une personne précise. Je ne sais même pas ce qu'il ou elle entendait par « faire transiter de la drogue via son entreprise ». Il vend des meubles et des objets faits main. À moins de glisser la drogue dans ses cargaisons de bois, je ne vois pas. Et même s'ils le faisaient, ils auraient besoin de la coopération de Lucas pour récupérer leur marchandise.

Jackson et Joy échangèrent des regards sceptiques, sans dire un mot.

— Quoi ?

— Tu ne peux pas dire à quoi on pense ? répliqua Jackson, les yeux plissés.

— Non, mais si tu me demandes d'essayer, je peux. Je n'ai pas spécialement *envie* de le faire, mais je peux y travailler, si nécessaire.

Joy soupira.

— Je crois que nous nous demandions tous les deux à quel point nous pouvions faire confiance à Lucas. Il est parti longtemps, et il est revenu avec un compte en banque plutôt bien fourni. Il s'est acheté une maison avec une grande propriété, et a aussi ouvert un commerce. Il faut un certain capital, pour tout ça.

Elle serra les dents pour s'empêcher de s'en prendre à son

amie qui osait suggérer que Lucas ait pu tremper dans le trafic de drogues. Elle le connaissait. Elle était persuadée au plus profond d'elle-même qu'il ne prendrait jamais part à ce type d'entreprise.

— Moi, je lui fais confiance. C'est tout ce qu'il faut savoir.

Les deux autres ne répondirent pas, et il y eut une soudaine tension dans l'air.

Hope recula, les bras croisés.

— Je serais au courant, d'accord ?

— Parce que tu es télépathe maintenant ? répliqua Jackson.

— Non. Parce que je le saurais, et c'est tout ce qu'il y a à en dire.

Elle avait conscience de passer pour une femme inflexible et incapable d'affronter la vérité concernant quelqu'un qu'elle aimait. Son instinct lui assurait toutefois qu'elle ne se trompait pas ; or, elle avait toujours suivi son instinct.

— Très bien. J'ai vraiment envie de croire que Lucas ne serait pas impliqué dans ce genre de chose, dit gentiment Joy. Et c'est ce que nous continuerons à penser à moins que nous ayons des raisons d'envisager le contraire.

— Il n'y en aura pas, insista-t-elle.

— Tu as raison, Hope, intervint Jackson. Je crois que nous sommes juste tous un peu perturbés. Concentrons-nous sur la personne susceptible d'être à l'origine du trafic. Vous avez des idées ?

— Tu pourrais trouver les noms des trois personnes qui ont fait des overdoses ? lui demanda Hope.

— Oui, je pense. Je peux secouer l'arbre à potins.

— Parfait. Sois discret, cela dit. Je ne veux pas que quelqu'un découvre que tu poses des questions. Nous ignorons combien ils sont dangereux.

Jackson acquiesça.

— Pas de souci. Mon réseau gay sait se montrer discret.

Hope pouffa.

— Je vois.

— Et moi, qu'est-ce que je peux faire ? intervint Joy.

— Tu vas être ma complice. Nous allons contrôler toutes les personnes qui se sont pointées hier à la soirée portes ouvertes de Lucas. On dira que tu as besoin de leurs services, et moi je serai ton amie venue t'aider. Nous devons trouver le moyen d'aborder le sujet, et j'essaierai d'écouter leurs pensées. Nous devrions aussi demander à Grace de se renseigner sur les nouveaux venus en ville. Elle a un tas de relations.

— Clairement. Ça marche pour moi, accepta Joy en se redressant. Allez, débarrassons-nous des ordures !

Elle tendit le poing, attendant qu'ils checkent tous les deux avec elle.

Hope la rejoignit, puis elles se tournèrent vers Jackson. Celui-ci grogna, fit la grimace et leva le poing à contrecœur.

— C'est tellement ringard.

— Peut-être, mais tu nous aimes quand même, affirma Hope, juste avant de se mettre debout, de le pousser à faire de même, et de lui faire un gros câlin.

CHAPITRE 8

— Hope ? l'appela Angela en entrant dans la maison. Tu es encore là ?

Hope s'appuya contre le plan de travail et pensa : *Quoi, tu ne peux pas m'entendre ?*

— Maintenant, si, répliqua Angela en pénétrant dans la pièce, où elle observa Hope, les yeux plissés. Tu es sérieuse ? Ça va être comme ça tout le temps ?

Un éclair de culpabilité traversa Hope. Pourquoi était-elle toujours agressive avec sa mère ?

— Désolée. Tu ne méritais pas ça.

Angela soupira.

— Je sais que nous avons encore des choses à régler, et je ne m'attends pas à ce que ça se fasse du jour au lendemain. J'espérais que nous pourrions au moins essayer.

— Oui, d'accord. Mais Grace et Joy vont arriver, nous devons travailler sur un nouveau projet. Alors ce n'est pas le bon moment maintenant.

Elle sortit une tasse, se versa un café et se demanda s'il était trop tôt pour y ajouter du whisky.

— Il est bien dix-sept heures quelque part dans le monde, répondit Angela avec un sourire impertinent.

Elle veilla à garder une expression neutre plutôt que de lever les yeux au ciel comme une adolescente. Sa mère lui avait déjà dit qu'elle ne pouvait pas contrôler ce qu'elle entendait, donc Hope ne devrait pas être surprise. Ce qui était intéressant, c'était qu'elle-même ne percevait pas les choses aussi clairement. Juste des bribes et, si elle essayait, un peu plus parfois, mais elle n'était jamais bombardée de pensées incessantes comme le décrivait sa mère. Bien qu'elle se doute que sa mère avait entendu tout ce qu'elle venait de songer, elle décida de verbaliser quand même.

— Est-ce que la malédiction empire au fil du temps ? Est-ce que je vais me réveiller un jour et entendre *tout* ce que tout le monde pensera ?

— Je n'en sais rien, Hope, répondit-elle en haussant les épaules. Pour moi, ça a été ça dès le début. Pour ta grand-mère aussi. Peut-être que tu auras la chance que ce ne soit pas aussi écrasant pour toi.

— Peut-être, oui.

— J'étais venue te dire que je serai absente pour la journée, mais de retour pour le dîner. Veux-tu que je prépare quelque chose ?

Elle secoua la tête.

— Non, merci. Je sors avec les filles.

Sa mère lui lança un regard soupçonneux. Hope leva légèrement le menton, pour la mettre au défi de mettre ses paroles en doute.

— D'accord. Envoie-moi un message en cas de changement.

— Ça n'arrivera sans doute pas.

Elle ignora son pincement au cœur. Elle regrettait que sa relation avec sa mère ne soit pas comme celle de Joy avec la sienne, qu'elle avait toujours enviée. Elles étaient proches. Les meilleures amies du monde. Elle en avait eu envie, surtout en n'ayant aucune famille. Finalement, c'était Grace et Joy qui étaient devenues la sienne. Cela lui convenait, mais ce n'était pas pour autant qu'elle ne ressentait pas la perte malgré tout.

Angela lui fit un signe de la tête et quitta la cuisine. Un instant plus tard, elle entendit la porte d'entrée se refermer doucement. Sa mère était partie, et elle ne s'était même pas souciée de lui demander ce qu'elle allait faire de sa journée. Quel genre de fille faisait ça ?

Elle se laissa tomber sur une chaise à la table du salon et se cacha le visage dans les mains. Elle était la pire fille du monde. D'abord, elle s'était montrée désagréable, non pas une mais deux fois. Et ensuite, elle avait menti concernant ses projets pour la soirée, tout en étant consciente que sa mère verrait clair dans son jeu.

Gémissant, elle se réprimanda mentalement. Si elle continuait à agir de manière aussi puérile, elle devrait consulter un psy pour régler ses soucis avec sa mère. Elle finirait par se haïr si elle ne trouvait pas le moyen de s'entendre avec elle.

Elle se leva de table et se rendit à la cuisine. Machinalement, elle sortit de la farine, du sucre et des pépites de chocolat.

Quarante-cinq minutes plus tard, alors qu'elle sortait les biscuits du four, un coup résonna contre la porte d'entrée, suivi par l'appel de Grace.

— C'est nous ! Oh, par les dieux du chocolat. Est-ce que c'est des cookies que je sens ?

— Oui. Je suis dans la cuisine.

Elle sortit deux tasses du meuble et les posa sur le comptoir.

Grace fut la première à apparaître, vêtue d'un tailleur blanc chic. Ses cheveux auburn étaient attachés en une couette sophistiquée et elle semblait péter la forme. Joy fut la suivante, et Hope dut la regarder deux fois pour s'assurer qu'elle avait bien vu. Joy était toujours bien apprêtée, mais étonnamment, ce jour-là, elle portait un legging et un tee-shirt gris proclamant « Pas aujourd'hui, Satan ! ». Ses longs cheveux blonds étaient attachés en une tresse peu soignée, et ses yeux étaient cerclés de rouge, comme si elle avait pleuré.

— Que s'est-il passé ? demanda-t-elle en lui tendant machinalement un cookie.

Joy le goba entièrement et s'affala sur une chaise.

— C'est si terrible que ça ? ajouta Hope en leur servant du café à toutes les trois.

Joy hocha la tête et marmonna quelque chose, la bouche pleine.

— Je pense que c'est un oui, décréta Grace en attrapant l'assiette de gâteaux.

Vu l'état de leur amie, Hope s'empara du whisky et le mit aussi sur le plateau avec les tasses à café.

Dès qu'elles furent toutes installées, elle tendit son mug à Grace, et un autre à Joy.

— Du déca. Spécialement pour toi.

Grace prit la bouteille de whisky et, sans demander à personne, en versa à chacune.

— Merci d'avoir fait ça. Ça m'évitera de culpabiliser parce que je bois de l'alcool en journée, dit Hope en topant dans la main de Grace, avant de reporter son attention sur Joy. Qu'est-ce qui se passe, ma belle ? Les enfants vont bien ?

Joy hocha la tête et avala une gorgée de café.

— Oui. Hunter va péter un plomb et s'en prendre à son père quand il va apprendre la nouvelle, mais ils survivront.

— Avait-il une aventure ? demanda Grace, hésitante.

— Non. Je ne crois pas. En fait, je crois qu'il a complètement oublié comment se servir de sa queue.

Incapable de s'en empêcher, Hope éclata de rire.

— Ce n'est pas le genre de choses qu'on oublie, quand même, si ?

— Paul semble être passé maître dans cet art, pourtant, affirma Joy, pleine d'amertume.

— Tu es sûre que ce n'est pas d'une petite pilule bleue qu'il a besoin ? intervint Grace.

Elles avaient déjà eu cette conversation à propos des problèmes d'érection, et Joy avait assuré que ce n'était pas le souci.

— Oh, non. Le matériel fonctionne. J'en ai la preuve tous les matins. Sauf qu'au lieu de me laisser m'en occuper, il préfère se branler dans la douche. Il dit toujours qu'il ne peut rien gérer tant qu'il n'a pas eu son café du matin. Vous y croyez, vous ? Quel homme ne veut pas une putain de fellation dès le réveil ?

Hope fit la grimace. Elle savait que Joy et Paul avaient des soucis d'ordre sexuel, et depuis un moment, mais elle n'en avait pas réalisé l'ampleur.

— D'accord. Donc tu en as enfin eu assez, c'est ça ? demanda Grace. Tu l'as mis à la porte ?

Joy ricana.

— Qui, moi ? Le foutre dehors à cause d'une histoire de sexe ? Non. Mais il y a deux jours, nous avons eu LA discussion sur le sexe, sur le fait que nous devions trouver un moyen de nous retrouver, que nous devions essayer, qu'*il* devait essayer, parce que je ne voulais pas être la seule à vouloir raviver la flamme. Je pensais que ça s'était bien passé. Nous avions convenu de le faire hier soir, sans pression : juste une douche tous les deux. Un massage, peut-être. Quelques câlins tendres.

Et puis nous verrions où ça nous mène. Savez-vous ce que j'ai eu, à la place ?

Hope avait presque peur de demander.

— Ne me dis pas que tu as reçu un vibromasseur.

Les yeux injectés de sang de Joy trahirent son profond agacement.

— En fait, je crois que j'aurais apprécié ce geste, tu vois. Au moins, cela aurait voulu dire qu'il se soucie de mes besoins. Mais non, je n'ai même pas eu droit à ça. Il m'a dit que je lui en demandais trop. Que j'étais obsédée par le sexe, déraisonnable et qu'il en avait marre.

— Marre ? Comment ça ? s'écria-t-elle, prête à se précipiter au cabinet d'expertise comptable de Paul pour pouvoir le gifler.

Joy méritait d'avoir le monde à ses pieds, et savoir que son propre mari ne la traitait pas comme elle en avait le droit l'énervait prodigieusement.

— Il déménage. Il veut une séparation à l'essai, et il a déjà loué une petite maison sur la plage, à l'autre bout de la ville. Ce qui veut dire qu'il était au courant depuis au moins une semaine, depuis même avant notre conversation. Il croit que je ne surveille pas les comptes, mais j'avais remarqué son retrait à quatre chiffres. Je ne lui ai rien demandé, car je pensais qu'il me faisait une surprise. Genre un bijou ou un voyage. Ce type ne dépense jamais son argent, sauf pour quelque chose de vraiment spécial. Maintenant, je sais que c'était bien une surprise, quelque chose de spécial, mais surtout un acompte pour la maison. Le seul cadeau pour moi, c'est que je n'aurai plus à l'entendre ronfler.

— Il veut une séparation à l'essai, mais il a déjà signé un bail ? Pour combien de temps ? intervint Grace.

— Six mois, répondit Joy en buvant une longue gorgée de

café. Mais c'est un mensonge. J'ai appelé l'agence et découvert que c'était un bail d'un an. Paul s'en va. Grace, je crois qu'il va me falloir le numéro de ton avocat pour le divorce.

— Bien sûr, ma chérie, accepta Grace en l'enlaçant, tout en lançant un regard à Hope indiquant qu'elle n'en revenait pas.

— Il t'a balancé ça aujourd'hui ? Tout ça parce que tu voulais améliorer votre vie sexuelle ? demanda Hope, incrédule.

— Oui. Je crois.

Joy renifla. Cependant, son visage affichait surtout sa détermination quand elle leva le menton.

— Tu sais quoi ? J'ai tout essayé. J'ai été la femme la plus patiente au monde. S'il ne m'apprécie pas, eh bien très bien. Hors de question que je perde plus de temps à cause de ce connard. Je vais être comme vous deux. Dégotez-moi un petit jeune ou du sexe sans engagement. Ou même un type qui ne se couche pas à vingt et une heures précises. Je suis intelligente. Je peux trouver un travail et quelqu'un qui ne pense pas que j'ai dépassé la fleur de l'âge.

Sortant son portable de sa poche, elle se mit à taper sur l'écran.

— Qu'est-ce que je dois faire pour ça ? M'inscrire sur Tinder ? Ou bien y a-t-il une autre application que j'ignore ?

Hope explosa de rire et lui piqua son téléphone.

— O.K., ralentis un peu.

— Pourquoi ? Est-ce que tu sais depuis combien de temps je n'ai pas eu d'orgasme donné par quelqu'un d'autre ?

— Euh…

Elle prit un cookie et le fourra dans sa bouche, incroyablement reconnaissante que son don de télépathie semble gelé tout à coup. Elle n'avait pas du tout envie de découvrir ce qui passait par la tête de Joy en cet instant.

— Je pense que ce que Hope essayait de te dire, c'est que tu devrais te laisser un peu de temps avant de sauter dans le grand bain. Accorde-toi un moment pour te poser, réfléchir à ce que tu veux vraiment avant de…

— Des orgasmes, Grace. Orrrrrrrgasmes. Tu sais, ce truc qu'Owen t'apporte régulièrement ? insista leur amie. C'est tout ce que je veux de la part d'un homme. Et le plus tôt sera le mieux.

— D'accord, très bien.

Hope téléchargea sur le portable de Joy l'application Tinder, puis elle l'ouvrit et lui créa un compte.

— Tu veux utiliser quelle photo ?

Joy cilla.

— Tu me demandes de mettre ma photo sur Internet ? Sur une application spécialement réservée aux coups d'un soir ? Tu es folle ?

— Elle ne sert pas que pour les aventures sans lendemain, Joy, expliqua Grace en se frottant les tempes, comme si elle avait mal à la tête. Elle permet aussi aux gens de se rencontrer et d'entamer une relation. Tu le sais, n'est-ce pas ?

— Ouais, peu importe. Ce n'est pas ça que je cherche. Pas après vingt années de Paul et ses fichus plannings. Précise bien que je ne veux rien de sérieux, ajouta-t-elle à l'intention de Hope, qui pouffa.

— Hors de question que je mette ça, ou tous les chiens en chaleur jusqu'à San Diego t'écriraient. Et si on commençait par y noter juste tes centres d'intérêt, et on voit ce qu'il se passe à partir de là ?

Joy leva les yeux au ciel.

— Très bien. Mais je ne compte quand même pas montrer ma tête.

— Tu l'as déjà fait, rétorqua-t-elle en souriant.

— Quoi ?

Joy s'empara de son portable et fit défiler son profil. Quand elle trouva la photo, elle semblait ravie.

— J'ai l'air jolie, sur celle-là.

— Tu as l'air sexy, affirma Hope en reprenant le téléphone pour montrer le cliché à Grace.

C'était un portrait de Joy, en bikini et jupe portefeuille sur la plage ; ses cheveux blonds étaient balayés par la brise comme si elle tournait une publicité pour shampooing. Elle datait de quelques années, mais Joy n'avait pas du tout changé depuis. Hope lui rendit son portable.

— Tu vas bientôt avoir l'embarras du choix parmi les beaux gosses du coin.

— Super, approuva Joy, qui sembla tout à coup mal à l'aise. C'est bien d'aller de l'avant, non ?

— Évidemment, affirma Grace en lui serrant la main. Mais ne te mets pas la pression.

— Grace a raison, dit Hope. C'est bien d'essayer d'entamer un nouveau chapitre. Ce que nous voulons, c'est que tu prennes soin de toi et que tu fasses ce qui te rend heureuse. Si tu as besoin d'un rencard pour ça, fais-le. Amuse-toi. Tu le mérites. Mais tu as peut-être besoin d'un peu de temps avant de te lancer dans quelque chose.

— Quatre heures, ce n'est pas suffisant ? demanda Joy, riant et sanglotant à moitié.

Hope et Grace se levèrent et l'enlacèrent tandis qu'elle fondait en larmes. Quelques minutes plus tard, Joy les repoussa gentiment et s'essuya les yeux.

— Je vais bien. Merci. C'est juste que… il m'a prise de court, vous voyez ?

— Oui, dit Grace en lui tendant un mouchoir.

— Vous voulez savoir le plus étrange dans tout ça ?

— Oui ? demanda Hope.

— En fait, je crois qu'il ne va pas me manquer. Je crois que je suis surtout bouleversée de ne pas avoir trouvé comment faire marcher les choses.

Joy soupira.

— Et je m'inquiète pour les enfants. Ils vont être perturbés.

— Je n'en doute pas, dit Hope, mais ce sont des adultes. Ils seront capables de le gérer.

Le plus vieux de ses enfants avait vingt-six ans, le plus jeune vingt-deux.

Joy confirma.

— Tu as raison.

Elle poussa un gros soupir.

— Bon, ça suffit. Je ne veux plus penser à Paul. Parlons d'autre chose. Qu'est-ce que tu as pour nous ?

Hope jeta un coup d'œil à Grace, qui haussa les sourcils et les épaules, comme pour dire que si Joy était prête à changer de sujet, alors il était temps de le faire.

— C'est parti. Grace, tu as pu obtenir le nom des nouveaux résidents ?

— Tu sais que je pourrais avoir de gros ennuis pour ça ? répliqua l'intéressée en lui tendant la liste des gens ayant contacté son agence pour acheter ou louer un local à Prémonition au cours des mois précédents.

— Je veux juste m'en servir pour recouper avec les personnes présentes à la soirée de Lucas. Puis nous la brûlerons, d'accord ?

— Très bien, accepta Grace en attrapant un nouveau cookie, avant de s'adosser à sa chaise.

Joy lui prit le papier des mains.

— Je vais lire à voix haute, et toi, Hope, tu regardes la liste des invités en même temps. Nous irons un par un.

— Bonne idée.

Elle prit un stylo et se mit au travail.

Une heure plus tard, elles avaient réduit les suspects à trois noms : Vincent Valencia, décorateur d'intérieur ; Lanie Barnes, journaliste free-lance ; et Crosby Quinn, un artiste.

— Ça ne ressemble pas à des noms de grands trafiquants de drogues, commenta-t-elle en soupirant.

Grace les étudia.

— J'ai aidé Crosby à trouver son studio. C'est un homme timide et gentil, qui peint surtout des paysages marins. Il expose à la galerie *L'étoile du nord.*

— Et Lanie a rejoint l'organisation du *Marché des Artistes,* déclara Joy. Étant la vice-présidente, c'est moi qui regarde toutes les candidatures. Elle crée des œuvres en feutre, avec des citations du style « Sois la sorcière que tu veux être », « La confiance rend les sorcières plus fortes » ou encore « Prends soin de ta sorcière intérieure ». C'est très joli.

Hope se frotta les tempes.

— Vincent est un vieil ami de Lance. Il est architecte d'intérieur depuis des années, et il vient d'emménager ici avec son copain pour ralentir un peu le rythme et profiter de la plage. Vous savez ce que ça veut dire ?

— Que l'on vient de perdre une heure au lieu d'aller sur le terrain pour parler à toutes les personnes de la liste ? demanda Grace.

— Tu as saisi, confirma-t-elle. Si l'un de ces trois-là est impliqué dans le trafic de drogues, je suis prête à courir nue dans la Rue Principale en criant qu'ils sont absolument brillants. Car, vraiment, ils auraient de sacrées couvertures.

— Fais attention à ce que tu dis, se marra Joy. On ne peut jamais savoir. S'ils ont échappé à la justice, c'est peut-être justement parce qu'ils ressemblent aussi peu à des criminels.

— Oui. Peut-être que l'un d'eux est le baron de la drogue le plus puissant de toute la côte californienne, ajouta Grace.

Hope leva les yeux au ciel.

— Ha ha. Très drôle. Pour vous faire plaisir, les blagueuses, nous pouvons nous concentrer sur ces trois-là. Je vais essayer d'écouter leurs pensées. Mais s'il s'avère que ce sont de sales pervers qui me soumettent à leur dépravation, je vous en voudrai toute ma vie.

— Si ce sont de sales pervers, raison de plus pour y regarder de plus près, répliqua Joy en agitant les sourcils.

— Nous te laisserons cette partie-là, répondit Grace en riant, avant de rassembleur leurs tasses pour les rapporter à la cuisine. Pour le moment, nous devons aller en ville afin que notre amie espionne quelques personnes.

CHAPITRE 9

Hope fut la première à entrer dans *Une petite touche de magie,* le studio de conception coopératif qui se trouvait sur le square, en face de la mairie. La pièce d'exposition était entièrement décorée de blanc, avec quelques pointes de turquoise et de jaune pâle. Il y régnait une atmosphère de bord de mer élégant.

— Bonjour, lança, depuis le comptoir, une rouquine qui lui parut familière. Que puis-je faire pour vous, mesdames ? Avez-vous un rendez-vous ?

— Oh, non, nous faisons juste du lèche-vitrines, répondit Grace. Notre amie Joy aimerait relooker sa maison. Vous voyez le genre : virez l'ancien, accueillez le nouveau. Nous nous demandions si Vincent et Walt pouvaient nous aider.

— Ce sont deux décorateurs indépendants. Ils ne travaillent pas ensemble sur les projets, généralement, sauf circonstance particulière. L'un est spécialisé dans le design moderne, l'autre le contemporain. Que préférez-vous ? la questionna la réceptionniste.

— Hum, je ne sais pas. J'aime bien les meubles comme ceux

que fait *Innovation intérieure*. Alors, tout ce qui convient à leur esthétique, dit Joy.

Hope sourit discrètement. Elle adorait ses amies ; Joy n'avait pas perdu un instant avant de parler de l'entreprise de Lucas.

— Oh, le travail de Lucas King, s'extasia la rouquine, d'une voix soudain rauque, comme si elle avait envie de connaître intimement l'une des tables d'appoint de Lucas. Cet homme est *très talentueux*.

Pardon, quoi ? songea-t-elle en dévisageant la femme. Elle la reconnaissait enfin. Elle faisait partie des voisines de Gigi et s'était pratiquement jetée sur Lucas avant qu'il ne repousse ses avances. À ce souvenir, elle adressa un sourire faux à la rousse.

— J'ai entendu dire qu'il n'était plus sur le marché.

— Ah bon ? répliqua l'autre femme, surprise. C'est étonnant, puisque nous sortons ensemble vendredi soir.

— Oh oh, murmura Grace.

— *Vous* sortez avec Lucas ? demanda-t-elle, le souffle court, comme si elle avait reçu un coup de poing dans le ventre.

Lucas avait-il vraiment invité la rousse à un rencard ?

— Oui. Oh ! s'écria cette dernière, les yeux pétillants. Vous avez peut-être entendu parler de notre rendez-vous, et c'est pour ça que vous pensez qu'il n'est plus sur le marché. Eh bien, il n'y a rien d'officiel pour l'instant, mais après vendredi, qui sait ?

Elle haussa une épaule et leur fit un clin d'œil, dévoilant très clairement ses intentions.

— La déesse sait que j'ai bien mérité d'avoir un mec sexy dans mon lit après avoir divorcé de ce connard l'an dernier. Il gagnait bien sa vie, mais était bien trop radin à mon goût. J'espère que Lucas prend bien soin de sa femme, parce que je ne suis pas faite pour travailler, si vous voyez ce que je veux dire.

Hope était si tendue depuis qu'elle avait découvert que la rouquine avait jeté son dévolu sur Lucas qu'elle allait être incapable de faire appel à son don de télépathie. Elle regarda le badge de la femme.

— Dites-moi, Serena, aussi agréable que ce soit de connaître tous les détails de votre vie amoureuse, vous pourriez peut-être répondre à notre question ? Est-ce que les décorateurs sont là ?

— Oh, pardon.

Elle pouffa, et Hope eut tout à coup la vision de cette femme caressant le torse de Lucas, qui la regarderait d'un air indéchiffrable. Cette image disparut aussi vite qu'elle était apparue, la laissant sur les nerfs et très tentée d'arracher la tête de la rouquine.

— Voyons voir. Vincent est là, mais il est avec un client. Et Walt a un rendez-vous à l'extérieur.

La rousse se tourna vers Joy.

— Mais je peux arranger un rendez-vous avec eux, si vous le désirez.

— Puis-je les rencontrer ensemble ? demanda cette dernière. Histoire de pouvoir déterminer avec lequel des deux je souhaite travailler ?

— Bien sûr. Est-ce que vendredi à dix heures vous conviendrait ?

Elles fixèrent le rendez-vous, tandis que Hope faisait tout son possible pour percevoir les pensées de Serena. Mais quand elle y parvint, elle fut envahie d'images de Lucas plus ou moins habillé. La seule chose qui sauva cette femme d'une mort violente fut le fait qu'elle n'avait manifestement jamais vu Lucas nu : il manquait ses tatouages et la cicatrice de son appendicite.

Et les fantasmes de la rousse ne rendaient pas justice aux abdos de son ex, bien plus développés que ne le pensait l'autre femme.

Désormais sûre que la relation de Lucas et Serena n'avait pas dépassé le stade du flirt, elle se pencha vers cette dernière.

— Je me souviens de vous. Vous étiez à la soirée d'*Innovation intérieure,* n'est-ce pas ?

— Oui. C'est là que nous nous sommes rencontrés, Lucas et moi.

Évidemment. Mais si ses souvenirs étaient bons, il n'avait pas accordé la moindre attention à cette femme. Elle se demanda comment Serena avait réussi à se faire inviter à dîner.

— Qu'avez-vous pensé de sa galerie ? Elle est bien située, non ?

— Euh, oui, répondit Serena, fronçant les sourcils. Je crois. Enfin, son travail est sympa, mais le principal attrait de cet endroit, c'est Lucas. Il est tellement magnifique.

Elle se retint de lever les yeux au ciel. Serena était si focalisée sur son envie de se taper Lucas que Hope doutait qu'elle puisse être impliquée dans un trafic de drogues.

— C'est sûr. Bonne chance pour votre rencard. Vous êtes prêtes ? ajouta-t-elle, se tournant vers Grace et Joy.

Ses amies acquiescèrent, et elle se concentra à nouveau sur Serena, s'obligeant à dire :

— C'était un plaisir, Serena.

— À vendredi, lança Joy.

Grace se contenta d'un signe de la main, avant que toutes trois ne sortent dans la rue.

— Eh bien, c'était…, commença son amie.

— Brutal, la coupa Joy. Hope, ça va ?

— Parfaitement bien, confirma-t-elle.

Elle repéra la maire assise sur un banc, sous un vieux chêne, pour siroter son café.

— Je reviens tout de suite.

Laissant ses amies, elle traversa le square pour rejoindre Iris Hartsen.

— Madame, la salua-t-elle en lui tendant la main. Je suis ravie de vous revoir.

La maire leva la tête et sourit en lui serrant la main.

— Mlle Anderson. Qu'est-ce qui vous amène ici, en milieu de journée ?

Elle indiqua ses amies.

— Nous aidons Joy, qui veut relooker sa maison. Comme je vous ai vue, j'ai voulu vous saluer et vous remercier d'être venue à la soirée d'*Innovation intérieure.* Je sais que Lucas a beaucoup apprécié votre soutien.

La maire adressa à Hope son classique sourire chaleureux, celui qui lui avait valu une élection à soixante-dix pour cent des voix.

— Je n'aurais manqué ça pour rien au monde. C'est toujours un plaisir d'accueillir de nouveaux partenaires commerciaux en ville.

« Surtout quand ça s'accorde parfaitement à nos plans. »

Hope faillit demander « Quels plans ? », avant de réaliser que la maire n'avait pas prononcé cette phrase à voix haute. Elle tressaillit. Iris Hartsen ne parlait quand même pas de trafic de drogues, n'est-ce pas ? Cette dernière avait travaillé dur pour faire implanter un centre de désintoxication gratuit quelques années plus tôt. C'était impossible qu'elle fournisse des substances illégales par ailleurs.

— Le fauteuil à bascule que j'ai acheté est une merveille. Saviez-vous que ma fille était enceinte ?

— Non, je l'ignorais. Toutes mes félicitations. C'est une nouvelle excitante.

Des images de l'autre femme assise sur le fauteuil en question jaillirent dans son cerveau, et elle sourit. Comment avait-elle pu la soupçonner d'être une baronne de la drogue ? Elle se sentait stupide.

— Oui. Je suis impatiente de bercer ce bébé sur ce fauteuil. Lucas nous le livre la semaine prochaine. Je sais que c'est un peu extravagant, comme achat, mais c'est pour ma petite-fille, alors, ça en vaut la peine.

— Je ne vois pas de meilleure raison.

Elles discutèrent quelques minutes encore, puis Hope alla retrouver ses amies devant *Une petite touche de magie*.

— Alors, tu as déterré quelque chose sur Iris ? demanda Grace en pouffant. Doit-on appeler la DEA pour qu'elle perquisitionne le bureau de Mme le maire ?

— Ferme-la, Valentine. C'est toujours bon d'être poli avec la maire, surtout qu'elle peut avoir besoin d'une organisatrice d'événements.

— Exact, répliqua Grace, en repoussant ses cheveux auburn de ses yeux. Bon, récapitulons. Nous venons d'interroger une ex-femme au foyer désespérée et la maire, qui gagnerait le premier prix à n'importe quel concours de Miss Sympathie. Donc, avons-nous fait des progrès ?

Hope grogna.

— Ça va nous prendre une éternité. Il y a une quarantaine de personnes sur cette liste, et aucune qui ne ressort vraiment.

Elle se tourna vers Joy.

— Tu pourrais parler à Gabrielle, la journaliste de la rubrique Art de vivre du *Journal de Prémonition* ?

— Oui, sans souci. Nous nous entendons bien. Elle se

charge des critiques pour les expositions du *Marché des Artistes*. Nous nous parlons plusieurs fois par mois.

— Bien. Essaie de découvrir si elle a connaissance de rumeurs concernant une recrudescence des trafics de drogues en ville et, si c'est le cas, demande-lui si elle a des contacts au bureau du shérif. N'hésite pas à lui mettre la puce à l'oreille, si elle souhaite creuser un peu.

— Je m'en charge.

Joy sortit son portable et, quelques secondes plus tard, elle avait la journaliste au bout du fil.

— Gabrielle, salut ! Dis, je voulais savoir si tu avais des infos concernant le jeune homme qui a fait une overdose au *Panorama Café* hier. J'y étais avec Hope quand c'est arrivé, et je n'arrête pas d'y penser. J'espère qu'il va bien.

Elle s'éloigna un peu et s'abrita sous un auvent.

— Elle est douée, commenta Grace.

— Très douée, confirma Hope. Tu sais à qui nous devrions parler maintenant ?

— Lucas? répliqua son amie, le regard pétillant d'amusement.

Elle ignora cette réponse effrontée. Elle n'avait pas envie de discuter de son agacement à l'idée que Lucas ait un rencard. En outre, elle, elle en avait *deux* le week-end suivant. Elle n'avait pas le droit d'être énervée qu'il fasse la même chose. Elle se racla la gorge.

— Nous devrions aller voir Gigi. Tous ses voisins étaient présents.

— Ses *riches* voisins, précisa Grace. Maintenant que j'y pense, c'est par là que nous aurions dû commencer.

— C'est plus logique que d'interroger la guitariste ou Kevin Landers.

Grace rit à gorge déployée.

— Tu imagines Kevin en baron de la drogue ? Je ne suis même pas certaine qu'il ait déjà viré quelqu'un un jour. En plus, il refile tout son travail à son assistante, parce qu'il est allergique à la paperasse. Il se ferait renverser à la tête du trafic en moins d'une semaine.

— Nous devrions quand même parler à la guitariste. Mais j'ai dans l'idée que je ne verrai, dans son cerveau, que la même chose que dans celui de Serena.

— Oh, par les déesses. C'était si terrible que ça ? demanda Grace, compatissante.

— Oui, du moins jusqu'à ce que je comprenne qu'elle n'avait jamais vu Lucas nu. À ce moment-là, j'ai pu me défaire de ces visions. Pour être honnête, c'est douloureux d'entendre qu'il a un rencard.

— Je suis sûre qu'il ressent la même chose.

Grace indiqua la mairie de l'autre côté du square, devant laquelle deux hommes s'entretenaient.

— On dirait que Lucas vient d'apprendre ton rendez-vous avec Matt.

Elle suivit le regard de son amie et vit les deux hommes discutant ensemble sur le trottoir. Lucas la remarqua, se renfrogna et se tourna vers Matt pour déverser sa colère sur lui. Ce dernier leva les mains en signe d'apaisement et recula lentement.

— Oh bon sang, marmonna Hope qui s'approcha d'eux à grands pas.

CHAPITRE 10

— Vous pouvez oublier cette table de salle à manger décorée, lança Lucas, l'expression orageuse.

Vu comme il serrait les poings, il semblait avoir très envie de frapper Matt.

— Hé, mec, calmez-vous, dit ce dernier en se passant la main dans les cheveux. Je ne savais pas qu'il y avait quelque chose entre Hope et vous. Ce n'est qu'un dîner.

— Il n'y a rien entre nous, insista Hope en s'approchant de lui.

Que se passait-il ici ? Se battaient-ils vraiment pour elle ? Elle lança un regard scrutateur à Lucas.

— Qu'est-ce que tu lui as dit, au juste ?

Il soutint son regard.

— Il y a quelques semaines, quand il m'a demandé pourquoi j'étais de retour en ville, je lui ai répondu que j'étais revenu pour m'occuper de ma mère et pour réparer ma relation avec toi.

— Lucas, soupira-t-elle.

Matt les interrompit avant qu'elle puisse poursuivre.

— Vous avez parlé de votre ex. Vous n'avez pas une seule fois mentionné son nom, insista-t-il. Bon sang, je n'aurais pas marché sur vos plates-bandes si je l'avais su.

Lucas le fusilla du regard.

— Comment pouvez-vous ignorer que Hope est mon ex ? Tout le monde est au courant.

Matt haussa les épaules.

— Je suis nouveau en ville, vous vous souvenez ? Et je viens de passer ces dernières semaines sur la plage avec mes fils et leur famille. Comment aurais-je pu savoir que vous parliez de Hope ?

— Hum, excusez-moi, intervint-elle, envahie du puissant désir de les frapper l'un et l'autre. Je ne suis la propriété de personne.

— Bien sûr que non, confirma immédiatement Lucas, et Matt approuva.

— Alors quelle importance que je sois ton ex ? demanda-t-elle à Lucas, avant de se tourner vers l'autre homme. Et pourquoi ne m'auriez-vous pas invitée à sortir si vous l'aviez su ? Lucas et moi ne sommes plus ensemble. La dernière fois remonte à des années en arrière, quand il a fui sur la côte Est.

Elle pivota à nouveau vers l'intéressé pour enfoncer son doigt dans son torse.

— J'ai le droit de fréquenter qui je veux, tu m'entends ? Tu. M'as. Quittée. Deux fois. Si tu crois qu'il y a encore quelque chose entre nous, tu te fais des idées.

Il lui prit la main et l'attira contre lui.

— Il y aura toujours quelque chose entre nous, Hope. Et tu te mens à toi-même si tu penses le contraire.

Son souffle se bloqua dans sa gorge, et elle ne put s'empêcher de regarder ses lèvres. Malgré sa fureur, elle sortit la langue pour se lécher les siennes, dans l'attente.

« *Putain. C'était sexy.* » La passion flamboya dans les yeux de Lucas, qui pencha la tête vers elle, comme pour l'embrasser.

Elle le repoussa.

— Ne dis pas de conneries. Et ne crois pas que je n'ai pas découvert ton rencard de vendredi soir. Si tu es si déterminé à reprendre notre relation, alors pourquoi emmènes-tu dîner cette Serena machin chose ?

Elle indiqua le studio des décorateurs d'intérieur.

— Quoi ? Je n'ai pas de rencard vendredi. Et c'est qui cette Serena ?

Elle leva les yeux au ciel.

— Ne joue pas les innocents. Je te parle de la jolie rousse présente à la soirée portes ouvertes, tu te souviens ? Elle t'a fait du gringue. Ne le nie pas, j'ai tout vu.

Elle était tellement en colère contre lui qu'elle omit cependant de dire qu'elle l'avait aussi vu refuser les avances de la femme. Mais l'avait-il vraiment fait ? S'ils sortaient ensemble le vendredi soir, il avait dû lui reparler plus tard.

Il fronça les sourcils.

— Je ne me souviens d'aucune rousse. À moins que tu ne fasses allusion à la guitariste, mais je ne l'ai pas invitée.

Il jeta un coup d'œil au studio de design d'intérieur, et la prise de conscience sembla s'imposer à lui.

— Oh, je vois de qui tu parles. De l'assistante des deux décorateurs, c'est ça ?

— Oui, elle, confirma-t-elle sèchement. Pauvre fille. Elle ne sait pas ce qui l'attend.

— Je ne sors pas avec elle vendredi. Elle est venue passer

commande hier et elle a mentionné au passage qu'il y avait une happy hour à *L'ormeau.* Je l'ai remerciée pour l'info et lui ai dit que j'essaierais de passer. Il me semble qu'elle a dit qu'elle y serait aussi et qu'elle a parlé de boire un verre ensemble, mais ce n'est clairement pas un rencard. Pas comme celui que tu as avec M. Maison sur la plage ici présent, ajouta-t-il en indiquant Matt de la tête.

— Je pense que ce rendez-vous n'est pas une très bonne idée, intervint ce dernier. Hope, j'ai l'impression que vous avez besoin d'un peu de temps pour que Lucas et vous puissiez résoudre votre situation. Je ne veux vraiment pas me retrouver au milieu de tout ça.

— Il ne se passe rien…, commença-t-elle.

— Quelle bonne idée, Matt, la coupa Lucas.

— Je suis navré, lui dit Matt avec un sourire désolé. Je sais qu'il ne vaut mieux pas s'immiscer dans ce genre de chose.

Il tendit la main à Lucas, qui la lui serra.

— Bonne chance, mon gars.

— Merci.

Lucas lui fit un signe de la tête, puis reporta son attention sur Hope.

— Maintenant, à propos de vendredi…

— Quoi, vendredi ? On dirait que je vais devoir me commander une pizza au lieu de manger des huîtres, des palourdes et du flétan. Grâce à toi. Comment oses-tu te mêler…

— Laisse-moi t'inviter à sortir. À *L'ormeau* ou n'importe où ailleurs.

— Tu veux sortir avec moi ? s'écria-t-elle, incrédule, en repoussant les cheveux que le vent mettait dans son visage.

La brise marine s'était intensifiée, charriant avec elle des odeurs salines qui ravivèrent tout un tas de souvenirs tout à coup. C'était toujours le cas quand le vent se levait. Ils avaient échangé leur premier baiser sur la plage, juste avant une tempête, un après-midi. Ils avaient passé leur premier rencard allongé sur le plateau du pick-up de Lucas, sur la falaise, à regarder les étoiles. Et le soir où il l'avait quittée pour rejoindre la côte Est, ils s'étaient assis sur les rochers, avec les vagues s'écrasant en bas, pour discuter et passer leurs dernières minutes ensemble.

— Oui. Je veux sortir avec toi. Puisque j'ai gâché tes projets, laisse-moi me rattraper.

Il lui décocha ce sourire décontracté qui avait fait fondre sa détermination si souvent par le passé. Cela ne fonctionna pas cette fois-ci. Elle était toujours en colère qu'il pense avoir son mot à dire sur ses rencards. Comment osait-il ? Elle était à deux doigts de l'envoyer bouler, quand elle songea à Serena et lui se retrouvant pour l'happy hour. Elle grogna tout bas. Les imaginer ensemble suffisait à lui donner la nausée.

— Très bien. Tu peux m'inviter à dîner vendredi soir, mais seulement parce que tu me dois bien ça. Ce n'est pas un rencard. Ce sont des excuses.

Le sourire de Lucas s'élargit, et ses yeux pétillèrent d'amusement.

— Appelle ça comme tu veux, Hope. Je passe te prendre à sept heures.

« Mais nous savons tous les deux que c'est un rencard. »

Elle se demanda s'il avait pensé cette phrase très fort juste pour l'agacer. Sans doute que oui, et cela lui donnait très envie d'effacer ce sourire suffisant de son visage.

— Tu es exaspérant.

— Je sais.

Il l'embrassa sur la joue puis s'éloigna en sifflotant, les mains dans les poches.

Elle se tourna pour retourner vers ses amies et découvrit qu'elles l'avaient déjà rejointe.

Grace siffla doucement.

— Eh bien, Hope, tu as de quoi faire avec celui-là. Il a autant de charme et de sex-appeal qu'autrefois mais, maintenant, il joue à un tout autre niveau. Je n'en reviens pas qu'il ait réussi à te convaincre de dîner avec lui après cette scène. Comment vas-tu cheminer dans ce champ de mines ?

Hope leva les bras au ciel.

— Je n'en ai aucune idée.

Joy lui tapota le dos.

— Au moins, il ne sera pas avec Serena.

— Pourquoi ai-je accepté, d'après toi ? répliqua-t-elle en pouffant tristement. Je suis complètement tordue, hein ?

— Je ne dirais pas « complètement », dit Grace en accrochant son bras au sien. Juste un peu. Allez, viens. Arrêtons un peu d'enquêter et allons te trouver une tenue pour vendredi. Quitte à ce qu'il t'invite à sortir, autant que tu sois d'une beauté dévastatrice.

— Grace, ce n'est pas la peine, répliqua-t-elle, en se laissant toutefois entraîner vers sa boutique préférée.

— Oh, si, ça l'est, intervint Joy. En plus, nous comptions y aller. Si je veux donner sa chance à Tinder, il va me falloir autre chose que mes longues jupes en coton et mes tee-shirts moulants.

— Mais ça te va bien, insista Hope.

— Je ne pense pas que « mère hippie » soit le look que je cherche, rétorqua Joy, déterminée. Allez, viens. Il est temps d'être un peu plus sexy.

Hope et Grace échangèrent un regard inquiet. Cela ne ressemblait pas à la Joy qu'elles connaissaient. Hope craignait que leur amie ne se lance dans une aventure pour laquelle elle n'était pas prête.

Mais puisqu'elle était si déterminée à se trouver une nouvelle garde-robe sexy, pourquoi l'en empêcher ? Si leur amie voulait être canon, cela la regardait. Il leur suffirait d'être là pour ramasser les morceaux quand Joy en aurait besoin.

CHAPITRE 11

Hope gara sa Toyota dans le parking en face de la maison victorienne de Gigi Martin, située route de la Mer. Le quartier du front de mer présentait de magnifiques demeures, possédées pour l'essentiel par des familles aisées arrivant de villes plus importantes. En ce début d'automne, seule la moitié semblait occupée, et pourtant, la rue regorgeait de voitures.

— Est-ce que Gigi fait une fête ? demanda Joy en observant les véhicules de luxe.

— Une réunion de voisinage informelle, expliqua Grace. Un cocktail d'après-midi, je crois.

— Quelqu'un a parlé de cocktails ? répéta Hope, prête à s'envoyer quelques margaritas.

Elles venaient de passer près de deux heures dans la boutique de fringues, parce que Grace et Joy avaient insisté pour qu'elle essaie toutes les robes moulantes ou au décolleté plongeant du magasin. Elle avait finalement trouvé une jolie robe portefeuille noire, qui lui donnait l'impression d'avoir quinze ans de moins, alors peut-être bien que ses amies avaient eu raison de la traîner là.

— Ça me plairait bien de boire un truc, après cette expérience qui a réduit mon ego en miettes, approuva Joy en attachant ses cheveux en un chignon serré.

Hope était épatée par sa capacité à avoir l'air si soignée, même avec un legging et son tee-shirt proclamant « Pas aujourd'hui, Satan ! ». Elle dégageait une grâce et une élégance que Hope lui avait toujours enviées.

— Tu te fiches de nous ? Tes fesses sont superbes dans le jean que tu as acheté, lui dit Grace. Et ce chemisier, alors ? À la fois romantique et sexy. Ton rencard Tinder, qui qu'il soit, ne saura pas ce qui va lui arriver.

— Oui, j'aime bien le chemisier aussi. C'est juste que… Je devrais peut-être m'inscrire à la salle de sport, ajouta-t-elle en posant les mains sur son ventre.

Hope la dévisagea et secoua la tête.

— Quoi ?

— Rien. Je te trouve dure avec toi-même. Tu es déjà magnifique, mais si tu veux faire un peu d'exercice, je te soutiens. En fait, je vais même venir avec toi. Vélo en salle, yoga, pilates, qu'est-ce que tu en dis ?

— Ouah, ma fille, du calme. Je pensais à du yoga et peut-être de l'elliptique. Mais du vélo ? Tu en as déjà fait ?

— Moi, oui, intervint Grace. Ça m'a ratatinée.

Elle éclata de rire.

— Je l'ai fait une fois et je n'y suis plus jamais retournée. Maintenant, je vais à la piscine.

— La piscine, ça m'irait. Dommage qu'aucune de nous n'en ait une, commenta Hope en se dirigeant vers la maison de Gigi. Tu nous imagines toutes les trois sur nos transats tandis que les garçons de piscine nous tourneraient autour ?

« Je devrais peut-être me faire construire une piscine. Utiliser l'argent de Paul et engager mon propre garçon de piscine. Le voisin sexy qui habite en bas de la rue cherche peut-être un boulot à mi-temps. Dans ce cas, je n'aurais pas besoin de ce rencard Tinder », songea Joy.

Hope ravala son rire, mais se tourna vers elle, les pouces levés.

— Hope ! s'écria Joy. Arrête ça. Je…

Elle ferma les yeux et secoua la tête.

— Merde.

— Ohhhh, maintenant, j'ai envie de connaître cette pensée cochonne, dit Grace, l'air excitée. Ça concernait un garçon de piscine ?

Hope acquiesça, sans chercher à dissimuler son rire cette fois-ci.

— Oui. Elle envisageait de se faire payer une piscine par Paul et d'engager son voisin sexy pour s'occuper de sa… euh… zone humide.

Grace pouffa.

— Compte sur moi tous les soirs à six heures. En échange, je te remplis ton bar.

— Arrêtez, s'écria Joy, hilare. Je parie que le garçon de piscine s'avérerait être un père de famille d'une cinquantaine d'années avec un léger embonpoint, alors ne nous emballons pas. Mais la piscine, j'y pense sérieusement. J'ai toujours voulu en avoir une, mais Paul disait que ça nécessitait trop d'entretien. Vu qu'il se casse, il n'a plus son mot à dire.

— Tu as bien raison, confirma Hope, en frappant à la porte de Gigi.

— C'est clair. Dis-moi quand tu commenceras les travaux. Ça se fête.

— Un peu, oui, approuva Joy, le menton levé, l'air déterminé.

Hope aimait la voir ainsi. Paul l'avait rabaissée trop longtemps. Joy méritait d'être heureuse.

La porte s'ouvrit sur une Gigi Martin souriante.

— Grace ! Te voilà !

Elle la fit entrer dans sa magnifique maison.

— Salut, Hope, Joy. Suivez-moi. Je vais vous servir à boire sur la terrasse.

« Ouf, des visiteurs qui vont me sauver de ces cons », pensa Gigi.

Hope se pencha vers Joy.

— Elle déteste ses voisins, murmura-t-elle.

— C'est vrai ? répliqua celle-ci sur le même ton, les yeux écarquillés.

— Ouaip. Allons secouer le cocotier.

— Avec plaisir.

Dès qu'elle eut franchi les portes-fenêtres, Joy se dirigea droit vers le bar.

Hope étudia les personnes présentes et repéra un groupe d'hommes d'un certain âge portant des pantalons habillés et des polos. Elle les imaginait bien parler de leur portefeuille d'actions et de leurs résultats au golf. Chouette. Ça promettait d'être une sauterie insipide. Joy avait eu raison de se servir de l'alcool tout de suite.

— Qu'est-ce que tu as pris ? lui demanda-t-elle.

— Aucune idée. Ça a un goût de vodka et de framboise. Tu en veux un ?

— Oui, merci.

Joy lui en versa un, puis un autre pour Grace, qui était monopolisée par Gigi. Elle accepta le verre, articula « merci » et reporta son attention sur leur hôtesse.

— Allez, au travail, lança Hope en observant les cinq hommes.

— Où sont passées les femmes ? demanda Joy. Je ne savais pas que c'était la fête à la saucisse. Tu m'étonnes que Gigi ait eu envie d'un peu d'œstrogènes.

Elle ricana. Joy était au taquet, ce jour-là. Elle était épatée de voir à quelle vitesse son amie s'était remise de la nouvelle du déménagement de son mari. Cela lui faisait sans doute du bien d'avoir autre chose sur quoi se concentrer.

— Je pense que nous allons bientôt le découvrir.

— Bien le bonjour, jolies dames, les salua un homme de grande taille à la carrure de joueur de football américain.

Il portait ses cheveux blonds très court et arborait un sourire obséquieux qui le plaçait immédiatement dans la catégorie des connards. Il détailla Joy du regard, et son expression se fit lubrique. Elle avait déjà vu la même sur tous les membres de fraternité lors de fêtes à l'université.

« La nana en legging. Je la prendrais bien en levrette », songea-t-il.

Hope faillit vomir. Oui, un enfoiré, à cent pour cent.

— Bonjour, je m'appelle Joy et voici mon amie Hope, dit-elle en lui tendant la main. Et vous êtes ?

— Votre rencard de vendredi soir, répliqua-t-il, avec un sourire un peu trop arrogant aux lèvres.

Quelque chose chez lui filait les jetons à Hope.

— Oh, vraiment ? Je ne me souviens pas que vous me l'ayez demandé, rétorqua Joy d'une voix glaciale.

Le cœur de Hope se gonfla de fierté. Joy avait été mise à terre ce jour-là, et pourtant, elle n'était pas K.-O. Elle ne comptait pas se laisser faire face aux conneries de ce gars.

Celui-ci pouffa, comme s'il avait l'habitude de susciter ce genre de réaction.

— Je vous aime bien. Joli tee-shirt, au fait. Je m'appelle Brent Card, j'habite à quelques maisons d'ici. Celle avec la Maserati devant. N'hésitez pas à venir me voir, si vous souhaitez faire un tour dans mon jacuzzi.

— Et pourquoi ferais-je ça alors que Gigi en a un juste là ? rétorqua Joy en indiquant l'objet en question, sur la terrasse.

— Oh, c'est comme ça que vous voulez la jouer ? répliqua-t-il en haussant un sourcil.

— Et comment ?

— Vous jouez les inaccessibles. Pas de souci. J'aime les défis.

Il se mit à parler de son travail de vice-président d'une compagnie pharmaceutique sur la côte. Hope se concentra sur lui et essaya d'ouvrir son esprit pour l'écouter. L'homme ne pensait qu'au fait qu'il était génial. Puis il détailla Joy de la tête au pied et songea : « *Quand elle aura vu ma maison et la vue depuis la chambre, elle craquera, comme toutes les autres.* »

De nouveau, Hope eut envie de vomir. Elle envisagea même sérieusement de le pousser par-dessus la rambarde de la terrasse. Mais il y avait trop de témoins, et ce connard ne valait quand même pas de passer des années en prison pour lui. Il était bien trop superficiel et racontait tellement de merde qu'elle se demandait comment il était possible que ses yeux ne soient pas devenus marron depuis le temps.

Elle se pencha vers Joy.

— Il a beau être horripilant, je ne crois pas qu'il trempe dans la drogue. Est-ce que ça te va si je vais discuter avec les autres ?

Joy hocha la tête et retourna se prêter au jeu de Brent. Hope était sûre que son amie trouverait le moyen de l'interroger sur les overdoses récentes pour savoir ce qu'il en pensait.

— Excusez-moi, dit-elle à Brent. C'était un plaisir, mais j'aimerais faire connaissance avec les autres invités.

Il la salua à peine, reportant tout de suite son attention sur Joy.

Ignorant l'autre type ressemblant à un ancien membre de fraternité, elle se dirigea vers les trois hommes appuyés contre la rambarde, qui riaient. L'un d'eux portait un jean et une chemisette, un autre un jean troué et un tee-shirt moulant, et le troisième un pantalon cargo et un haut à manches longues en coton. Ils semblaient bien plus abordables et avoir davantage les pieds sur terre.

— Bonjour, je m'appelle Hope Anderson. Je suis une amie de Gigi.

— Oh, vous êtes adorable, commenta le plus petit des trois, celui portant le pantalon déchiré. Cette coiffure est géniale. Qui vous l'a faite ?

Hope lui sourit. Il avait un visage sincère et des yeux verts pétillants. Elle l'aima instantanément.

— Lance, au salon *Espace liminal.* Vous le connaissez ?

— Non. Pete et moi avons acheté notre maison de vacances il y a un an, mais c'est la première fois que nous avons l'opportunité d'y passer autant de temps.

Il enlaça en parlant l'homme sexy d'un mètre quatre-vingt qui se tenait à ses côtés et possédait une barbe soigneusement taillée et des yeux sombres.

— Nous sommes arrivés il y a quelques jours à peine, et Gigi a eu la gentillesse de nous inviter à ce cocktail.

— Bonjour, je suis Pete, se présenta le barbu.

Il indiqua son partenaire d'un signe de tête.

— Et voici mon mari, Skyler.

— Enchantée de vous rencontrer tous les deux.

Elle leur serra la main puis regarda le troisième homme, celui qui portait un pantalon cargo. Grand et mince, il avait la mâchoire carrée et de doux yeux bleus.

— Salut, moi, c'est Troy.

— Hope. Vous habitez dans cette rue, j'imagine ?

Ils acquiescèrent.

— Pete et Skyler possèdent la maison grise moderne par ici, précisa Troy. La mienne, c'est celle à deux étages avec ses multiples terrasses juste à côté de la leur.

Hope était impressionnée. En dehors de la victorienne de Gigi, c'était les deux plus jolies demeures du quartier. Elle se demanda ce qu'ils faisaient dans la vie pour pouvoir s'offrir de telles propriétés en bord de mer.

— Ce n'est pas notre cas, avoua-t-elle en indiquant ses amies. Grace est l'agente qui a vendu la maison à Gigi. Joy est la vice-présidente du *Marché des Artistes*, et je suis organisatrice d'événements. Donc si vous avez besoin de quelqu'un pour un anniversaire, une fête, une naissance, je suis là pour ça.

— Oh, c'est vrai ? s'écria Skyler, en passant son bras sous le sien. Il faut qu'on parle.

— Et c'est parti.

Pete leva les yeux au ciel et se tourna vers Troy.

— Tu paries qu'il va être question d'un mariage de chiens ?

— Tu veux dire qu'il était sérieux quand il disait qu'il souhaitait lier Polly et Drew ? demanda Troy, visiblement intrigué. Je croyais que c'était une blague.

— C'en était une, mais tu sais comment il est. Quand il s'est mis quelque chose en tête, c'est là que ça commence à dégénérer.

Pete secoua la tête.

— S'ils doivent avoir des bébés, ils méritent une cérémonie, insista Skyler. N'est-ce pas, Hope ?

— Bien sûr, confirma-t-elle en pouffant. Qu'est-ce qui vous plairait ? Une fête sur la plage ?

— Oh, grands dieux, non.

Il se posa une main sur le cœur, scandalisé.

— Avez-vous déjà vu un shih tzu sur une plage ? Le sable, c'est inenvisageable. Je pensais plutôt à une cérémonie sur la falaise, avec vue sur l'océan. On pourrait peut-être y faire venir un belvédère ou un treillis ? Oh, non, je sais, et des cornouillers ?

— Ce que vous voulez, tant que ça reste dans les limites du convenable, répondit-elle, amusée.

Elle avait organisé toutes sortes de fêtes déjà, mais jamais un mariage de chiens.

— Ça vous dirait que nous fixions un rendez-vous ? Nous pourrions en discuter et échanger des idées ainsi.

— Oui, faisons ça.

Il sortit son portable et ouvrit l'application agenda. Puis il éclata de rire.

— J'ai tellement l'habitude des réunions et des deadlines à respecter que j'oublie toujours que nous n'avons rien de prévu pour notre mois sur la plage. Donc je suis disponible tous les jours.

— Sauf le vendredi soir, tu te souviens ? intervint Pete en caressant le cou de Skyler.

Celui-ci rougit et adressa un sourire attendri à son mari.

— Sauf le vendredi, c'est exact.

— Pas de souci. Je ne travaille pas non plus le vendredi soir, généralement.

Elle leur fit un clin d'œil.

— Il faut bien se garder du temps pour jouer un peu.

Skyler hocha la tête.

— C'est le soir des rencards. Ce qui me fait penser… Quel restaurant de poissons et fruits de mer nous recommanderiez-vous ?

— *L'ormeau*, répondit Troy sans hésiter. C'est nouveau, tout frais. Le flétan en croûte de parmesan est mon plat préféré, mais ils font aussi de très bons *fish and chips.*

Hope hocha la tête.

— Je n'ai entendu que du bien sur eux. Vous devez réserver, cependant. C'est bondé, ces derniers temps.

Skyler se fit une note dans son portable.

— *L'ormeau.* Ça marche.

Ils se donnèrent rendez-vous le lundi pour discuter du mariage des chiens, puis, ce sujet épuisé, ils s'observèrent dans un silence un peu gêné, jusqu'à ce que Hope lance :

— Bon, messieurs. Vous connaissez mon travail. Quel est le vôtre ?

— Pete est gestionnaire de finances personnelles et je suis styliste. J'ai un magasin à San Francisco et un à Los Angeles. Je fais des vêtements pour femmes et quelques robes de mariée.

— Skyler travaille très dur, mais j'ai finalement réussi à le convaincre de prendre quelques jours de congé. Alors, pendant tout le mois d'octobre, pas de travail, indiqua Pete. Juste de la plage, des chiots et du temps dehors. N'est-ce pas, chéri ?

— Bien sûr. Je te l'ai promis, non ? répliqua l'intéressé en câlinant son mari.

— C'est super, dit-elle. Avez-vous une boutique en ligne ? J'aimerais beaucoup voir ce que vous faites.

Skyler lui tendit sa carte de visite.

— Vous devriez aussi jeter un coup d'œil au travail de Troy. Il est photographe, et ses derniers clichés de la côte sont incroyables.

— Ah oui ?

Elle se tourna vers lui.

— Vous arrive-t-il d'exposer vos photos ?

— Oui, répondit-il en haussant modestement les épaules. Il y en a dans quelques galeries en ville. Mais j'ai pas mal de followers sur Internet, et je vends beaucoup de clichés grâce à mon site. C'est plus facile que de traiter avec les galeries.

Elle avait très envie de connaître son histoire pour comprendre comment il parvenait à se payer une maison à deux étages sur le front de mer à Prémonition alors qu'il vendait ses œuvres via son seul site ?

— Oh, bon sang ! s'écria Skyler. Arrête d'être aussi modeste.

Il leva les yeux au ciel.

— Les photos faites par Troy sont dans tous les magazines d'ici jusqu'à Paris. Il photographie les célébrités pour des publications nationales. C'est comme ça que nous nous sommes rencontrés. Ma ligne de vêtements était présentée dans *Prêt-à-porter Magazine*, et c'est Troy qui a fait les photos. Voilà comment nous avons fini par acheter ici. Nous avons fait les photos ici, sur la plage de Prémonition, et nous sommes tombés amoureux de cette ville.

— C'est fantastique. Ça veut dire que vous êtes ici depuis longtemps, Troy. Je suis étonnée, je ne vous avais jamais vu dans le coin.

— Je passe beaucoup de temps derrière mon appareil.

— C'est bien vrai, soupira Skyler en secouant la tête. Mais ne vous en faites pas. Nous finirons par le faire sortir. Nous devrions lui trouver un rencard. Connaissez-vous des célibataires avec qui nous pourrions le caser ?

— Sky…, commença Troy.

— Hum… Homme ou femme ? Ou peu importe ? demanda-t-elle.

— Oh, une femme, sans hésiter, intervint Pete. Nous avons essayé de lui présenter l'un de nos amis l'an dernier, et ça ne s'est pas très bien passé.

— C'est parce que vous m'aviez dit que c'était pour une séance photo, rétorqua Troy en le fusillant du regard. Si tu m'avais posé la question d'abord, je t'aurais dit que je préfère les femmes.

Pete leva les mains au ciel.

— Comment voulais-tu que je le sache ? Tu avais plein de photos d'hommes à moitié nus.

— C'était pour un magazine LGBTQ, expliqua-t-il à Hope.

— On dirait que votre travail est très varié, commenta-t-elle, fascinée.

— On me l'a déjà dit, oui.

Il se tourna vers Pete.

— Et toi, alors, comment se passe ton boulot ? Tu vas prendre quelques jours de congé, aussi ?

Pete répondit qu'il restait toujours disponible pour ses clients, mais qu'il comptait travailler le moins possible. Puis ils discutèrent des marchés financiers.

Hope fit mine de s'intéresser à leur conversation, mais essaya de se concentrer sur leurs pensées. Elle se sentait un peu comme une prédatrice, à espionner les gens de la sorte, mais l'idée qu'il puisse y avoir une nouvelle overdose lui était encore plus désagréable.

Elle se focalisa sur Troy tandis que Skyler se plaignait du temps que Pete passait sur l'ordinateur. Elle vit d'abord un jeune homme posant sur un balcon torse nu, les cheveux balayés par le vent et le regard lourd, comme s'il se réveillait tout juste. Cette image fut remplacée par celle d'une jeune femme assise sur un rocher, seulement vêtue d'un pull trop grand. D'autres modèles lui vinrent à l'esprit, et elle comprit qu'il planifiait ses prochains shootings.

Elle reporta son attention sur Pete, et fut récompensée par des images de lui portant Skyler dans leur maison pour qu'ils soient enfin seuls. Elle coupa vite court à la suite, et leur dit qu'elle avait été ravie de les rencontrer et qu'elle reverrait Skyler la semaine suivante.

Elle passa un peu de temps à discuter avec les comparses de Brent. Elle découvrit qu'ils étaient amis avec lui, qu'ils séjournaient chez lui et qu'ils étaient tout aussi détestables que lui. Lorsqu'elle dit en plaisantant qu'ils revivaient leurs années en fraternité à boire et se droguer, ils rirent. Puis l'un d'eux lui demanda si elle sortait avec quelqu'un et, à partir de là, elle dut échapper aux mains baladeuses de l'un et esquiver les avances d'un autre, qui voulait son numéro. Elle parvint toutefois à s'éloigner d'eux. Ils étaient des hommes à problèmes, mais pas du genre à faire du trafic de drogues.

— Hope, te voilà, lança Grace, quand elle les trouva plus tard à discuter dans la cuisine avec Gigi.

Les hommes étaient enfin partis, il ne restait donc plus que les quatre femmes dans la maison.

— Vous m'avez laissée seule dans cette fête à la saucisse, leur dit-elle en les pointant d'un doigt accusateur. Ce n'est pas cool. Pas cool du tout. Qu'est-il arrivé à notre promesse de ne jamais en laisser une toute seule ?

— J'ai essayé d'attirer ton attention, mais tu étais trop occupée à flirter avec Ken, répondit Joy.

Hope ricana.

— D'accord, premièrement, je ne flirtais avec personne. Et deuxièmement… Ken ? Tu te fiches de moi ? L'un de ces étudiants de fraternité s'appelait vraiment Ken ?

Gigi pouffa.

— Oui. Ken, Brent, Rip, Todd et Dawson. Incroyable, n'est-ce pas ?

Hope secoua la tête.

— Oui et non.

Toutes éclatèrent de rire.

— Je te tire mon chapeau, Gigi. C'est courageux d'organiser une fête quand tu sais très bien que ces mecs vont se pointer.

Gigi eut un petit rire.

— J'ai invité Skyler, Pete et Troy. Brent m'a entendue et s'est invité tout seul. Et il a fait venir ses potes.

Elle frémit.

— Que la déesse soit louée, ils sont partis. Les esprits de la maison n'appréciaient pas vraiment leur présence. C'est pour ça que j'ai organisé ça dehors.

C'était intéressant. La maison de Gigi était hantée, mais les fantômes qui l'habitaient avaient accueilli Gigi à bras ouverts. Ils s'étaient même interposés quand son ex s'était montré violent avec elle. Alors Hope avait plutôt tendance à se fier à leur jugement.

— Que s'est-il passé ?

Gigi haussa les épaules.

— Quand Brent et ses potes sont entrés, le vent s'est levé, ce qui a claqué la porte, et la maison s'est mise à grincer. C'est leur signe d'avertissement avant de prendre des mesures, si la personne qui ne leur plaît pas ne sort pas. Je me suis dépêchée de les faire aller sur la terrasse. Je n'ai plus entendu de bruit depuis.

Hope se dit qu'elle devrait enquêter un peu plus sur Brent et ses potes. Les esprits savaient manifestement quelque chose qu'elles ignoraient.

Les quatre femmes s'organisèrent un déjeuner pour la semaine suivante, puis Hope, Grace et Joy remercièrent Gigi et se dirigèrent vers la sortie.

— Merci pour le soutien ! lança Gigi alors qu'elles rejoignaient la voiture de Hope.

— C'est quand tu veux ! dit-elle, sincère.

Elle appréciait vraiment Gigi. Dès qu'elles furent dans la Toyota, elle regarda ses amies.

— Je crois qu'il est temps de l'inviter dans le coven. Qu'est-ce que vous en pensez ? Devrions-nous lui en parler au déjeuner ?

— Je suis pour, approuva Grace. J'adore Gigi.

Joy prit une grande inspiration.

— Je l'adore aussi, mais nous devons en être sûres. Une fois qu'on l'invitera, on ne pourra plus la faire sortir.

Elle hocha la tête. Joy avait raison. Le coven était sacré. Y faire entrer quelqu'un était une affaire importante. Elles devaient pour cela faire intimement confiance à l'autre sorcière, car personne ne voulait perturber le cercle.

— J'en suis sûre, affirma Grace. Elle nous correspond parfaitement, et, plus important encore d'après moi, elle a *besoin* de notre cercle. Après ce qui s'est passé avec son mari quand elle a acheté cette maison, et sa façon de gérer les choses avec grâce, j'ai énormément de respect et d'admiration pour elle.

— Moi aussi, dit Hope.

Le mari de Gigi l'avait attaquée dans la maison victorienne quand elle lui avait appris qu'elle comptait l'acheter. Suite à son agression, elle avait immédiatement rempli les papiers du divorce et viré son mari de son existence.

— D'accord. J'accepte, dit Joy en souriant. Je voulais être sûre que nous y avions toutes bien réfléchi. Nous l'inviterons la semaine prochaine.

CHAPITRE 12

— Je suis vraiment impatiente, dit Joy en se frottant les mains.

Elle avait enfilé un pantalon pattes d'éléphant et un chemisier en soie moulant. Ses cheveux étaient artistiquement coiffés. Hope la trouva très différente de la femme qui s'était pointée chez elle quelques jours plus tôt en tee-shirt et legging.

— Tu es superbe, lui dit-elle tandis qu'elles se dirigeaient vers *Une petite touche de magie*.

— Je pense que j'avais juste besoin de quelques jours pour m'habituer à ma nouvelle réalité. Paul n'était déjà pas beaucoup à la maison, de toute façon. Maintenant, je n'ai plus à lui faire son repas ou sa lessive. Pour être honnête, je suis même soulagée.

Hope la regarda, soupçonneuse. Son amie semblait surtout essayer de se convaincre elle-même, mais elle n'allait pas le lui faire remarquer. Si Joy en avait besoin pour s'adapter à sa nouvelle vie, alors elle la soutiendrait.

— Tu as décidé de ce que tu souhaitais relooker ? Juste la chambre ?

Joy secoua la tête.

— Non. Je vais faire le salon, la salle à manger et ma chambre. Ça fait quinze ans qu'on a ces meubles, et tu sais combien je déteste le bois sombre. Ça devrait être interdit d'en avoir en bord de plage.

— Tout à fait d'accord avec toi.

Hope l'accompagnait afin de pouvoir essayer de lire dans les pensées de Vincent Valencia, le nouveau décorateur d'intérieur. Et tant qu'à faire, elle contrôlerait aussi son partenaire, Walt Waterman. S'ils n'éveillaient aucun soupçon, elle laisserait Joy et passerait aux deux autres personnes de la liste, à savoir Lanie Barnes, l'écrivain free-lance, et Crosby Quinn, le peintre. Elle pensait toujours que c'était une perte de temps, mais cela faisait deux jours qu'elle n'avait pas enquêté pour trouver la source des drogues circulant à Prémonition. Comme le jeune homme du café la hantait, elle avait le sentiment de devoir faire quelque chose.

— Hé, dis-moi, tu es excitée ou tu flippes, pour ton rencard de ce soir ?

Elle soupira.

— Aucune idée.

Elle s'arrêta devant *Une petite touche de magie*.

— Est-ce que tu crois que j'ai perdu la tête d'avoir accepté ce rendez-vous ? Il m'a brisé le cœur deux fois. Je vais encore souffrir, n'est-ce pas ?

Joy lui prit la main et la serra entre les deux siennes.

— Je ne pense pas que tu aies perdu la tête, non. Si tu me demandes mon avis, Lucas et toi êtes des âmes sœurs. Je ne sais pas si ça signifie que vous êtes destinés à finir ensemble ou non, mais je sais que vous ferez toujours partie de la vie de l'autre, d'une manière ou d'une autre. Ce n'est pas une mauvaise chose de s'interroger sur ce à quoi cela pourrait ressembler.

Hope soupira.

— Je crois que j'en mourrais si je le voyais fréquenter quelqu'un d'autre.

— S'il ose, file-lui un coup de pied dans les parties pour le rendre défectueux, ça lui apprendra, répliqua Joy avec un sourire narquois.

— C'est une façon de voir les choses. C'est ce que tu as infligé à Paul quand il t'a dit que c'était terminé ?

— Ha ! J'aurais dû, mais il était déjà défectueux, alors à quoi bon gaspiller mon énergie ?

Elle ouvrit la porte du studio et entra.

Hope la suivit en se demandant si elle devait en rire ou en pleurer. Elle était tellement en colère contre la façon dont Paul avait traité son amie. Si seulement il avait accepté d'aller voir un conseiller conjugal ou de faire un pas vers elle… Mais non. Il l'avait simplement quittée sans essayer. Joy méritait mieux.

— Oh, bonjour, lança Serena en la fusillant du regard. J'ignorais que *vous* seriez là aujourd'hui.

« Si Vincent n'était pas déjà énervé contre moi, je virerais cette voleuse d'hommes à coups de pied au cul », pensa la rousse.

Hope lui décocha un sourire et répondit d'une voix un peu mielleuse :

— Je suis tellement navrée pour vos projets de ce soir. J'imagine que Lucas n'avait pas compris que vous lui proposiez de sortir avec vous. Vous aurez plus de chance la prochaine fois, d'accord ?

Serena serra si fort son crayon qu'il se cassa en deux.

— J'ai rendez-vous à dix heures, indiqua Joy.

— Ah, vous voilà, lança un homme dans leur dos. Walt m'a

dit que vous étiez un rayon de soleil. Regardez-moi comme vous êtes chic. Il me tarde de savoir comment nous pouvons vous aider.

Il lui tendit la main.

— Vincent. Je suis ravi de vous rencontrer.

— Oh, quel charmeur ! Joy Lansing, et voici mon amie, Hope Anderson.

Ils se serrèrent la main, puis Vincent les conduisit à une salle de réunion, où Walt les attendait, ainsi que des coupes de champagne.

— Bonjour, mesdames. Hope, ça faisait longtemps, déclara-t-il en attrapant déjà la bouteille de champagne.

— C'est vrai. Comment allez-vous ?

Elle avait organisé quelques anniversaires pour Walt par le passé.

— Bien. Un mimosa ? demanda-t-il en levant la bouteille.

— Si vous en prenez un aussi.

— Évidemment. Et pour vous ? ajouta-t-il, se tournant vers Joy.

— Carrément, oui.

Elle sourit et, pour la première fois depuis quelques jours, Hope trouva qu'elle avait l'air heureuse.

— Aujourd'hui, nous fêtons les nouveaux départs.

Il servit trois cocktails, en tendit deux à Hope et Joy, puis leva le sien.

— Aux nouveaux départs.

Ils trinquèrent, tandis que Vincent faisait semblant de le faire avec un verre invisible.

— Vous ne buvez pas de mimosa ce matin, Vincent ? lui demanda-t-elle.

— Non, merci, répliqua-t-il avec entrain. Je suis sobre depuis seize ans. Je le fêterai tout à l'heure avec les cupcakes.

— Des cupcakes ? Où ça ? questionna-t-elle avec insistance en regardant autour d'elle.

Riant, il ouvrit une boîte à gâteaux et lui en tendit un rose avec une marguerite en sucre sur le dessus.

— Vous êtes mon nouveau meilleur ami, lui dit-elle en prenant le cupcake et en abandonnant le mimosa.

— Et vous, vous êtes tout à fait mon genre, répondit-il en se servant une petite friandise également.

Quand il croqua dans cette pâtisserie à tomber, ses yeux roulèrent dans leurs orbites et il pensa : « *C'est la perfection. De la décoration intérieure, de nouveaux amis et du sucre. C'est une manière parfaite de démarrer la journée.* »

Hope l'aima instantanément.

— Je ne plaisantais pas avec cette histoire de nouveau meilleur ami. Vous ne pourrez plus vous débarrasser de moi, maintenant.

Il pouffa.

— Et moi qui croyais que je ne parviendrais jamais à séduire une femme, commenta-t-il en faisant un clin d'œil à Walt, qui lui sourit. Ça fait deux ans que j'essaie de contenter ce garçon.

— Vous êtes ensemble depuis tout ce temps-là ? Dans le sens romantique du terme, je veux dire, précisa Joy.

— Oui, confirma Walt. J'ai enfin réussi à le convaincre d'emménager ici il y a quelques mois, et ma vie est si belle depuis. Randonnées dans les bois, balades sur la plage, visite des magasins de tissu le dimanche matin. Il ne me manque plus qu'à le convaincre d'avoir cet épagneul King Charles que j'ai toujours voulu, et ma vie sera parfaite.

— Voyons, Vincent, laissez cet homme avoir son chien, lui dit Hope en lui adressant un regard de chien battu.

L'intéressé grogna.

— Vous ne pouvez pas être ma nouvelle meilleure amie si vous prenez le parti de Walt sur ce sujet. Je voulais juste que nous prenions le temps de nous installer ensemble avant d'ajouter un chien au mélange.

Ils continuèrent à échanger des plaisanteries, jusqu'à ce que Joy les interrompe pour dire qu'elle souhaitait vraiment relooker sa maison.

Hope comprit très vite que ces deux hommes d'âge mûr avaient autant de chance d'être impliqués dans un trafic de drogues que Joy. Alors elle donna son opinion à celle-ci sur quelques sujets, puis elle fit ses adieux et le tour de la ville.

Le peintre, Crosby Quinn, était un homme réservé, louant un espace au-dessus d'un garage, et qui, outre ses paysages marins pour *L'étoile du nord*, dessinait aussi des caricatures dans le square le week-end pour se faire un peu plus d'argent.

Lanie Barnes était quant à elle une jeune femme d'une vingtaine d'années, qui n'achetait que d'occasion et grâce à des coupons de réduction, afin de pouvoir régler son loyer, tout en tentant de se faire connaître comme écrivain free-lance.

Lorsque Hope rentra chez elle, elle avait fait zéro progrès dans son enquête sur la drogue, mais elle avait acquis l'un des tableaux de Crosby et avait échangé une carte cadeau de cent dollars du *Panorama Café* contre toute information qu'elle pourrait dénicher sur de possibles trafiquants de drogue infiltrés à Prémonition.

— Hope, c'est toi ? lui demanda sa mère dès qu'elle franchit la porte.

— Qui d'autre ? répliqua-t-elle en se rendant à la cuisine pour se préparer un café.

Angela la rejoignit et croisa les bras.

— Pas la peine d'être désagréable. Je voulais juste te saluer.

La culpabilité l'envahit, comme très souvent quand elle

avait affaire à sa mère. Elle ne savait pas comment réfréner l'agacement qu'elle éprouvait en présence d'Angela. Il suffisait à cette dernière d'être là pour qu'elle s'énerve.

— Je suis désolée, maman. C'était injustifié.

Entrant dans la cuisine, Angela attrapa la boîte de biscuits.

— Non, ne t'en fais pas. Je sais que nous sommes encore en train de nous ajuster l'une à l'autre.

Une partie du problème venait du fait que Hope ne savait pas vraiment à quoi elle s'ajustait, justement.

— Euh, maman ?

— Oui ?

Angela croqua son cookie aux pépites de chocolat et posa les coudes sur le comptoir.

— Quels sont tes projets ?

— Mes projets pour quoi ?

Hope leva les yeux au ciel. Elle savait pourtant déjà que sa mère lisait presque constamment dans ses pensées.

— Je crois que tu as besoin de le formuler à voix haute, Hope. Nous ne parviendrons pas à dépasser cette étape, sinon. Ne pars pas du principe que je sais toujours à quoi tu songes. J'ai peut-être entendu certaines choses, mais pas tout, alors je ne veux faire aucune supposition.

— Très bien. Tu vas rester combien de temps ?

— À Prémonition ou chez toi ?

— Les deux.

Un éclair de douleur passa dans les yeux de sa mère, qui se redressa cependant.

— Je suis revenue à Prémonition pour toujours. Quant à la durée de mon séjour ici, il dépend de toi.

Hope gémit.

— Tu ne peux pas me donner une réponse claire ? Qu'est-ce qui dépend de moi ?

— Je resterai ici tant que tu auras besoin de moi, répliqua Angela, en lui souriant d'un air serein avant de se diriger vers le salon. Oh, une dernière chose.

— Laquelle ?

Hope bouillonnait. Qu'est-ce que ce « tant que tu auras besoin de moi » signifiait, au juste ?

— J'étais à la boulangerie ce matin, et j'ai surpris une conversation qui pourrait t'intéresser.

Hope haussa un sourcil et attendit.

— Je n'ai pas vu qui c'était, parce qu'il y avait beaucoup de monde à l'*Œil de Faucon*. Mais j'ai entendu quelqu'un s'inquiéter des overdoses et dire qu'il, ou elle, cherchait un moyen de quitter ce milieu. J'avais l'impression que cette personne ne voulait pas être impliquée et qu'on la faisait peut-être même chanter.

Hope cilla, essayant d'assimiler tout cela.

— Tu as entendu ça, mais sans savoir de qui ça venait ?

— C'est exact

Alors qu'elle entrait dans le salon, elle pensa quelque chose si fort que Hope fut certaine que sa mère l'avait volontairement projeté vers elle. « *Si tu veux mon aide pour traquer cette personne, il te suffit de me la demander.* »

Hope s'installa sur l'un de ses tabourets de bar, consciente qu'elle devrait reprendre la conversation avec sa mère. Même si Angela détestait cette faculté, qui s'était avérée plus un handicap qu'un atout, le fait était quand même qu'elle possédait un don extraordinaire. Au cours de la semaine écoulée, Hope avait découvert qu'elle devait faire un effort pour écouter les pensées des autres et, après avoir tenté activement, elle était exténuée.

Mais sa mère, elle ? Elle n'avait même pas besoin d'essayer.

C'était même tout le contraire. Elle avait surtout tenté de bloquer les pensées pour ne pas se faire submerger.

— Oh bon sang, marmonna Hope, avant de s'écrier : Maman ?

— Je vais à la plage.

Elle secoua la tête, mais ne put retenir son sourire. Sa mère comptait lui donner du fil à retordre.

— Tu veux de la compagnie ?

Angela apparut à l'entrée de la pièce.

— Tu me proposes vraiment de venir marcher avec moi ?

— Oui, acquiesça Hope, qui détestait l'air à la fois surpris et si plein d'espoir de sa mère.

Hope avait-elle été si revêche que le fait de vouloir passer du temps avec sa mère soit aussi étonnant ? La question ne se posait même pas, puisque la réponse était oui. Elle s'était laissée aveugler par son ressentiment et n'avait pas cherché à comprendre la situation depuis le point de vue de sa mère, car elle était trop blessée.

— D'accord. Tu es prête ?

— Oui, confirma-t-elle, reposant sa tasse et saisissant sa veste pour accompagner sa mère sur la plage.

Elles marchèrent en silence pieds nus dans le sable, le long du rivage. Hope remonta la fermeture Éclair de sa veste à capuche, pour contrer la brise fraîche.

— Je te dois des excuses.

— Non, mon lapin, répliqua Angela en accrochant son bras au sien.

— C'est très généreux de ta part, mais tu sais aussi bien que moi que c'est faux. J'aurais dû te tenir informée du trafic de drogues en ville plutôt que de te laisser simplement le lire dans ma tête, et j'aurais dû te demander ton aide.

Angela s'immobilisa.

— Tu veux mon aide ?

— Oui. Tu entends tout, alors si quelqu'un peut résoudre ce mystère, c'est toi.

Sa mère pouffa.

— Tu sais que toutes ces pensées, ça me submerge ? Je ne peux pas passer ma journée à écouter tout le monde. Je deviendrais folle.

— Mais une heure par jour, c'est possible ? Au café ou à la boulangerie ? Histoire de tendre mentalement l'oreille ?

Angela sourit lentement, puis serra Hope contre elle.

— J'aimerais beaucoup le faire, Hope. Je ferais n'importe quoi pour ma fille.

CHAPITRE 13

Nerveuse, Hope faisait les cent pas dans le salon. Dans cinq minutes, il serait dix-neuf heures. Dans cinq minutes, Lucas était censé venir la chercher, pour l'emmener dîner. Qu'est-ce qui lui avait pris d'accepter ce rendez-vous ? Leur histoire démontrait bien qu'elle devait rester loin de lui. La dernière fois, ils avaient couché ensemble vingt-quatre heures à peine après le retour de Lucas en ville. Cette fois-ci, au moins, Hope avait réussi à faire preuve d'un semblant de contrôle. Mais combien de temps tiendrait-elle ? Surtout qu'elle avait déjà réalisé qu'elle ne comptait pas laisser une autre femme prendre la place qui *lui* revenait aux côtés de Lucas.

Soupirant, elle lissa sa robe portefeuille noire. Elle mettait miraculeusement ses courbes en valeur tout en la rendant sexy et sûre d'elle. Au moins, elle ne serait pas gênée par son allure ou les quelques kilos qu'elle avait pris au fil des ans. Ce genre de choses ne l'inquiétaient généralement pas, mais Lucas l'avait connue quand elle était adolescente, puis quand elle avait la vingtaine. À quarante-six ans désormais, elle ne pourrait jamais être à la hauteur de son apparence d'autrefois.

Le coup sur la porte la sortit de ses pensées. Elle inspira profondément pour se calmer, puis alla saluer l'amour de sa vie.

Ouvrant le battant, elle le découvrit dans un jean noir, un tee-shirt Nirvana et un blazer par-dessus. Et il avait dans les mains un bouquet de marguerites. Les souvenirs de leur premier rendez-vous affluèrent dans son esprit. Il était venu la chercher dans la même tenue, avec les mêmes fleurs, et lui avait dit qu'il l'épouserait un jour.

Les larmes aux yeux, elle cligna des paupières pour les repousser, sentant son cœur fondre complètement. C'était trop difficile.

— Bonsoir, Hope, dit-il en l'embrassant sur la joue. Tu es superbe. Encore plus belle qu'à dix-sept ans.

Elle secoua légèrement la tête, pour résister à l'envoûtement de Lucas.

— Tu triches, King, lança-t-elle en englobant sa tenue d'un geste de la main, avant de fixer les fleurs. Tu crois que c'est charmant, tout ça ?

« Oui, et toi aussi », affirma-t-il en pensée.

Par les déesses. Il avait raison. C'était sacrément charmant et lui donnait envie de se jeter dans ses bras pour un baiser à couper le souffle. Elle choisit plutôt de prendre les marguerites et de faire volte-face, sans l'inviter à entrer.

Elle ne fut nullement surprise d'entendre ses pas derrière les siens. Ils avaient dépassé le stade des formalités.

— Je vais les mettre dans un vase, et nous pourrons y aller.

— Il n'y a pas d'urgence, j'ai réservé pour 19 h 30.

Tandis qu'elle versait de l'eau dans le récipient, elle observa

Lucas du coin de l'œil. Cela faisait cinq ans qu'il n'était pas venu dans cette maison. Elle se demanda ce qu'il voyait. Constatait-il les changements ? Le cottage était défraîchi quand elle l'avait acheté dix ans plus tôt. Lentement mais sûrement, elle l'avait rénové et était fière de son petit logement à quelques rues de la plage. Oui, elle avait toujours rêvé d'une maison possédant un grand terrain ; elle savait aussi qu'elle ne pourrait pas s'en offrir une à Prémonition tout en gérant son entreprise de planification d'événements.

— Ta cuisine est très charmante, Hope, commenta-t-il. J'adore l'évier de style fermier et le plan de travail façon table de boucher. J'envisageais d'installer quelque chose de ce genre chez moi.

Elle pencha la tête pour l'observer.

— Tu veux rénover, alors ? Tu fais beaucoup de travaux ?

Il haussa les épaules.

— Si je dois finir ma vie dans cette maison, oui. Sinon je ferai juste le strict nécessaire pour pouvoir la revendre.

— « Si » ? répéta-t-elle, se raidissant. Dans ce cas, combien de temps comptes-tu rester à Prémonition, cette fois-ci ?

Elle s'était exprimée d'une voix sèche et bien plus hostile que prévue.

Il fronça les sourcils et fourra les mains dans ses poches.

— Je pensais avoir été clair sur le fait que je comptais y rester pour de bon. Pourquoi aurais-je ouvert un magasin, sinon ?

— Mais tu viens de dire que tu ne savais pas si ce serait ta maison pour la vie. Pourquoi pas, d'ailleurs ? Elle est superbe.

Hope avait toujours rêvé de cette demeure. Si elle avait eu les moyens, elle se la serait payée.

Lucas se tourna vers elle et sourit lentement.

— Tu sais aussi bien que moi que c'est pour toi que j'ai acheté cette maison.

Elle fronça les sourcils. Il avait raison. Elle le savait. Combien de fois avaient-ils discuté de vivre là-bas, quand ils étaient plus jeunes ? Hope n'était pas bête. Tout ceci faisait partie du plan de Lucas pour se remettre avec elle. Elle ne comptait pas le reconnaître, toutefois. Pas tout de suite. Elle n'était pas prête.

— Tu l'as achetée parce que tu avais besoin d'un endroit où vivre avec ta mère.

Il était revenu en ville dès qu'il avait découvert que sa mère souffrait d'un début de démence.

— Comment va Bell, d'ailleurs ?

Elle se sentait horriblement mal de ne pas avoir posé plus tôt la question.

Le regard qu'il lui lança lui indiqua qu'il savait pertinemment ce qu'elle cherchait à faire, mais il accepta de laisser tomber le sujet pour le moment.

— Plutôt bien. Le médecin lui a donné un nouveau médicament, qui l'aide à rester lucide. Elle fait beaucoup de jardinage et de peinture, ces jours-ci. Et nous avons pris un golden retriever. Ils se promènent ensemble sur la propriété. Et son amie Hattie passe beaucoup de temps avec elle quand je ne suis pas à la maison. Ce soir, elles se font une soirée filles.

— C'est bien. Il faudrait que j'aille la voir.

Bell King habitait autrefois à quelques pâtés de maisons de chez Hope et, plusieurs fois par mois, elles se retrouvaient sur la terrasse de Bell pour discuter et prendre un café. Hope ne l'avait cependant pas revue depuis qu'elle avait emménagé avec son fils. Or, Bell lui manquait. Elles avaient toujours été proches, même après le départ de Lucas. Bell avait été comme une mère pour elle. Elle se sentit de nouveau coupable.

Pourquoi avait-elle laissé ses sentiments envers Lucas interférer avec sa relation avec sa mère ?

— Je suis sûr qu'elle adorerait. Elle parle souvent de toi. Elle me demande sans cesse comment se porte ton entreprise et avec qui tu sors.

Hope pouffa.

— Elle *te* demande avec qui je sors ?

Il hocha la tête et fit la moue, indiquant qu'il n'était pas amusé, lui.

— Apparemment, tu as une sacrée vie amoureuse. Tes récits lui manquent.

— Je ne sors pas tant que ça, marmonna-t-elle.

Ce qui était un mensonge. Elle n'avait eu aucun petit copain sérieux. Pas depuis Lucas, du moins. Mais elle aimait s'amuser. En tout cas, avant le retour en ville d'une certaine personne.

— Si tu le dis, Hope, rétorqua-t-il en lui prenant la main. Tu es prête à partir ?

Ce contact fit naître un picotement depuis le bout de ses doigts jusqu'en haut de ses bras. Elle frissonna et s'écarta.

— Oui. Allons-y avant de manquer notre réservation.

Elle prit son pull et se dirigea vers le pick-up de Lucas, dont il lui ouvrit la portière.

Sur le trajet pour rejoindre le centre-ville, le silence s'installa entre eux.

Elle envisagea d'ouvrir son esprit pour écouter ses pensées, puis renonça très vite à cette idée. Non seulement cela ressemblait à une violation, mais en plus elle n'était pas certaine de vouloir savoir à quoi il songeait. Pas après ce commentaire concernant sa vie amoureuse. Lui aussi avait continué à fréquenter des femmes, elle en était certaine. Leur relation remontait à quinze ans, après tout.

— Tu as l'air très songeuse, déclara-t-il en se garant sur le parking de *L'ormeau*.

— Ah oui ? Je pourrais dire la même chose de toi.

Il lui jeta un coup d'œil.

— Je pourrais presque croire que tu lisais dans mes pensées.

— Qu'est-ce qui te dit que ce n'était pas le cas ?

Il rit.

— Parce que si tu l'avais fait, tu ne serais pas aussi silencieuse, j'en suis certain.

La curiosité la rongea tout à coup, mais ce fut sa détermination qui l'emporta. Elle ne souhaitait pas faire usage de son don de force, même s'il la taquinait avec ses sous-entendus coquins. Il désirait qu'elle l'écoute. Elle ne mordrait pas à l'hameçon. S'il voulait lui faire savoir quelque chose, il devrait le lui dire franchement.

D'une main au creux de ses reins, Lucas la conduisit dans le restaurant qui, situé directement sur le front de mer, offrait une vue imprenable sur le soleil se couchant sur le Pacifique. L'ambiance n'était toutefois pas guindée ; la plupart des clients portaient des jeans, bien qu'ils les aient agrémentés de chemises ou de chemisiers pour l'occasion. Le bâtiment, qui datait du début du XIXe siècle, possédait de vieux parquets et des lanternes rustiques pour l'éclairage.

Une fois qu'ils furent installés et leurs boissons commandées, elle lui demanda :

— Comment vont les affaires ? Tu as des touches après les portes ouvertes ?

— À vrai dire, oui. Quelques-unes. Un agent immobilier d'une ville voisine est venu signer un contrat pour me prendre des meubles pour du *home staging*, et l'acheteur de *Luxe et Confort* m'a envoyé ses conditions ce matin. L'arrangement a l'air intéressant. Et le mari de la maire est venu choisir une petite table, et m'a dit que son entreprise pouvait récupérer la sciure de mon atelier, la compresser et en faire du petit bois, je crois. Tout le monde y trouve son compte.

— Super ! Je suis très contente, s'exclama-t-elle, sincère.

Elle souhaitait vraiment qu'il réussisse, quoi qu'il puisse se passer entre eux.

— Tout ça, c'est parce que tu as travaillé dur, alors merci à toi, rétorqua-t-il en lui écartant une mèche de cheveux du visage. Ce n'est sans doute pas très professionnel de ma part d'inviter mon organisatrice d'événements à dîner, hein ?

Elle pouffa.

— Non, sans doute pas, mais nous n'avons jamais vraiment respecté les règles, n'est-ce pas ?

L'ambiance changea à nouveau, s'imprégnant d'une tension sexuelle presque insupportable. Lucas la regardait comme s'il souhaitait la dévorer, et c'était oppressant. Elle dut détourner les yeux pour s'empêcher de se jeter sur lui en plein milieu du restaurant.

— Est-ce que tu es heureuse, Hope ?

Elle tourna vivement la tête vers lui et le dévisagea. Au bout d'un moment, elle répliqua :

— Pourquoi ?

— Je me suis toujours demandé si ta décision de rester à Prémonition t'avait rendue heureuse. Si tu t'étais déjà demandé ce qui se serait passé si tu m'avais suivi il y a quinze ans.

La colère enfla en elle. Elle ne voulait pas répondre à cette question. Elle avait même refusé de se la poser. C'était trop douloureux à envisager.

— Bien sûr que je suis heureuse. J'ai une affaire florissante, des amies formidables et une jolie maison. J'ai une belle vie.

Il hocha la tête.

— J'ai vu ça. Je pourrais dire la même chose de celle que je me suis construite sur la côte Est, mais il m'a toujours manqué quelque chose.

Détournant le regard, elle attrapa un petit pain au levain dans la corbeille qui avait été placée sur leur table.

— Tu voulais une femme ?

— Non.

Comme il n'ajouta rien, elle chercha ses yeux à contrecœur. L'intensité qu'elle y vit la rendit nerveuse, et elle préféra faire une blague plutôt que de l'encourager à poursuivre cette conversation.

— Un jet privé ? Pour le faire dans un avion ?

Il se marra, comme elle l'espérait. Ils avaient souvent plaisanté à ce sujet, adolescents. Il disait qu'il gagnerait assez bien sa vie pour pouvoir lui acheter une maison sur la plage. Et elle répondait qu'elle n'en avait pas besoin. Par contre, d'un jet, oui, afin qu'ils puissent le faire dans un avion sans avoir à se serrer dans les minuscules toilettes des vols commerciaux.

— Je n'en voudrais un que si nous étions restés ensemble. Je ne rejoindrai pas le club très fermé de ceux s'étant envoyés en l'air là-dedans sans toi.

Eh bien, la vache. Pourquoi disait-il ça ?

— Tu te comportes comme un nigaud.

— Oui, tu as raison.

Il tendit le bras pour lui prendre la main.

— Hope, c'était de toi que manquait ma vie. La première fois que je t'ai quittée, j'étais jeune, tout comme toi. Nous avions nos études à poursuivre, et je sais que j'ai brisé ma promesse de rester ici et de fréquenter l'université d'État avec toi, mais je ne pouvais pas passer à côté de la chance de rejoindre la fac de mes rêves. Tu le sais, n'est-ce pas ?

— Évidemment, acquiesça-t-elle.

Elle n'était à l'époque pas assez égoïste pour s'attendre à ce qu'il renonce à la scolarité de son choix juste parce qu'il lui avait promis de rester à Prémonition avec elle.

— Malgré tout, tu m'as brisé le cœur en partant et quand tu as dit que nous aurions une relation à distance, avant de changer d'avis deux mois plus tard.

Il fit la grimace.

— C'était mon ego d'adolescent qui parlait. Lorsque tu as décidé de ne pas venir avec moi, j'ai été… en colère, et tu me manquais à en crever. Je n'ai pas bien géré la situation, je l'admets.

Une fois leurs bacs obtenus, ils s'étaient installés ensemble et avaient fréquenté l'université communautaire, prévoyant l'année suivante de faire transférer leurs dossiers à l'université d'État. Mais Lucas avait reçu une bourse académique pour une école privée dans l'Est, qui était bien trop chère pour Hope sans qu'elle soit criblée de dettes. Alors, quand il lui avait demandé de l'accompagner, elle avait refusé et était restée à Prémonition, pensant qu'ils auraient une relation longue distance pendant deux ans, puis qu'il la rejoindrait.

— Tu veux bien me répondre sincèrement ? l'interrogea-t-elle, démoralisée.

Elle n'avait pas envie d'avoir à nouveau cette dispute, pourtant, les revoilà plus de vingt ans plus tard à discuter encore de leur passé.

— Bien sûr. Je ne t'ai jamais menti.

Elle fixa son regard implacable et décréta qu'il disait la vérité. Il fallait tout de même qu'elle pose sa question.

— À l'époque, tu as rompu parce que tu as rencontré quelqu'un ?

Il prit une grande inspiration, et elle eut l'impression que son cœur allait se déchirer en deux. Comment se faisait-il qu'elle ne se soit toujours pas remise d'un événement survenu vingt-six ans plus tôt ? Parce que c'était Lucas, et qu'elle ne se remettrait jamais de lui.

— Oui et non.

Elle leva les yeux au ciel.

— Tu parles d'une réponse.

— Je sais. Pour être honnête, j'ai rencontré quelqu'un, oui. Elle m'a invité à sortir, et je me sentais si seul que j'ai voulu accepter. Toi et moi, nous étions tout l'un pour l'autre. À cette époque-là, tu travaillais et allais en cours à plein temps. Nos emplois du temps ne coïncidaient pas du tout, et j'avais besoin de quelqu'un dans ma vie. Alors je t'ai dit qu'il vaudrait peut-être mieux que nous nous autorisions mutuellement à fréquenter d'autres personnes pendant que j'étais à l'école dans l'Est.

— Et j'ai pété les plombs, ajouta-t-elle, ressentant toujours l'écho de la douleur d'autrefois.

— Oui. J'ai essayé de revenir sur ma suggestion, mais c'était trop tard. Tu m'as dit de vivre ma vie et que tu vivrais la tienne. Et que si je retournais un jour à la maison, de ne pas compter sur le fait que tu sois toujours célibataire.

Il rit doucement.

— Bon sang, Hope. Tu étais tellement têtue en ce temps-là que je m'attendais à ce que tu rencontres quelqu'un et l'épouses dans la minute juste pour me contrarier.

Elle y avait songé. Elle n'était cependant plus jamais tombée amoureuse. En outre, se marier n'était pas son genre.

— Et la fille avec laquelle tu voulais sortir ? Que s'est-il passé ?

— Ça ne s'est pas fait. Nous sommes allés manger un soir ensemble et sommes devenus très bons amis. C'est tout.

— C'est tout ? Vraiment ? Tu n'as pas couché avec elle ?

Il secoua la tête.

— Hope, pendant toute la durée de ma formation, je n'ai couché qu'avec toi.

— Tu te fiches de moi ? s'écria-t-elle, choquée. Tu es sérieux ?

— Tu crois sincèrement que je te mentirais, surtout maintenant que je sais que tu peux lire dans mes pensées ? répliqua-t-il en pouffant.

— Je ne suis pas en train de le faire. En fait, j'essaie même activement de ne pas envahir ton intimité.

Il resserra ses doigts sur sa main et secoua la tête, amusé.

— Et voilà une des raisons pour lesquelles je n'ai jamais pu t'oublier.

— Ah oui, pourquoi ? Parce que j'ai un minimum d'éthique ?

Si c'était vraiment cela, il lui accordait bien trop de crédit, sachant qu'elle venait de passer la moitié de la semaine à essayer d'espionner les habitants de la ville.

— Parce que tu as bon cœur et que tu veux toujours faire ce qui est juste. Tu aimes passionnément et protèges férocement ceux qui te sont chers. Ça me manque. *Tu* me manques.

Elle aurait voulu détourner à nouveau le regard, mais elle en fut incapable. Il lui paraissait important de lui dire la vérité.

— Tu me manques, toi aussi.

Le soulagement apparut dans les yeux de Lucas, dont les épaules semblèrent se détendre légèrement.

— Tu sais certainement que j'essaie de restaurer notre relation. Tu as dû le comprendre à l'instant où tu as découvert que j'avais acheté notre maison.

Elle opina, parce qu'il était vain de chercher à nier ce qu'il y avait entre eux. À un moment donné, il leur faudrait décider soit de retenter, soit de s'éloigner pour de bon. Ils ne pouvaient pas se tourner autour éternellement.

— Est-ce que ça te dirait de faire un essai ? De voir où ça nous mène ? demanda-t-il.

La serveuse apparut au même instant pour prendre leur commande. Hope choisit les *linguine* aux palourdes et Lucas les coquilles Saint-Jacques. Une fois la jeune femme repartie, elle but une gorgée de vin pour gagner un peu de temps.

Lucas s'adossa à sa chaise et attendit, les yeux rivés sur elle, comme s'il essayait à son tour de lire dans ses pensées.

Enfin, elle prit sa décision.

— Je ne sais pas. J'ai envie de dire oui, mais j'ai peur que tu mettes à nouveau les voiles. Je n'ai pas confiance en toi.

La voilà, l'indéniable vérité qui les séparait sans cesse. Par deux fois, elle s'était entièrement dévouée à lui, et il l'avait quittée. Comment y survivrait-elle ?

— Je ne compte pas m'en aller, affirma-t-il.

— Les deux dernières fois non plus, rétorqua-t-elle.

Il se pencha.

— Et moi, est-ce que je peux te poser une question ?

— Bien sûr.

Elle n'avait rien à cacher. Cependant, s'il voulait l'interroger sur les hommes qu'elle avait fréquentés, ça allait vite devenir gênant.

— Pourquoi n'étais-je pas assez important à tes yeux pour que tu refuses de quitter la ville ? Les deux fois, je t'ai demandé de venir avec moi.

« Demandé » était un euphémisme. Il l'avait plutôt suppliée, la deuxième fois. On lui avait proposé un apprentissage prestigieux dans une menuiserie de renommée internationale. Nul doute que son succès actuel était dû à cette formation et aux contacts commerciaux qu'elle lui avait apportés.

— Tu étais important. Tu l'*es*. Mais moi aussi. D'abord, je devais obtenir mon diplôme.

Elle avait une licence en commerce, avec spécialité en marketing, qui lui avait bien servi.

— Et quand tu as obtenu cet apprentissage, je venais d'ouvrir ma galerie. Tout un tas d'artistes comptaient sur moi, mais, en plus, la galerie décollait. Comment aurais-je pu renoncer à tout ça pour suivre un homme à l'autre bout du pays ?

— Un homme ? répéta-t-il en fronçant les sourcils. Alors je suis juste un homme, maintenant ?

— Non, mais regarde les choses de mon point de vue. Imagine que tu viennes d'ouvrir ton magasin, qu'il commence à avoir pignon sur rue, et là, je te demande de déménager avec moi, pour *ma* formation, sans que tu aies la moindre perspective de carrière sur place, qu'est-ce que tu aurais fait ?

Silence.

— C'est bien ce que je pensais.

Elle reprit un petit pain et le tartina généreusement de beurre. En temps normal, elle limitait sa consommation à un seul, afin de garder de la place pour son repas, mais cette conversation lui donnait envie de se jeter sur les glucides. Ne comprenait-il pas qu'elle avait besoin d'être une femme à part entière ? Qu'elle ne pouvait et ne voulait pas laisser tomber ses rêves pour accomplir ceux d'un autre ?

— Je crois que je l'aurais fait pour toi, répondit-il enfin.

Elle en lâcha son pain.

— Tu es sérieux ? Si je te disais là, maintenant, que j'avais accepté un travail à Denver ou Chicago, tu fermerais ton magasin pour m'accompagner ?

— Si nous pouvions nous organiser pour que ma mère puisse venir avec nous et recevoir des soins appropriés, alors oui, je le ferais.

Elle plissa les yeux.

— Pourtant, tu n'es pas resté, autrefois.

— Je sais, la vie est différente, maintenant.

— En quoi ? répliqua-t-elle, exaspérée.

Pourquoi donnait-il l'impression que c'était *elle* qui était égoïste ? Elle ne l'avait jamais fui. En fait, elle était même restée à Prémonition toute sa vie. S'il avait eu si désespérément envie d'être avec elle, il savait où la trouver.

— J'ai réalisé ce qui était le plus important. Quand j'étais plus jeune, j'avais quelque chose à prouver. Maintenant…

Il haussa les épaules.

— … je veux juste être heureux. Tu m'as toujours rendu heureux.

Mais pour combien de temps ? Combien de temps s'écoulerait avant qu'une meilleure opportunité ne se présente à lui et qu'il lui demande de se déraciner pour lui ?

— Je ne sais pas, Lucas. Je t'ai toujours aimé. Cela dit, notre relation remonte à loin, et il m'a fallu beaucoup de temps pour m'en remettre la seconde fois. Je ne suis pas sûre alors que ce soit une bonne idée.

— C'est une bonne idée, Hope. En fait, je te garantis que c'est même la meilleure idée que j'aie jamais eue. Je ne vais nulle part, promis. Et je compte passer le reste de ma vie sur terre à te le prouver. Tout ce que j'aimerais, c'est que tu y réfléchisses. Que tu envisages de sortir à nouveau avec moi. Je ne te demande pas un engagement pour l'éternité, ce soir. Je te préviens quand même : c'est mon objectif final.

Mince alors. Pourquoi lui disait-il toutes ces choses qu'elle rêvait d'entendre il y a quinze ans ? Elle avait désespérément envie d'accepter, mais elle était incapable de le dire. Les yeux brûlants de larmes qu'elle refusait de faire couler, elle répondit :

— J'ai besoin de temps.

— J'en ai en abondance, ça tombe bien. Prends-en autant que nécessaire, et quand tu seras prête, je serai là pour te faire tourner la tête.

Et voilà. Elle ne voulait pas qu'on lui fasse tourner la tête. Elle voulait de la stabilité. De la consistance. De la confiance. Pouvait-elle les avoir avec Lucas ? Ou bien changerait-il sans cesse l'axe de son monde ?

CHAPITRE 14

— Une promenade sur la plage, ça te tente ? lui proposa Lucas alors qu'il la ramenait chez elle.

Par la fenêtre, elle contempla l'énorme pleine lune, dont la lueur se reflétait sur l'océan. C'était l'une de ces soirées parfaites, où le vent était tombé et le temps semblait s'être arrêté.

— J'aimerais beaucoup.

Il se gara sur un parking près de la plage publique et s'empressa de contourner la voiture pour lui ouvrir la portière.

— Merci, dit-elle en le laissant l'aider à descendre.

— Je t'en prie.

Il lui prit la main, et ils s'approchèrent ainsi du sable, où ils retirèrent leurs chaussures pour s'avancer vers la mer.

— Tu te souviens du jour où on est venus ici et où on a vu ces gens se baigner nus ? lança tout à coup Lucas.

Elle se tourna vers lui en riant.

— Ces gens d'un certain âge, tu veux dire ?

— Ils n'étaient pas « d'un certain âge ». Ils avaient trente-cinq ans passés. Quarante ans tout au plus.

— Eh bien, c'est vieux, quand on a dix-huit ans. Pourquoi pensais-tu à eux ?

— Hum, parce que… La nuit est vraiment belle. Si ça t'intéresse, je pourrais peut-être te convaincre de le faire.

Elle secoua la tête en avisant son sourire effronté.

— Tu veux que je me baigne nue dans l'océan Pacifique ? L'océan Pacifique *gelé* ? Tu as perdu la tête ?

— Non, répliqua-t-il, les yeux rivés sur l'eau. Mais je me souviens de leur joie, ce jour-là. Ils riaient, s'amusaient et semblaient vraiment profiter de l'instant. Ça fait longtemps que je ne me suis pas senti aussi insouciant, et je… j'avais envie de vivre cette expérience avec toi.

Oh, par les déesses. Son cœur se mit à battre la chamade, tandis qu'elle étudiait son visage, de profil. À la lueur de la lune, elle pouvait distinguer ses longs cils, et quelque chose se débloqua en elle. Cette résistance à laquelle elle s'accrochait si fort s'estompa, et elle fut incapable de renoncer à ce qu'elle désirait si ardemment : renouer le lien qu'elle avait avec Lucas.

— Ce serait trop osé de tout retirer ici, tu ne crois pas ?

Il se tourna vers elle, et un sourire étira lentement ses lèvres.

— À quoi penses-tu ? À la crique ?

— Si nous voulons conserver un minimum de dignité, c'est sans doute une bonne idée. Vu que nous avons une entreprise en ville tous les deux, nous devrions…

— Allons-y.

Il lui prit la main et partit en courant sur la plage. Elle poussa un petit cri, mais s'adapta vite à son rythme, et quand ils contournèrent le large affleurement rocheux pour rejoindre la crique protégée, elle riait si fort qu'elle en avait le souffle court.

Lucas retira son blazer et saisit le bas de son tee-shirt.

— Je suis prêt quand tu l'es.

Elle arrêta de rire et se concentra sur lui. Elle avait très envie qu'il enlève son vêtement. Depuis quand n'avait-elle pas vu son torse et ses abdos sculptés ? En avait-il encore ?

— Hé, Anderson, lève les yeux, lança-t-il en agitant deux doigts devant son visage.

— Genre. Comme si tu n'allais pas mater à la seconde où je retirerai ma robe.

— Très juste. Mais je te connais, et il est hors de question que je sois le seul à me retrouver nu. Alors soit on le fait ensemble, soit on annule.

Elle rit à gorge déployée. Cela aurait été assez typique d'elle de faire comme si elle allait se joindre à lui, pour s'esquiver finalement au dernier moment tandis qu'il plongeait seul dans l'eau glaciale.

— Tu vois ! Je le savais.

Il lui prit la main et l'attira contre son torse. Son torse très dur. Elle s'appuya contre lui, absorbant la chaleur qu'il dégageait.

— Alors, tu es à fond là-dedans, Hope ? Je peux te faire confiance ?

Pendant un instant, elle se demanda s'il parlait de se baigner nus ou de leur relation. Avant qu'il n'ajoute :

— Parce qu'il est hors de question que je me déshabille si tu n'en fais pas autant.

Elle lui tapota la poitrine en souriant.

— Je marche. À trois ?

Il hocha la tête et recula.

— À trois.

Elle entama le décompte, et quand elle arriva à trois, elle retira son pull et commença à défaire sa robe portefeuille.

— Oh, punaise, tu vas vraiment le faire, commenta-t-il d'une voix rauque.

Elle se figea.

— Seulement si tu me montres un peu de peau.

Souriant, il attrapa l'arrière de son tee-shirt et le fit passer par-dessus sa tête. Elle en eut le souffle coupé. Elle n'aurait pas cru cela possible, mais il était encore plus beau que dans ses souvenirs.

Il s'immobilisa, les mains sur la ceinture.

— Tu es toujours avec moi ?

— Oui, oui.

Sans tarder, elle ôta sa robe, dévoilant son soutien-gorge et sa culotte.

Ce fut au tour de Lucas de mater.

— Tu baves.

— Carrément, confirma-t-il en s'essuyant distinctement le coin de la bouche avec le dos de la main, avant de retirer son jean, afin d'être au même stade qu'elle.

— On y va comme ça, ou on fait la totale ? demanda-t-elle.

— Ce ne serait pas un bain de minuit si on était toujours habillés, rétorqua-t-il, une note de défi dans la voix.

— Non, en effet.

Sans hésiter, elle dégrafa son soutien-gorge et le laissa tomber sur sa robe.

— Sainte mère de tous les péchés, souffla-t-il, les yeux rivés sur ses seins.

Il s'approcha, les mains en avant, mais elle recula d'un pas.

— Non. Nous devons aller nous baigner. Si tu commences ça, tu sais aussi bien que moi ce qui va se passer.

— Ça me convient tout à fait, rétorqua-t-il d'une voix tendue, comme s'il se retenait à grand peine.

Elle était totalement d'accord avec lui, mais il lui restait assez de bon sens pour ne pas se lâcher et faire des trucs cochons sur une plage publique. Le bain de minuit était une chose. Mais se rouler dans le sable, qui se retrouverait du coup dans des zones où il n'est pas censé aller, était hors de question. En plus, si quelqu'un les surprenait à se baigner nus, cela leur ferait une anecdote amusante à raconter. Forniquer en public, en revanche, serait une tout autre histoire.

— Ça n'arrivera pas. Mais si tu te débarrasses de ton caleçon, je te laisserai peut-être me peloter dans l'eau, déclara-t-elle en se trémoussant pour retirer sa culotte.

Lucas enleva son boxer, lui reprit la main, et tous les deux se mirent à courir jusqu'à l'océan glacial.

— Oh par les déesses !

Lucas les entraîna dans les vagues tous les deux, et elle cria, avant de se retrouver sous l'eau et trempée. Elle sortit rapidement la tête et chercha à respirer, tremblant.

— La vache, c'est bien plus froid que dans mes souvenirs, lui murmura-t-il dans l'oreille en l'enveloppant de ses bras pour prendre ses seins dans ses paumes.

Avec ce corps puissant contre son dos, elle se ficha tout à coup du froid. Elle aurait pu rester ici pour toujours, dans ses bras.

— Ça va ? souffla-t-il.

— Oui, confirma-t-elle en se penchant en arrière pour poser la tête sur son épaule et recouvrir ses mains avec les siennes. Plus que bien. C'est parfait.

Il grogna tout bas et déposa des baisers dans son cou. Elle fut traversée par un frisson qui n'avait rien à voir avec le froid dans lequel elle trempait. Et, sans réfléchir, elle pivota brusquement, passa les bras autour de son cou et l'embrassa passionnément.

Il ouvrit les lèvres, et elle se perdit dans sa bouche. Il avait un goût de chocolat et de café, d'amour et de foyer. Elle glissa une main dans ses cheveux mouillés et baissa l'autre le long de son…

Une vague les frappa à nouveau, brisant la magie de l'instant.

— Ahhhh. Oh, mes déesses, il fait beaucoup trop froid.

Elle en claquait des dents. Sans dire un mot, Lucas la souleva et la porta jusqu'à leurs habits sur la plage. Là, il la mit debout et passa ses mains sur sa peau pour tenter de la réchauffer.

— Ça va ? demanda-t-il.

Elle opina, claquant toujours des dents, essayant de remettre sa culotte.

— Nous aurions dû penser aux serviettes.

— Ça aurait enlevé toute spontanéité, répliqua-t-il, un grand sourire aux lèvres.

— Ça nous aurait évité d'enfiler nos vêtements en étant trempés.

— Tiens, dit-il en lui tendant son tee-shirt Nirvana. Sers-t'en pour t'essuyer.

Elle le prit, mais ne s'essuya pas.

— Tu vas mourir de froid, sans ça.

— J'ai mon blazer. Sèche-toi, tu pourras remettre ta robe, comme ça.

S'avançant, il l'embrassa délicatement sur le front.

— Ça ira pour moi, promis.

Reconnaissante, elle sourit et se frotta la peau avant de lui rendre son vêtement. Il fit de même, puis ils s'habillèrent en vitesse. S'enveloppant dans son pull, elle poussa un soupir de soulagement.

— C'est bien mieux.

Dans son jean et son blazer, Lucas tint son tee-shirt humide dans l'une de ses mains et passa l'autre bras autour des épaules de Hope tandis qu'ils retournaient à son pick-up.

— Merci pour la baignade, lui dit-elle en s'appuyant contre lui pour récupérer un peu de chaleur.

— Pas la peine de me remercier. Je suis prêt à le faire tous les jours, si tu le souhaites.

Elle éclata de rire.

— La prochaine fois, on pourrait essayer un jacuzzi, plutôt.

— Il y aura une prochaine fois ? répliqua-t-il, plein d'espoir.

— Oui, confirma-t-elle doucement. Carrément.

Il s'arrêta sans prévenir, se tourna vers elle et posa ses lèvres sur les siennes, pour un baiser possessif, plein de fougue, et qui se termina bien trop vite, les laissant haletants. Reculant légèrement, il dit :

— Je voulais sceller cette bonne nouvelle avec un baiser.

Elle lui sourit, sous le charme et un peu submergée. Voilà pourquoi elle revenait toujours vers lui. Cette pensée fut comme une claque, qui lui fit mettre un peu de distance entre eux.

— Nous devrions y aller.

Il la dévisagea un long moment, puis acquiesça.

— Tu as raison.

Il lui tendit la main, et elle la lui prit malgré ses hésitations.

Le trajet de retour ne dura que quelques minutes, mais le silence donna l'impression qu'il s'éternisa. Lorsque Lucas se gara enfin devant chez elle, elle n'avait qu'une seule envie : sortir de la voiture en vitesse et se précipiter à l'intérieur. Mais il coupa le moteur et, comme il le faisait toujours, il lui ouvrit sa portière et la raccompagna jusqu'à sa porte.

— J'ai vraiment passé une soirée merveilleuse, dit-il.

— Moi aussi.

Elle pouffa.

— Je n'en reviens pas que nous ayons fait un bain de minuit.

— Moi, si.

Il lui écarta ses cheveux humides du visage.

— Quand est-ce qu'on peut se revoir ?

Elle aurait aimé proposer le lendemain soir, mais quelque chose la titillait. Elle avait la vague impression d'avoir déjà des projets. Avec Grace et Joy ? Elle ne s'en souvenait pas.

— Et un brunch dimanche, ça te dit ? proposa-t-elle. Nous pourrions nous retrouver à la ferme-auberge des Bleuets ?

— Parfait. Je passe te prendre à dix heures.

Il l'embrassa avant qu'elle ne puisse répondre, effleurant ses lèvres d'un baiser tendre et doux, tout en lui caressant le dos et lui serrant les fesses.

Elle se laissa aller contre lui. Si sa mère n'avait pas été à la maison, elle aurait attiré Lucas jusqu'à sa chambre.

Il la lâcha et recula.

— Bonne nuit, Hope.

— Bonne nuit, répliqua-t-elle, une main sur ses lèvres.

Une main sur la poignée de la porte, elle attendit qu'il s'en aille avant de rentrer, refermant doucement derrière elle.

— On dirait que quelqu'un a passé une bonne soirée, commenta Angela, couchée sur le canapé.

— Oui. Mais je ne sais pas si c'est une bonne chose.

— Tu ne peux pas continuer à le fuir éternellement, ma puce.

Elle regarda sa mère avec curiosité.

— Et pourquoi ? Toi, tu n'as personne, que je sache.

Le visage de sa mère se para de tristesse, et elle secoua la tête.

— Tu as raison. Ce n'est pas possible pour moi. J'ai besoin de trop d'espace pour qu'une relation puisse fonctionner, mais toute personne dotée de deux yeux en état de marche peut voir que Lucas et toi êtes faits l'un pour l'autre. Si vous n'aviez pas été aussi entêtés tous les deux, vous auriez déjà trouvé le moyen d'être ensemble.

— Tu ne penses vraiment pas qu'un homme ou une femme tranquille t'attend quelque part ? répliqua Hope, le cœur serré pour sa mère.

Elle avait été tellement focalisée sur son sentiment d'abandon qu'elle n'avait pas pris la peine de penser à ce que la malédiction signifiait pour sa mère.

Celle-ci haussa les épaules.

— Je suis sortie avec quelques personnes. Je suis mieux seule. Ce n'est pas à soixante-quatorze ans que je vais changer. Ce serait très difficile de faire de la place pour un ou une partenaire.

Elle se leva et s'approcha de Hope, pour l'embrasser sur la joue.

— Je suis contente que tu te sois amusée. Je vais me coucher.

— Merci. Bonne nuit, maman.

Angela s'avança dans le couloir et se tourna juste avant d'entrer dans sa chambre.

— La prochaine fois, essayez la plage au nord de la ville. Vous serez plus tranquilles.

CHAPITRE 15

Hope fut réveillée par un rayon de soleil baignant son visage. Elle se frotta les yeux pour faire disparaître les dernières traces de sommeil et gémit en voyant qu'il était dix heures passées. Elle avait le cerveau embrumé d'avoir dormi trop longtemps, et mal à la tête à cause du manque de caféine.

Elle sortit du lit, s'enveloppa dans son peignoir éponge et se traîna jusqu'à la cuisine, en quête de café.

— Bonjour, ma puce, la salua sa mère tout habillée, assise à table, une jambe relevée sur une autre chaise, tout en sirotant son propre breuvage.

— Bonjour, marmonna-t-elle, concentrée sur sa mission.

— Je suis tombée sur Maggie Peters ce matin en allant au *Panorama Café* pour écouter les gens. Elle m'a dit qu'elle avait réservé tes services pour une *wedding shower* le mois prochain.

— Oui, c'est vrai. Sa fille se marie en octobre.

Hope se versa la fin du café et en sirota une longue gorgée avant de préparer une nouvelle cafetière. Une tasse ne suffirait jamais.

— Elle voulait que je te transmette un message.

Elle leva la tête.

— Lequel ? Elle veut encore changer la salle ?

Angela secoua la tête.

— Non. En fait, elle souhaite annuler. Elle a parlé d'un conflit d'emploi du temps.

— Annuler ? Quoi ?

Mais pourquoi une de ses clientes informait-elle sa *mère* qu'elle voulait renoncer à leur engagement ? Pourquoi Maggie ne l'avait-elle pas appelée directement afin qu'elles trouvent une solution ?

— Malgré ce qu'elle a dit, je pense qu'il y a autre chose.

Angela lui tendit un muffin aux myrtilles, pris à la boulangerie.

Hope l'accepta et attendit qu'elle poursuive.

— Je l'ai entendue penser qu'elle devait remercier une certaine Peggy pour le tuyau.

— Un tuyau à quel propos ?

Peggy Pitsman était la concurrente de Hope. Qu'avait-elle dit à Maggie exactement ?

— Aucune idée. Tu connais Peggy ?

— Oui. Elle vient de se lancer dans l'organisation d'événements. Surtout des *baby* et *wedding showers*, et des fêtes d'anniversaire.

Angela plissa les yeux.

— Elle essaie de saboter ton entreprise ?

On dirait bien.

— Je ne sais pas, mais je vais contacter Maggie pour voir ce qu'il se passe… Après mon café.

Elle décida de retourner dans sa chambre, espérant qu'une douche l'aiderait à calmer son mal de tête. Elle jeta un dernier coup d'œil à sa mère avant de sortir de la cuisine.

— Merci, maman.

Celle-ci se dérida et lui adressa un grand sourire chaleureux.

— Je t'en prie.

Après sa douche et quelques antidouleurs, Hope s'installa à son bureau chez elle et appela Maggie. Elle tomba directement sur la boîte vocale.

— Génial, marmonna-t-elle, avant de laisser un message demandant à sa cliente de la contacter le plus tôt possible afin qu'elles puissent discuter des détails de l'annulation.

Puis elle rassembla quelques idées pour le mariage de chiens de Skyler. Elle surfa longuement sur Internet, se renseignant sur les tendances actuelles et prenant des notes, puis consulta le site d'une animalerie pour vérifier quelles seraient les friandises les plus appropriées pour un mariage entre chiens. Une fois des images des différentes options imprimées, elle passa à l'organisation de l'inauguration d'une galerie d'œuvres en verre. L'événement aurait lieu dans deux semaines, et Hope ignorait toujours si Yasmeen préférait servir les mini-cheesecakes ou les mini-cupcakes. Or, elle devait en informer la boulangerie très vite.

Elle reprit son portable.

— *Oh, Hope, je suis contente que vous appeliez,* lança Yasmeen en lieu et place d'une salutation.

— Bonjour.

Elle consulta sa pendule murale et constata que le temps lui avait filé entre les doigts et qu'il était désormais plus de midi.

— *Hum, écoutez,* commença Yasmeen, hésitante. *Je pense qu'il vaudrait mieux que nous annulions nos projets pour l'inauguration.*

— Que s'est-il passé ? Faut-il changer la date ?

— *Non, ce n'est pas ça. J'ai décidé qu'il valait mieux quelque chose d'un peu plus sobre.*

Hope en resta stupéfaite. Plus sobre ? Qu'entendait-elle par là ? Hope planifiait une soirée similaire aux portes ouvertes de Lucas, donc à manger et à boire, quelques artistes en représentation, et beaucoup de journalistes.

— Si le problème vient de mes honoraires, nous pouvons trouver une…

— *Ce n'est pas ça,* répliqua-t-elle rapidement, avant de pousser un lourd soupir. *Hope, je n'ai pas beaucoup de temps, là. Je sais que je vais perdre mon acompte, mais restons-en là.*

— Oui, d'accord. Je suis désolée que ça n'ait pas pu se faire.

— *Oui, moi aussi.*

Yasmeen raccrocha, et Hope jeta son portable sur son bureau et essaya de comprendre ce qu'il se passait. Deux annulations en une journée ? *Une* annulation, tout court, c'était déjà rare, et quand cela arrivait, les clients généralement planifiaient simplement l'événement à une date ultérieure.

Elle consulta ses e-mails et en découvrit un venant d'un groupe de séniors organisant une collecte de fonds. Le sujet du message était « Besoin d'annuler ». Son cœur se mit à battre plus vite. Elle ouvrit le message et serra les dents. L'événement, qui avait pour but de récolter de l'argent afin de faire installer une voie cyclable, devait être une soirée casino, et ils avaient demandé l'aide de Hope. Apparemment, l'événement avait toujours lieu, mais la participation de Hope n'était plus souhaitée. Norma, la présidente du groupe, ne disait pas pourquoi, juste que si Hope avait déjà fait des dépenses, il lui suffisait de les transmettre au groupe.

— C'est ridicule ! s'écria-t-elle en se levant vivement de sa chaise.

Il se passait quelque chose, et elle devait trouver quoi. Elle tenta de rappeler Maggie, mais sans succès. Elle essaya de joindre la présidente du groupe des séniors, sans plus de réussite.

Elle fit les cent pas, consciente que deux choix s'offraient à elle. Confronter Peggy Pitsman ou trouver Maggie ou Norma et obtenir quelques réponses. Comme Yasmeen n'avait pas été très ouverte par téléphone, il ne valait mieux pas compter sur elle pour lui en dire plus. Elle ignorait également où dénicher Norma, puisque son groupe ne se réunissait que deux fois par mois à la bibliothèque. Maggie, en revanche, possédait un magasin de vélos non loin du square.

Saisissant ses clés, Hope sortit de la maison à toute allure et se rendit en centre-ville. La journée était magnifique, avec son ciel bleu clair et sa légère brise venue de l'océan. Toute la ville semblait s'être donné rendez-vous dehors pour profiter du beau temps d'automne. Hope n'y prêta pas attention, elle était trop concentrée. Son entreprise était en danger, et elle devait éteindre l'incendie.

Se garer près du square s'avérant impossible, elle choisit une place à quelques rues de là, devant le magasin de Lucas. Elle était si déterminée à trouver Maggie qu'elle jeta à peine un coup d'œil à la boutique ; distinguant vaguement deux silhouettes, elle songea qu'il discutait avec un client. Ce n'était pas le moment d'aller le saluer, de toute façon.

Elle marcha si vite qu'elle se trouva pratiquement à bout de souffle une fois arrivée au magasin de Maggie. Elle contourna la demi-douzaine de vélos alignés devant la porte et entra.

Un jeune homme, qui ne devait pas avoir plus de vingt ans, était en train d'assembler un vélo.

— Est-ce que je peux vous aider ?

— Maggie est là ? lui demanda-t-elle en penchant le cou pour essayer de voir au fond du magasin.

— Non. Elle est sortie déjeuner. Elle devrait être de retour d'ici une demi-heure. Voulez-vous laisser votre numéro ?

— Non, je reviendrai, merci.

Elle ne faisait pas confiance à Maggie pour la contacter. Pas après la façon dont elle avait annulé en transmettant le message à Angela. Retournant dehors, elle chercha un endroit où s'asseoir pour pouvoir repérer Maggie quand elle reviendrait. Alors qu'elle parcourait les environs des yeux, elle remarqua les boucles rousses de sa cible à une table de pique-nique, dans le parc.

Carrant les épaules, elle traversa l'herbe du square et s'assit en face de Maggie sans attendre d'y être invitée.

— Bonjour !

Maggie releva vivement la tête, clairement surprise. Hope remarqua à ce moment-là les écouteurs dans ses oreilles. L'autre femme les retira et dit :

— Hope. Qu'est-ce que vous faites là ?

— Je faisais des courses quand je vous ai repérée. Donc je suis venue vous dire bonjour. Je n'interromps pas votre déjeuner, si ? ajouta-t-elle en indiquant d'un signe de la tête le burger à moitié consommé.

— J'étais en train de lire un peu avant de retourner travailler.

L'expression désolée qu'elle arborait indiquait clairement qu'elle espérait que Hope s'en aille, mais cela n'arriverait pas.

Ignorant le sous-entendu, Hope se pencha en avant.

— J'ai appris que vous étiez tombée sur ma mère ce matin au café.

— Oui, à ce propos…

Elle rougit et détourna le regard. « *Mais qu'est-ce qu'elle fout là ?* » pensa-t-elle si fort que Hope se retint de grimacer.

Suivant le regard de l'autre femme, elle repéra un homme muni d'un micro se tenant devant le nouveau parc à chiens de la ville, qui semblait faire un reportage pour la chaîne d'info locale.

— Hé, ne vous faites pas de bile. Vous avez dit qu'il y avait un conflit d'emploi du temps, alors nous pouvons décaler la date. Je suis certaine que nous pouvons trouver quelque chose. Il me faut juste quelques détails.

— Je ne crois pas que ce soit une bonne idée.

Maggie se leva et alla jeter son burger dans une poubelle non loin, ajoutant en pensée : « *Je n'ai pas à m'expliquer avec une femme de votre genre.* »

« Votre genre » ? Qu'entendait-elle par là ?

— Oh ? Il y a un problème avec mon travail ?

— Non, rétorqua sèchement l'autre femme. J'ai simplement changé d'avis, d'accord ? Me faut-il vraiment une raison ?

— Si ça a le moindre rapport avec Peggy Pitsman, oui, vous m'en devez une, la défia Hope, qui avait arrêté d'essayer d'être gentille.

Son entreprise était en jeu, alors il fallait qu'elle creuse.

— Tout ce que Peggy a fait, c'est me prévenir de ce qui s'est passé à votre dernier événement. Je ne peux pas courir ce risque, alors je préfère renoncer.

Son dernier événement ? Il s'agissait de la soirée portes ouvertes de Lucas. Maggie voulut s'éloigner, mais elle la saisit par le poignet pour l'immobiliser.

— Que voulez-vous dire par là ? Il ne s'est rien passé à la soirée d'*Innovation intérieure.*

Maggie fixa sa main.

— Lâchez-moi.

Elle s'exécuta immédiatement.

— Désolée. J'essaie sincèrement de comprendre. La soirée de Lucas a été un succès.

Maggie se moqua.

— Ouais. C'est ce que j'ai entendu dire.

— Qu'avez-vous entendu exactement ? répliqua-t-elle, passablement énervée.

— Oh, voyons, Hope, vous n'allez pas m'obliger à le dire, si ?

— Dire quoi ?

Elle leva les yeux au ciel, interloquée par cette conversation qui ne menait nulle part.

— Crachez le morceau, d'accord ? Je suis totalement perdue.

— Le fait que cela vous semble si banal, comme si c'était tout à fait normal, est encore pire, persifla Maggie. Je ne vous aurais jamais crue du genre à échanger vos faveurs sexuelles contre du travail.

— Quoi ? s'écria-t-elle, estomaquée. Des faveurs sexuelles ? Que vous a dit Peggy, exactement ?

— Ce n'est ni le lieu ni le moment, Hope. À votre place, j'arrêterais là.

— Non. Je n'irai nulle part tant que vous ne m'aurez pas dit ce que Peggy vous a raconté, répliqua-t-elle, les mains sur les hanches, déterminée. Avec qui ai-je prétendument couché pour obtenir du travail ?

Les bavardages s'élevèrent autour d'elle, mais elle était trop concentrée sur Maggie pour y prêter attention.

— Eh bien, Lucas, pour commencer. Tout le monde sait ce que vous avez fait hier soir. Toute la ville en parle. Et il y a des rumeurs concernant les autres. Pourquoi sinon Pauly Pitsman vous aurait-il confié sa traditionnelle fête de Noël plutôt que de la donner à sa nièce ?

« Je parie que vous lui avez fait connaître le plus beau moment de sa vie, pour qu'il débourse tant d'argent », pensa-t-elle ensuite très fort.

Peut-être n'avait-il pas engagé sa nièce parce qu'elle n'avait aucune idée de la façon d'organiser un événement de l'envergure de ces fêtes qu'il mettait ainsi au point pour tous ses contacts commerciaux. Mais elle ne le dit pas, car cela aurait été affirmer sans preuve.

— Tout ce que Lucas et moi avons fait, c'est nous baigner dans l'océan. Il n'y a rien de mal à ça. Il n'y a eu aucun échange de faveurs sexuelles contre quoi que ce soit.

— Vous étiez nus ! cria Maggie. Et vous voulez me faire croire que c'était innocent ?

— Et alors ? Nous faisions un bain de minuit ! Qui n'en a pas fait dans cette ville ? répliqua Hope sur le même ton.

Les discussions diminuèrent autour d'elles, et elle arracha enfin son regard de Maggie pour voir ce qu'il se passait. Le journaliste n'était plus près du parc à chiens ; il se tenait juste à côté d'elle. Sans hésiter, il lui mit son micro sous le nez.

— Mme Anderson, voulez-vous répondre à ces allégations de faveurs sexuelles en échange de contrats ?

Elle se retrouva engourdie face à l'ampleur de la situation.

— Pas besoin, intervint Maggie, les bras croisés et les sourcils si froncés qu'elle ressemblait à une enseignante qui aurait surpris Hope et Lucas à se peloter dans un placard à balais. Elle a déjà confirmé son comportement inapproprié avec Lucas King, le propriétaire d'*Innovation intérieure*. Je suis sûre qu'en creusant un peu, vous découvrirez que d'autres clients actuels annulent leurs engagements. Personne ne veut être associé à une femme de son genre.

Le journaliste hocha la tête et se tourna vers la caméra.

— Vous avez tous entendu, mesdames et messieurs. L'entreprise d'événementiel de Hope Anderson est en péril. Une nouvelle fois, la morale et la décence l'emportent à Prémonition.

CHAPITRE 16

Hope fulminait. Elle était tellement en colère qu'elle n'arrivait plus à parler. Après l'incroyable déclaration biaisée du journaliste devant la caméra, elle lui avait dit ses quatre vérités, mais c'était trop tard, et elle avait été bien trop énervée pour s'exprimer de manière cohérente. La séquence était terminée, et toute la ville pensait désormais qu'elle couchait pour obtenir des contrats. Le pire étant que la plupart de ses clients masculins étaient mariés.

C'était parfait. La voilà qualifiée de femme adultère. Si elle se baladait dans le square, nul doute qu'elle entendrait tout un tas de pensées infectes à son sujet. Elle fit la grimace et décida qu'il valait mieux rentrer chez elle, rédiger un communiqué de presse et l'adresser à la chaîne d'info, en espérant que ses anciens clients nieraient ces rumeurs infâmes.

Elle vit volte-face et s'écrasa contre un homme à moitié nu et en bonne forme physique.

— Ouch.

— Ouh là, ma belle.

Elle essaya de reculer, mais elle se retrouva enlacée par des bras très familiers. Elle les connaissait. Et ce n'était pas ceux dont elle souhaitait l'étreinte. D'une paume sur son torse, elle repoussa gentiment Benji.

— Hé. Qu'est-ce que tu fais ici ?

Il haussa un sourcil.

— Je croyais que j'avais un rencard ce soir.

Put… Elle avait complètement oublié qu'elle avait filé un rendez-vous à son *sex friend*. Cela n'expliquait cependant toujours pas ce qu'il faisait à moitié nu dans le square.

— Non, je voulais dire, qu'est-ce que tu fais *ici* ? Et où sont tes habits ?

Il repoussa ses cheveux de ses yeux et éclata de rire.

— J'ai décidé d'aller surfer ce matin. Les vagues étaient géniales, avant que le vent ne retombe. Puis j'ai voulu me prendre à manger avant de retourner à l'hôtel. Imagine ma surprise quand je t'ai vue discuter avec cette maman au foyer et dire ensuite que tu avais fait un bain de minuit hier soir. Du coup, je me demande pourquoi nous ne sommes jamais allés dans l'océan ensemble en tenue d'Ève et d'Adam.

Il lui décocha un petit sourire sexy, la dévisageant comme s'il voulait la dévorer tout entière.

— Tu veux renouveler l'expérience ce soir ?

Non, elle ne pouvait pas. Pas après la soirée qu'elle avait passée avec Lucas et pas après avoir appris que Peggy Pitsman essayait de saboter son entreprise. Elle secoua la tête, dans l'intention de décliner l'invitation puis de chercher une manière gentille de refuser leur rencard, quand elle fut interrompue par une nouvelle voix masculine, très familière elle aussi.

— Hope est occupée ce soir.

— Lucas ? s'écria-t-elle, faisant vivement volte-face.

Elle le découvrit derrière elle, les poings serrés et fusillant

Benji du regard. Si elle n'avait pas eu l'impression que sa vie était sur le point d'imploser, elle aurait apprécié la scène. Benji, bronzé, torse nu et en short de bain, était adorable avec ses boucles ébouriffées, tandis que Lucas, en jean, tee-shirt blanc et blazer bleu marine, avait tout de l'homme d'affaires accompli. Bon sang, ils étaient sexy, tous les deux. Elle n'en voulait toutefois qu'un seul.

— Qui est ce type, Hope ? lui demanda Lucas en la dévisageant avec intensité.

— Ouah, mon gars, du calme, intervint Benji. Je suis juste un ami.

Elle lui fut reconnaissante de ne pas avoir précisé qu'ils étaient amis avec bénéfice.

— On dirait que vous êtes plus que cela, répliqua Lucas, en passant la main dans ses cheveux poivre et sel.

— Eh bien, parfois, des amis peuvent s'éclater un peu, n'est-ce pas, bébé ? dit Benji en faisant un clin d'œil à Hope.

Elle grogna et se tourna vers Lucas.

— Tu peux nous laisser une minute ? Je te raconterai tout ensuite.

Il la fixa, la mâchoire serrée et les yeux pleins de… colère ? Frustration ? Douleur ? Elle n'aurait su le dire. Cela dit, il n'avait aucun droit d'être en colère contre elle. Ils n'avaient eu qu'un seul rencard et n'avaient pas parlé d'engagement. Elle était toujours libre de sortir avec qui elle voulait, n'est-ce pas ? Ce n'était pas parce qu'ils s'étaient embrassés que cela avait la moindre signification.

Menteuse, se dit-elle. Elle n'avait cependant pas envie d'énoncer ce qui se passait véritablement entre eux.

Lucas leva les mains et s'éloigna.

— C'est quoi son problème, à ce type ? voulut savoir Benji en lui caressant la nuque.

En temps normal, elle se serait laissée faire mais, cette fois-ci, elle s'écarta, avec le sentiment qu'il avait essayé de se montrer possessif.

— C'est mon ex.

Benji regarda du côté de Lucas, qui s'était assis sur un banc et ne les quittait pas des yeux.

— Lequel ?

Elle en avait un certain nombre. Elle n'était sortie que quelques fois avec la plupart d'entre eux et ils étaient restés bons amis. Elle était même la marraine des enfants de deux d'entre eux. Comme ils s'étaient installés dans une ville plus grande, elle ne les voyait pas souvent, mais elle envoyait des cartes et des cadeaux à leurs enfants, donc elle n'avait pas totalement disparu de leur vie. Lucas était à peu près le seul ex avec lequel elle avait coupé tout contact après la rupture. Le contraire aurait été trop douloureux.

— Cet ex-*là*. La raison pour laquelle ceci…

Elle agita la main entre eux deux.

— … n'a jamais été sérieux.

— Cet ex-*là* ? répéta-t-il. Oh, c'est intéressant.

Il lui sourit et pensa : « *Je parie que je peux le lui faire oublier. Il me faudrait juste quelques minutes dans un endroit privé.* »

— Ça prendra plus que quelques minutes.

— Euh… quoi ? demanda-t-il en pouffant. J'ai dit ça à voix haute ?

Merde ! Ce n'était pas le cas, n'est-ce pas ? Au lieu de répondre à sa question, elle dit :

— Benji, je suis vraiment désolée, mais je vais devoir annuler. Hier soir, avec Lucas, c'était… En fait, je ne sais pas vraiment, mais j'ai l'impression que sortir avec quelqu'un d'autre ne serait pas bien. Pas tant que je n'aurai pas mis de l'ordre dans mes sentiments quant à son retour en ville.

Il s'avança vers elle, une main sur sa joue, lui caressant la pommette. En temps normal, sa peau l'aurait picotée sous sa caresse. Pas ce jour-là, où elle avait plutôt envie de le repousser et de retrouver son espace personnel. Elle resta cependant immobile et le laissa dire ce qu'il souhaitait.

— Tu sais que je suis un bien meilleur homme pour toi ?

Surprise, elle éclata de rire.

— Ah oui ? Pourquoi ?

— Je suis facile à vitre. Je te mets à l'aise. Et il n'y a aucune attente, d'un côté comme de l'autre. Aucune scène. Juste du bon temps. Je peux te le faire oublier. Tu sais que c'est vrai.

Tout ceci était vrai, à une époque, mais les choses avaient désormais changé.

— Tu as toujours été un bon ami, Benji. Désolée de te laisser tomber. Tu pourras me pardonner ?

Il regarda une nouvelle fois Lucas avant de se concentrer sur elle.

— C'est ce qu'il va se passer, alors ? Tu vas tenter le coup ?

Elle haussa les épaules.

— Franchement, je n'en ai aucune idée, mais je sais que si nous sortions ensemble ce soir, ce ne serait juste pour aucun de nous deux. Surtout pas pour toi, puisque j'aurais surtout envie d'être avec lui.

— On dirait que tu as déjà pris ta décision.

— J'imagine que oui. Désolée de t'avoir fait venir ici et payer l'hôtel.

Elle mit les mains dans ses poches.

— Ne t'en fais pas. Rien que pour avoir pu surfer, ça en valait la peine. Et je suis sûr que je pourrai trouver de quoi m'amuser au bar ce soir.

Elle rit.

— J'en suis certaine.

— Tu veux bien me faire une faveur ?

— Laquelle ?

— Appelle-moi, si ça ne marche pas.

Il se pencha vers elle, l'embrassa sur la joue puis s'en alla.

Elle le regarda partir. Quand elle eut rassemblé son courage, elle se tourna vers Lucas et découvrit le banc vide. La peur au ventre, elle observa les alentours, le cherchant. Lorsqu'il fut évident qu'il avait mis les voiles, elle soupira et se mit en route vers *Innovation intérieure.*

CHAPITRE 17

— Comment ça « il est parti comme ça » ? demanda Grace en lui versant du thé glacé.

— Eh bien, il était là pendant un moment puis, après le départ de Ben, Lucas avait disparu, expliqua Hope, exaspérée. Je suis allée à son magasin, mais il était fermé et le panneau était retourné. Et il ne répond pas à mes appels.

Grace s'empara des deux tasses de thé et indiqua le salon d'un signe de tête.

— Allons nous installer là-bas. C'est plus confortable que ces chaises.

Hope la suivit et se laissa tomber sur le canapé rembourré, tout en se demandant comment elle avait fait son compte pour être déjà si impliquée avec Lucas aussi vite. Ne s'était-elle pas juré de ne pas refaire les mêmes erreurs ?

— Tu veux que je l'appelle ? proposa Grace, assise en tailleur face à elle sur le canapé. Et que je découvre où il est afin que tu puisses lui dire… ce que tu as envie de lui dire ?

— Par les déesses, non.

Elle regarda son amie comme si elle avait perdu la tête.

— Tu me prends pour qui ? Une ado de treize ans ?

Grace pouffa en souriant.

— C'est toi qui l'as dit.

— La ferme, Valentine. Il me semble que, il n'y a pas si longtemps, tu t'angoissais à propos d'un certain homme plus jeune que toi. Et qui t'a aidée à y voir plus clair ?

— Toi. Merci, d'ailleurs. Il est… pile ce dont j'avais besoin.

Elle ricana.

— Je me doute.

C'était agréable de se retrouver ainsi chez Grace, même si Hope y était parce qu'elle avait débarqué chez son amie à cause des hommes de sa vie – ou plutôt d'un seul – qui lui mettaient les nerfs à vif.

— D'accord, redis-moi ce qui s'est produit. Il était là et tout à coup il a disparu, c'est ça ? Que s'est-il passé dans l'intervalle ? demanda Grace.

— Je ne sais pas. Je parlais avec Benji pour annuler notre rencard, que j'avais d'ailleurs oublié, puis Benji est parti, et je me suis rendu compte que Lucas aussi, répondit-elle, les mains serrées autour de son thé glacé.

— Est-ce que tu as câliné Benji pour lui dire au revoir ? Est-ce que tu l'as touché ou je ne sais quoi ? l'interrogea Grace en fronçant les sourcils.

— Non, je n'ai pas… Oh, merde.

Elle ferma les yeux et s'affala sur le canapé.

— Benji m'a touchée. Il m'a caressé la joue et m'a embrassée.

— Il t'a embrassée ! Et tu te demandes pourquoi Lucas s'est barré ?

Hope grimaça face au ton incrédule de son amie.

— Il m'a embrassée sur la joue ! Je n'étais pas non plus en

train de le peloter, insista-t-elle. Bon sang. C'est tout ce qu'il faut pour le faire fuir ? Après tout ce qui s'est passé, c'est ça, la goutte d'eau ?

— Hope, répliqua Grace en secouant la tête. Tu es sérieuse ? Tu viens de me dire que votre rencard avait été magique, que vous aviez discuté de retenter votre chance. Puis, le lendemain, il découvre que tu as rendez-vous avec ton plan cul et en plus il le voit t'embrasser ? À sa place, tu n'aurais pas fui, toi non plus ? Qu'est-ce que tu aurais ressenti si tu l'avais vu avec une nana qu'il s'était clairement tapée avant son retour ?

— C'est…

Elle gémit. Elle s'apprêtait à nier qu'elle en serait bouleversée, si la situation avait été inversée, mais ce serait un mensonge. Elle se serait barrée, elle aussi. Elle aurait peut-être même mis un terme à leur relation, quelle qu'en soit sa nature.

— C'est un sacré bazar. J'aurais dû annuler plus tôt, mais j'avais totalement oublié.

— L'amour a ce genre d'effet sur les gens.

— Ne prononce pas ce mot.

Elle se cacha le visage dans ses mains, le temps de se reprendre un peu.

— Il y a autre chose.

— C'est vrai ? demanda Grace, surprise.

Avant que Hope ne puisse poursuivre, la porte s'ouvrit à la volée sur Lex, la nièce de Grace.

— Salut ! lança-t-elle, un sac de courses dans une main et en leur faisant un signe avec l'autre. Qu'est-ce que vous faites toutes les deux ? On dirait que vous échangez des potins.

— C'est bien ça, confirma Grace. Pose ton sac et viens te joindre à nous. Hope pourra te parler de son triangle amoureux.

— Il n'y a pas de triangle amoureux, insista Hope en levant les yeux au ciel.

— Plus maintenant, en tout cas, rectifia Grace en pouffant.

Hope regarda en direction de la cuisine, où avait disparu Lex.

— Pourquoi est-ce que Lex fait les courses ? Je croyais qu'elle avait emménagé avec sa copine.

— C'est le cas. Elle est venue m'aider à préparer le dîner. Owen vient ce soir, et je lui ai dit que je ferais à manger.

Hope se marra.

— Lex est donc là pour te sauver la mise afin que ce soit comestible ?

— C'est ça, confirma l'intéressée en les rejoignant dans le salon pour s'asseoir à côté de Hope, qu'elle entoura d'un bras. J'ai entendu des trucs délirants sur toi, aujourd'hui.

Elle soupira.

— Et c'est la folie à quel point ?

— Toute la ville en parle, avoua Lex, une grimace aux lèvres. Tu n'as pas réellement couché avec Pauly Pitsman juste pour pouvoir organiser sa fête de Noël si chic tous les ans, n'est-ce pas ?

— Attends, quoi ? s'écria Grace en se redressant.

— Bien sûr que non, répliqua Hope en se lançant dans des explications détaillées, commençant par les annulations de ses clients et terminant par l'altercation au square avec Maggie et le journaliste. Je sais que tout ça c'est la faute de Peggy Pitsman. Elle pense vraiment que tout le monde va croire les saletés qu'elle balance ?

— Peut-être, dit Grace. Tu as confirmé devant une caméra que tu avais fait un bain de minuit avec Lucas, qui est l'un de tes clients.

— Oui, mais Pauly Pitsman ? Et les autres hommes de cette ville ? Franchement ! cria-t-elle. Tout le monde sait que Lucas et moi sommes sortis ensemble autrefois. Ce n'est pas si choquant que ça que nous remettions le couvert.

— Bien sûr que non, la rassura Grace en lui tapotant le genou. Mais penses-y. Il y a pas mal de nouveaux habitants en ville qui ignoraient que Lucas et toi avez été ensemble autrefois. Tout le monde ne connaît pas votre histoire. Et tu as la réputation d'enchaîner les conquêtes. Alors ils n'ont pas l'habitude de te voir avec un seul homme.

— Ça ne fait pas d'elle une pute pour autant, tatie, la réprimanda Lex, clairement frustrée pour Hope.

— Je sais, ma puce, j'essayais juste de dépeindre le scénario auquel les fouineurs de la ville vont s'accrocher juste pour faire de la vie de Hope un enfer. Nous devons prendre les choses en main, et le plus tôt sera le mieux.

— Je suis d'accord avec toi, mais à part faire un communiqué de presse que personne ne lira, je ne vois pas très bien quoi faire.

— Je m'en charge, déclara Lex en se levant du canapé.

— Qu'est-ce que tu comptes faire ? lui demanda Hope, soupçonneuse.

— Ne t'en fais pas. Je gère. Occupe-toi juste du bordel avec Lucas, répliqua Lex en l'enlaçant.

Puis elle retourna à la cuisine.

— Elle va faire quoi, d'après toi ? demanda Hope à Grace.

— Je parie qu'elle va faire en sorte que tous ses amis révèlent la vérité sur Peggy Pitsman. Peggy était la méchante mère quand Lex était à l'école. Elle était présidente des parents d'élèves avant de devenir organisatrice d'événements. Elle essayait toujours de mettre sa fille en avant, quitte à voler les opportunités offertes aux autres enfants. Je parie que Lex et Jackson vont adorer avoir une raison de la remettre à sa place.

Aussi agréable que ce soit à entendre, Hope ne voulait pas empirer les choses. Elle se leva et rejoignit Lex en cuisine.

— Hé, je voulais juste que nous soyons sur la même longueur d'onde à propos de cette situation.

— Vas-y, dis-moi.

Lex, chef cuisinier, était déjà en train de couper les légumes pour le dîner de Grace et Owen.

— Tu ne vas rien faire de fou, n'est-ce pas ? Comme te venger de Peggy Pitsman pour avoir été une sale garce ?

Lex explosa de rire.

— Tu veux dire que tu ne voudrais pas la voir être descendue en flammes ?

— Non. J'adorerais ça. Mais je ne veux pas empirer la situation. Je nous imagine finissant dans un talk-show d'après-midi à expliquer pourquoi nous nous sommes fait arrêter en pleine dispute à propos d'un truc stupide, tel que le dernier réservoir d'hélium au magasin d'articles de fête.

Lex s'interrompit pour lui lancer un sourire diabolique.

— Crois-moi, Hope, quand j'en aurai fini avec Peggy, elle n'osera même plus prononcer ton nom, et encore moins se rouler par terre avec toi sur un carrelage crasseux à cause d'un réservoir d'hélium.

— Bon sang.

Elle ferma les yeux et inspira profondément.

— S'il te plaît, fais en sorte que je ne fasse pas une nouvelle fois la une des médias. Et pour l'amour du ciel, ne joue pas les Tonya Harding avec elle.

— Tonya Harding ? répéta Lex, perdue.

— Tu sais ? Cette patineuse dont le mari est allé s'en prendre à une autre patineuse pour lui abîmer le genou avant une compétition très importante ? Ils étaient tous les deux médaillés olympiques.

Lex ne répondit rien.

— Bon, peu importe. Ça ne fait que prouver mon âge. Les règles sont simples : ne t'en prends pas à elle physiquement, ne mens pas et ne fais rien qui me vaudra la une des journaux à nouveau. Compris ?

— Pas de mensonges ? Tu es sérieuse ? s'écria Lex, exaspérée. Après tous ceux qu'elle a proférés sur toi ?

— Ce n'est pas ma façon d'agir. Fais-la tomber à cause de choses qu'elle a vraiment faites. Pas pour de fausses nouvelles.

Les yeux pétillants, Lex lui sourit.

— Si on peut étaler le linge sale, alors, pas de souci, je m'en charge. Et je vais y prendre beaucoup de plaisir. Elle était détestable avec Jackson et moi à l'école. Ça va être agréable de la faire un peu descendre de son piédestal.

— Je crois que j'ai créé un monstre, marmonna-t-elle en retournant dans le salon, où Grace l'attendait au même endroit. Qu'est-ce que je devrais faire pour Lucas ?

— Ce n'est pas évident ?

— Manifestement, non. Sinon je ne serais pas dans ton salon à te demander conseil.

— Va le trouver. Excuse-toi. Fais tout ce qu'il faut pour qu'il t'invite à nouveau à sortir ce soir et mettez-vous nus. Mais dans un lit, cette fois-ci, pas dans l'océan Pacifique.

Elle s'apprêtait à émettre une objection, mais Grace leva la main pour l'interrompre.

— Si tu veux faire les choses bien, tu dois aller t'excuser. La partie nudité est en option, ça dépendra de comment ça se passe.

Son amie avait raison. Pas concernant la nudité, mais pour les excuses. Il fallait qu'elle parle à Lucas. Le plus tôt possible.

— Je crois que j'ai une idée d'où il est, dit-elle, plus pour elle-même que pour son amie.

— Bien. Vas-y, conclut Grace en se levant. Moi, il faut que j'aille aider ma nièce à préparer le dîner, comme ça, quand je dirai à Owen que c'est moi qui l'ai fait, je ne mentirai pas.

Hope pouffa, puis partit chercher son homme.

CHAPITRE 18

Hope ne mit pas longtemps à trouver Lucas. Il était à l'endroit où il se rendait toujours quand il était troublé. La brise lui ébouriffa les cheveux quand elle monta les marches menant au phare de Prémonition, au sud de la ville.

Appuyé contre la rambarde, Lucas admirait l'océan agité.

— Je me demandais si tu viendrais me chercher.

— Où voudrais-tu que j'aille ? répliqua-t-elle.

Il haussa les épaules.

— En rencard avec ton surfeur ?

— Après la nuit dernière ? Ça n'arrivera plus.

Elle repéra la tête d'un phoque sortant de l'eau et la lui montra en silence. Il opina, indiquant qu'il l'avait vue. Puis il se tourna vers elle.

— Il n'avait pas l'air de savoir que le rendez-vous était annulé.

— C'est de ma faute, expliqua-t-elle en souriant. Non seulement j'ai oublié de le prévenir, mais j'ai aussi complètement oublié que j'avais accepté ce rencard. Ça fait de moi une femme horrible, j'en suis sûre, mais c'est parce que le gars avec lequel j'ai dîné hier occupait toutes mes pensées.

Lucas grogna et songea : « *Je donnerais tout pour savoir ce qui se passe dans ta tête.* »

Elle posa une main sur la sienne et la serra.

— Tu en es sûr ?

— Oui, répondit-il sans lui accorder un regard.

Par les déesses, qu'est-ce qu'elle aimait pouvoir lire dans ses pensées sans qu'il n'en prenne ombrage. Elle se sentit envahie d'une vague de paix. Elle avait vraiment de la chance d'avoir dans sa vie des personnes qui acceptaient ses nouvelles capacités invasives sans s'en offusquer. Des gens qui l'aimaient de manière inconditionnelle, au point que ce changement dans sa vie ne les affecte pas le moins du monde.

— Tout d'abord, je regrettais ma décision de faire un bain de minuit plutôt que de te ramener chez moi hier soir.

Il se tourna vers elle et lui serra les doigts à son tour.

— Pourquoi ? Parce que toute la ville en parle ?

Elle pouffa.

— Non. Je me fiche qu'ils sachent que j'ai joué dans l'eau avec toi. Mais c'est vrai que si on avait fini chez moi, ça m'aurait simplifié la vie et je serais sans doute bien plus détendue.

— Ce n'est pas « sans doute », répliqua-t-il en riant, c'est sûr. Qu'est-ce qui t'arrive aussi ? Je sens la tension qui émane de toi.

Elle poussa un gros soupir.

— Figure-toi qu'une rumeur désagréable circule à mon sujet, affirmant que j'échange mes faveurs sexuelles contre des contrats. Trois clients ont annulé leur engagement aujourd'hui. Alors imagine mon chagrin de me faire accuser de ça alors que je n'ai même pas commis le crime en fin de compte.

— Cette rumeur dit *quoi* ? s'écria Lucas, dont l'expression passa de choquée à royalement énervée. Qui l'a lancée ?

— Je suis quasiment sûre qu'il s'agit de Peggy Pitsman. Elle m'en veut que toute la ville ou presque s'adresse à moi pour leurs événements. La conférence de presse involontaire d'aujourd'hui n'a pas arrangé les choses.

— Merde, Hope. Je suis vraiment désolé.

Il se tourna vers elle et la prit dans ses bras.

— Je ne t'aurais pas suggéré ce bain de minuit si j'avais su que ça se produirait.

— Ce n'est pas de ta faute. Franchement, je pense que sans cette satanée rumeur, tout le monde s'en ficherait.

Elle posa la tête sur son épaule.

— Qu'est-ce que je peux faire ? demanda-t-il en l'embrassant sur la joue.

— M'inviter à sortir ce soir ? Il s'avère que je suis libre, tout à coup.

Il resserra son étreinte et appuya sa tête contre la sienne.

— J'aimerais beaucoup. À quelle heure est-ce que je passe te prendre ?

— Dix-huit heures.

— Ça marche.

Il lui leva la tête, et lorsque ses lèvres trouvèrent les siennes, elle se sentit fondre. Toute sa vie s'écroulait peut-être, mais ce que Lucas et elle faisaient lui paraissait tout à fait juste, pour une raison qu'elle ne saurait définir. Peut-être parce qu'ils allaient enfin trouver le moyen de faire fonctionner leur relation.

~

Lucas tint la main de Hope tandis qu'ils déambulaient sur la Rue Principale de Prémonition. Ils avaient dîné dans un petit restaurant italien intimiste et avaient décidé de se rendre à la boulangerie *Œil de Faucon* pour le dessert. Hope adorait leur tarte aux mûres, et Lucas avait eu très envie de celle au citron vert.

— Qu'est-ce que ça te fait de revenir ici après avoir vécu dans une grande ville si longtemps ? lui demanda-t-elle.

— C'est un soulagement, pour être honnête, avoua-t-il, les yeux pétillants d'amusement. C'est drôle, non ? Ce dont on pensait avoir absolument besoin s'avère souvent totalement inutile.

Elle fronça les sourcils.

— Je ne suis pas sûre de comprendre.

— J'imaginais que ma vie était complète seulement quand je suis devenu un concepteur de meubles renommé. Ou quand je suis apparu pour la première fois dans un magazine de décoration. Ou même quand j'ai commencé à recevoir des invitations pour des fêtes prisées aux côtés d'acteurs de seconde zone et de chefs célèbres.

— Tu essaies de me mettre la honte ? demanda-t-elle en riant. Parce qu'il ne m'est jamais arrivé ce genre de choses.

— Tu as réussi ta vie, d'abord avec une galerie d'art florissante et maintenant ton entreprise d'événementiel.

— Ce n'est pas la même chose. Tout le monde peut y arriver avec juste un peu de réflexion.

— Mais toi, tu as eu beaucoup de succès. Tu sais aussi bien que moi comme c'est difficile de monter, et surtout de maintenir, une entreprise florissante. Tu es exceptionnellement douée pour ça, Hope. Je le sais, puisque je suis ton client.

Elle leva les yeux au ciel.

— Je continue à penser que ton avis est biaisé. Peu importe. Continue ce que tu disais. Tu as réussi en tant que créateur de meubles. Des gens importants s'intéressaient à ton travail, et pourtant, tu n'as pas le sentiment que ta vie est accomplie. Pourquoi ? Qu'est-ce qu'il te manque ?

— Quelqu'un avec qui partager tout ça.

Il lui adressa un regard en coin et ce demi-sourire sexy qui la faisait fondre.

— C'est plutôt cliché, tu ne trouves pas ? rétorqua-t-elle, essayant de ne pas dérailler.

Cette conversation ne prenait pas le tour qu'elle attendait. Elle aurait peut-être dû s'y attendre, cela dit. Lucas n'avait jamais caché ses inventions depuis son retour en ville.

— C'est la vérité.

Arrivé devant la boulangerie, il se tourna vers elle.

— Je ne dis pas que j'ai pris la mauvaise décision en quittant la ville ou toi en y restant. Nous avons tous les deux fait des choix, qui ont façonné les personnes que nous sommes devenues. J'ignore la vie que j'aurais eue si j'étais resté ici. Peut-être que je serais devenu amer ou que j'aurais fini par faire un boulot que j'aurais détesté. Ou peut-être que je t'aurais épousée, que nous aurions eu quatre enfants, le dernier s'apprêtant tout juste à entrer à l'université.

— Des enfants ?

Elle secoua la tête, incrédule, et avec l'impression d'avoir avalé du plomb.

— J'étais sérieuse quand je t'ai dit que je ne voulais pas en avoir. Ça n'a pas changé. C'est de ça que tu parlais ? Tu regrettes de ne pas avoir fondé de famille ?

— Non. Pas du tout. Je voulais juste dire que nos expériences nous ont façonnés, donc je ne veux pas vivre dans le regret. Mais je me suis rendu compte que tout ce succès me semble bien creux sans toi pour le partager avec moi. Tu m'as énormément manqué, Hope. Et pour le cas où ce ne serait pas encore assez clair : j'ai bien l'intention de réparer cette relation et de ne plus jamais y renoncer.

Le souffle coupé, elle le dévisagea, stupéfaite. Il avait dit tout ce qu'il avait à dire. La balle était dans son camp, désormais, et elle ignorait quoi en faire. Au fond de son cœur, elle savait qu'elle voulait la même chose.

— Je ne sais pas quoi dire.

— Tu n'as pas besoin de répondre quoi que ce soit, Hope. Mais tiens-toi prête. Parce que je ne vais pas abandonner.

Elle sourit lentement.

— D'accord.

— D'accord ? Comment ça ?

— Je me tiens prête.

Elle se redressa sur la pointe des pieds pour l'embrasser doucement sur les lèvres.

— Allez, rentrons. Tu m'as promis de la tarte.

Il pouffa.

— En effet.

Il lui ouvrit la porte.

— Après toi.

CHAPITRE 19

Quand le lundi arriva, deux autres clients de Hope avaient annulé. La chaîne d'infos locale avait diffusé pas moins de six fois cette séquence d'elle admettant être allée se baigner nue dans l'océan avec Lucas, l'un de ses clients. Puis ils avaient ensuite informé leurs téléspectateurs que lui et elle avaient été aperçus ensemble le soir même, puis le dimanche matin pour un brunch, ce qui n'avait fait qu'alimenter leur histoire.

Pourtant, elle ne regrettait rien. Sa soirée avec Lucas avait été parfaite. Après le dessert, il l'avait ramenée chez elle, et ils étaient restés assis sur sa terrasse à écouter les vagues s'écraser au loin. Il lui avait parlé de sa vie à Boston, et elle lui avait raconté la fermeture de la galerie d'art et sa volonté d'avoir plus de liberté, en termes de temps et de finances, d'où le démarrage de son activité d'organisation d'événements. Gérer un magasin physique l'avait épuisée. Lucas avait pouffé et répondu qu'il comprenait tout à fait.

Elle avait envisagé de l'inviter à entrer, mais, après la déclaration qu'il lui avait faite, elle avait décidé qu'il valait mieux y aller lentement. Avant de s'engager sur cette voie, elle voulait être certaine à cent pour cent d'être aussi prête que lui à avoir une relation. Coucher avec lui ne ferait qu'obscurcir son jugement.

En outre, comme elle le lui avait dit, elle ne voulait pas que son pick-up reste garé devant chez elle toute la nuit, pas après le spectacle dans le square le même jour. La dernière chose qu'elle souhaitait, c'était accréditer les rumeurs selon lesquelles elle couchait avec ses clients. Heureusement qu'il n'était pas resté dormir, d'ailleurs. Vu les informations tout le week-end, elle n'osait imaginer ce qui aurait été dit si quelqu'un avait aperçu le véhicule de Lucas chez elle le lendemain matin.

Ah, les petites villes, songea-t-elle, dégoûtée. En temps normal, elle adorait le fait de connaître tout le monde. D'avoir ce genre de liens. Mais certains jours, elle aurait eu envie que Lucas l'emmène à Boston, là où personne ne la connaissait. Elle n'avait cependant pas été capable de quitter sa ville natale auparavant. Qu'est-ce qui lui faisait croire qu'elle le pourrait désormais ? Elle se sortit cette idée de la tête et alla retrouver Skyler, qui n'avait pas annulé, illuminant sa matinée. Elle l'avait même appelé pour confirmer, afin d'être sûre. Désormais, ils avaient un mariage de chiens à planifier.

~

— SALUT, salut, Hope ! Par ici !

Il sauta de sa chaise et agita les deux mains pour attirer son attention.

Elle lui fit un grand sourire et pouffa. On ne pouvait pas dire que le *Panorama Café* soit si grand qu'elle aurait été incapable de le repérer, mais elle trouvait son enthousiasme plaisant. Ce séduisant créateur portait un pantalon à motif écossais, une chemise couleur corail et des bretelles assorties.

— J'adore votre tenue, le salua-t-elle en l'enlaçant.

— Vous êtes superbe aussi, répliqua-t-il en la dévisageant d'un œil critique. Même si je m'attendais à quelque chose de plus osé, vu votre réputation.

Il lui adressa un clin d'œil exagéré, avant de rire à gorge déployée.

— Très drôle, Skyler. Méfiez-vous ou vous vous retrouverez mêlé à ma rumeur. Vous voulez prendre le risque ?

— Carrément, oui. On me prend rarement pour un hétéro. Ce serait marrant.

Ce fut son tour à elle de le dévisager d'un œil critique.

— Je suis plutôt sûre que ça n'arrive même jamais.

Il sourit.

— Je t'aime bien.

— Moi aussi, je t'aime bien.

— Allez, viens, on va te commander à boire, dit-il en s'approchant déjà du comptoir. Qu'est-ce qui te ferait plaisir ?

— Tu n'as pas à faire ça. C'est moi en général qui me charge…

— Ne discute pas, Hope. Je vais me prendre un double latte à la vanille avec supplément chantilly. Et toi, qu'est-ce que tu veux ? insista-t-il en la fusillant du regard.

— Un mocha au caramel.

— Avec supplément chantilly ? demanda-t-il en haussant un sourcil.

Elle rit.

— Oui.

— C'est bien ce qu'il me semblait.

Il poursuivit sa route jusqu'au comptoir. Lorsqu'il revint à leur table, il lui tendit la plus grande tasse de café qu'elle ait jamais vue et un morceau de gâteau au café.

— Je me suis dit que tu aurais bien besoin d'un petit écart aujourd'hui. Ce serait mon cas, à ta place.

— Les rumeurs sont si mauvaises que ça ? demanda-t-elle avant de siroter son breuvage sucré. Oh bon sang, ça va causer ma mort prématurément, ça.

— Au moins, tu mourras heureuse.

Elle hocha la tête.

— Carrément. C'est délicieux. Merci.

— Je t'en prie.

Il avala une gorgée de sa tasse, elle-même très grande, puis s'accouda à la table.

— Maintenant, dis-moi ce que tu as fait à cette misérable Peggy Pitsman.

Elle leva les mains en signe d'ignorance et secoua la tête.

— À part être une meilleure organisatrice d'événements qu'elle ? Aucune idée.

— Cette femme est tellement jalouse qu'elle en devient un monstre. Tu n'imagines pas les histoires qu'elle m'a sorties à ton sujet hier. J'avais très envie de lui arracher les yeux.

Son expression meurtrière lui donna envie de rire. Elle ne l'avait rencontré qu'une seule fois, et il se montrait pourtant déjà aussi protecteur que Grace et Lex.

— D'autres histoires de faveurs sexuelles ? demanda-t-elle en gémissant.

— Non. Enfin, si, elle a commencé par ça, mais Pete lui a dit qu'il avait couché avec tous ses supérieurs pour grimper les échelons et qu'il ne le regrettait pas un seul instant. Il lui a ensuite suggéré d'essayer elle-même, avant de juger les autres pour ça.

Skyler ricana.

— Tu aurais dû voir sa tête. On aurait dit qu'elle avait avalé du lait périmé.

— Il lui a vraiment dit ça? répliqua Hope, qui ne put s'empêcher de glousser.

— De quoi ? demanda-t-il, les yeux pétillants d'amusement.

— Le fait qu'il a couché avec ses supérieurs ? Et il lui a vraiment suggéré d'essayer ?

— Oh, oui. Pete ne supporte pas les sales pimbêches comme elle.

— C'est vrai, tout ça ? le questionna-t-elle, sceptique.

Skyler se marra.

— Oui et non. Pete se tapait bien son patron avant notre rencontre, mais ce n'est pas ce qui lui a valu sa promotion. Il est brillant dans son domaine. Mais là, il voulait juste faire taire l'autre garce. Dommage, ça n'a pas marché.

— Oh, qu'est-ce qu'elle a dit encore ?

Elle se raidit. Si Peggy Pitsman ne cessait pas ses attaques, elle-même n'aurait d'autre choix que de se lancer dans la bataille. Elle n'avait pas envie de le faire, mais il était hors de question qu'elle reste en retrait pendant que Peggy détruisait sa réputation.

— Elle nous a dit que lors de tes trois derniers événements, la plupart des invités avaient fait une intoxication alimentaire.

— Quoi ? s'écria-t-elle, jaillissant presque de sa chaise. Tu es sérieux ? Ce n'est pas vrai du tout !

— Je sais, affirma-t-il avec conviction. Tu crois vraiment que je laisserais n'importe qui planifier le mariage des chiens ? Je sais vérifier des antécédents pour m'assurer de travailler avec les meilleurs.

Elle en eut les larmes aux yeux. Cela faisait du bien d'avoir quelqu'un voyant à travers les mensonges proférés et qui la soutenait malgré les rumeurs horribles.

— Merci.

— Pas la peine de me remercier, répliqua-t-il en lui serrant brièvement les doigts. Parce que, ma chérie, je vais sans doute être ton client le plus exigeant. Ne sois pas surprise si je t'appelle à n'importe quelle heure. Quand mon cerveau tourne à plein régime, je ne peux pas le contrôler.

Elle poussa un grognement.

— Tu vas vraiment me faire vivre un enfer, n'est-ce pas ?

— Oui. Mais tu m'aimeras quand même, parce que je suis amusant et loyal, et que je peux déchiqueter des garces si nécessaire.

Le sourire insolent qu'il lui adressa la fit rire.

— Je peux accepter ces conditions, je crois. Allez, mettons-nous au travail. J'ai apporté des suggestions.

Elle sortit un dossier, qu'elle posa sur la table.

— C'est bien, déclara-t-il, ses yeux verts pétillants de malice.

Il attrapa dans une sacoche qu'elle n'avait pas encore remarquée une chemise deux fois plus grosse que la sienne.

— Parce que moi aussi.

Elle posa le front contre la table et éclata de rire. Quand elle releva la tête, elle la pencha sur le côté.

— Tu sais que tu es adorable ?

— Content que tu le penses, parce que c'est en général à ce moment-là que la plupart des gens se mettent à fuir.

Il l'avait dit sur un ton léger, mais il y avait un certain sérieux dans sa déclaration qui lui fit comprendre qu'il était parfois trop exubérant pour certaines personnes.

— Impossible. Nous sommes maintenant les meilleurs amis du monde, que ça te plaise ou non. Pete et toi vous en êtes pris à ma némésis. Il n'y a pas mieux pour nouer des liens éternels.

— Je t'ai dit que je t'aimais bien ?

— Oui. Tu ne peux plus revenir en arrière.

— Eh bien je voulais dire que je t'adorais, en fait.

Il lui tendit le petit doigt.

— Il faut que nous scellions notre loyauté.

Pour la première fois en quarante-huit heures, elle se sentit plus légère et de meilleure humeur. Elle enroula son doigt au sien.

— Je jure de t'être toujours loyale.

Il répéta cette promesse puis ouvrit sa propre chemise.

— Il est temps de nous y mettre. Que penses-tu de ces figurines en feutre ? On pourrait les utiliser comme centres de table.

Elle regarda les photos des mini-chiens en feutre, qui ressemblaient beaucoup aux vrais qui posaient à côté, et fronça les sourcils.

— Tu es sûr ? On dirait des poupées de chiens vaudoues.

Il jeta un nouveau coup d'œil à sa photo et fit la grimace.

— Ouais, tu as raison.

Il froissa le papier et le jeta par-dessus son épaule.

— Je savais que je faisais le bon choix en t'engageant.

— Il faut que je pense à remercier Gigi de m'avoir invitée l'autre jour, parce que j'adore le fait que tu aies apporté tout ça, dit-elle en indiquant le dossier qu'il avait sorti. Nous allons bien nous amuser.

— Jeune fille, répliqua-t-il d'une voix un peu plus aiguë. Tu n'imagines même pas à quel point.

CHAPITRE 20

— J'ai le sentiment qu'il nous faudrait le sang de nos ancêtres pour ce rituel, déclara Joy en observant le vin rouge qu'elle faisait tournoyer dans son verre.

Elle était assise en tailleur sur la falaise, et le feu qu'elles avaient conjuré brillait dans ses yeux.

Hope l'avait observée, essayant de déterminer comment elle allait. Joy avait donné peu de nouvelles ces derniers jours ; Hope soupçonnait que la réalité du départ de Paul l'avait finalement rattrapée. Sa déclaration l'amusa cependant beaucoup, et elle dut se retenir de rire.

— Euh, Joy, je sais que nous sommes des sorcières, mais tu veux vraiment faire autant d'efforts ? Tu te souviens la dernière fois que nous avons fait apparaître le sang de nos ancêtres à partir de vieux os poussiéreux ?

— Des vieux os poussiéreux ? répéta Gigi, qui avait le teint un peu verdâtre.

— Tu sais, commenta Grace sur le ton de la conversation, ça nous aiderait à renforcer nos liens.

— Je pense que le vin suffit, répliqua Gigi, nerveuse, en s'essuyant la main sur sa jupe en coton. Pas besoin de déranger les esprits tant qu'on n'y est pas obligé, n'est-ce pas ?

Joy se mit à ricaner et se plaqua très vite une main sur les lèvres.

— Pardon. C'était trop drôle.

Hope et Grace se laissèrent aller à leur tour et se mirent à rire.

— Oh, très amusant, commenta sèchement Gigi. C'est agréable de s'en prendre à la nouvelle, hein ?

— Oui, confirmèrent les trois autres à l'unisson.

— Tu ferais mieux de t'y faire, ajouta Grace. Tu rejoins notre coven. Nous n'allons plus jamais te lâcher.

— La bonne nouvelle cela dit, c'est que tu auras trois sœurs sur lesquelles tu pourras toujours compter, intervint Joy en lui serrant la main.

Hope acquiesça d'un air songeur.

— Et nous serons prêtes à prendre ta défense si une garce décide de ruiner ta réputation juste parce que c'est une salope jalouse qui n'arrive pas à s'en sortir seule, même si elle a tous les privilèges du monde, y compris un mari qui finance son entreprise.

— La vache, c'est très spécifique, marmonna Grace.

Hope lâcha un rire sans humour.

— Désolée pour mon coup de gueule. Si par hasard vous ne l'aviez pas deviné, Peggy Pitsman me tape vraiment sur les nerfs.

Elle avait failli perdre une autre cliente. Elle avait passé l'essentiel de la journée à la convaincre que non, elle ne faisait pas appel à des traiteurs bas de gamme que les services sanitaires avaient fait fermer trois fois.

— Nous pourrions jeter un sort à Peggy, suggéra Grace. Je

suis très douée pour les malédictions à base de MST, rappelle-toi.

Hope et Joy explosèrent de rire, tandis que Gigi avait un geste de recul.

— Ne t'en fais pas, la rassura Hope. Grace ne le fait pas exprès. Elle a un jour maudit quelqu'un sans lui jeter véritablement un sort. Ça peut arriver à cause des émotions fortes, parfois, et le mari de Grace venait de la quitter pour l'assistante de l'agence. Est-ce étonnant qu'elle leur ait souhaité des verrues génitales dans ce cas ?

— Oh, par la déesse, s'écria Gigi, qui pouffa avant d'éclater franchement de rire si fort qu'elle en tomba à la renverse, les deux mains sur le ventre.

Quand elle se fut calmée, elle ajouta :

— Grace. C'est trop drôle. Merde, je suis déçue, maintenant. J'aurais aimé que tu souhaites à mon ex d'en avoir.

— Moi aussi, honnêtement, répliqua Grace en levant son verre de vin pour un toast moqueur. La prochaine fois ?

— La prochaine fois, approuva Gigi.

Grace regarda Joy.

— Et toi ? Tu as des requêtes spéciales pour Paul ? De l'herpès ? Des verrues ? Des furoncles ?

— Des furoncles ? Oh. Hum. Beurk. Il en mourrait.

Elle ricana à cette idée, mais secoua la tête.

— Aussi tentant que ce soit, il vaut mieux laisser tomber. Je ne veux pas jeter de l'huile sur le feu tant que le divorce ne sera pas prononcé.

— Bon choix ! confirma Gigi en levant son verre comme Grace venait de le faire. Reste civilisée tant que les papiers n'auront pas été signés. Après, on verra bien.

Comme Gigi venait de divorcer, c'était elle qui, sans surprise, s'identifiait le plus à ce que traversait Joy. Cela dit, c'était Gigi qui avait mis son mari à la porte, contrairement à Joy qui n'avait jamais demandé au sien de partir.

— Très bien. Pas de furoncles.

Grace se leva et attacha ses cheveux en une queue de cheval lâche.

— Nous pouvons cependant lui souhaiter de faire mûrir son cerveau, non ? Parce qu'un homme assez stupide pour quitter Joy a manifestement un pète au casque. C'est peut-être à cause de tous ces numéros.

— Ou du porno, marmonna Hope.

— J'ai entendu, rétorqua Joy, sans s'agacer toutefois. Franchement, je m'en fiche de savoir pourquoi il m'a quittée. S'il ne veut pas de moi, alors grand bien lui fasse. Je mérite beaucoup mieux.

— Bien dit ! Bien dit ! Bien dit ! chantonnèrent Hope et les deux autres en levant leur verre à l'unisson.

Joy fit de même avec le sien.

— On dirait que nous sommes prêtes à ajouter officiellement notre quatrième sœur. Hope ? Tu es prête ?

— Oui.

Elle observa leurs quatre verres de vin.

— Lévitation, lança-t-elle.

Les quatre verres flottèrent tout à coup devant elles, juste au-dessus des flammes dansantes.

Hope tendit les mains à ses sœurs.

— Mettons-nous en cercle, c'est le moment.

Elles s'exécutèrent, jusqu'à ne former qu'une seule entité.

— Une pour toutes et toutes pour une. Ce soir, nous célébrons l'arrivée de cette quatrième sœur que nous avons la chance d'avoir, commença-t-elle, souriant à Gigi. Elle est entrée dans nos vies pendant une période tumultueuse de la sienne, mais, dès le début, alors même que son avenir semblait incertain, nous trois savions qu'il s'offrirait à elle ici, avec nous.

— C'est vrai, confirma Grace.

— Je n'aurais pas voulu qu'il en soit autrement, ajouta Joy.

— Alors ce soir, nous levons nos verres vers le ciel, demandant que le vin à l'intérieur soit béni par les puissances supérieures, puis nous le boirons pour sceller notre sororité à vie. Nous serons toujours là les unes pour les autres, nous soutiendrons toujours et nous porterons mutuellement de toutes nos forces.

Le vin vira au rouge sang, plus brillant, avant de reprendre sa couleur originelle. Les verres flottèrent jusqu'à chacune des sorcières et s'inclinèrent, sans qu'elles n'aient à le faire avec la main, afin de leur permettre d'accéder à l'offrande de leur union. Chacune ouvrit la bouche, accepta le breuvage, et avala.

Tout à coup, les flammes s'élevèrent plus haut et devinrent d'un blanc éclatant. Le bois craqua, créant quatre étincelles qui se muèrent sans tarder en quatre anneaux entrecroisés, qui lévitèrent entre elles quatre.

Elles les regardèrent fixement, jusqu'à ce que Hope claque des doigts ; les bagues issues du feu blanc retournèrent dans les flammes et disparurent.

Toutes les trois se tournèrent vers Gigi, qui paraissait stupéfaite.

— Est-ce que tu te sens différente ? lui demanda Grace.

Gigi cilla.

— Tu viens vraiment de dire que j'allais être coincée avec vous trois pour l'éternité ? répliqua-t-elle, l'air passablement horrifiée.

— Euh, oui. C'est ce qui se passe quand on rejoint un coven. Je croyais…, commença Hope, qui fut interrompue par l'éclat de rire de Gigi.

— Je plaisantais. Vous m'avez dit que vous alliez m'asticoter, à partir de maintenant, non ? Alors, je voulais tester, moi aussi.

Grace et Joy éclatèrent de rire.

— Une chose est sûre, répliqua Hope, tu t'es déjà intégrée.

— Et j'en remercie les déesses, déclara Gigi en écartant les bras. Maintenant, faites un câlin à votre nouvelle sœur.

Toutes s'approchèrent, s'enlaçant les unes les autres. C'était agréable. Paisible. Et juste. C'était toujours le cas au sein d'un coven.

Juste au moment où elles s'écartaient, le portable de Hope vibra.

— Sérieux, Hope ? la réprimanda Grace. Et si c'était arrivé pendant le rituel ?

— Désolée ! s'exclama-t-elle, se sentant stupide.

Leur politique était stricte : pas de portables pendant les réunions du coven. Elle s'apprêtait à l'éteindre quand elle avisa le nom de Lex sur l'écran. L'appel cessa, et un texto arriva immédiatement.

Lex : *« Appelle-moi, c'est urgent. »*

Sans hésiter, Hope composa le numéro de la nièce de Grace.

— Que s'est-il passé ?

— La fille de Peggy Pitsman a fait une overdose ce soir.

CHAPITRE 21

— Lex ? l'appela Grace en sortant du cottage par-derrière, Hope sur les talons.

Joy et Gigi étaient restées dans la maison pour préparer du café, afin de leur laisser le temps de parler à Lex avant de toutes l'approcher. Lorsque Lex avait appelé, elle était vraiment bouleversée.

— Par ici, lança Jackson, qui était assis sur la balancelle aux côtés de son amie.

Lex avait les genoux relevés et les bras passés autour. Grace se précipita vers elle et s'agenouilla devant elle.

— Est-ce que ça va ?

Lex opina, mais Jackson, qui avait un bras autour de ses épaules et son amie blottie contre son torse, secoua la tête.

— Que s'est-il passé ?

Hope attrapa deux chaises et les apporta plus près de la balancelle, afin que Grace et elle puissent s'asseoir. Lorsqu'elles furent installées toutes les deux, Hope prit l'une des mains de Lex. Elles ne connaissaient aucun détail pour le moment, à part que Jackson et elle se trouvaient au *Jardin du Bar de mer* quand la fille de Peggy avait fait une crise, sans doute due à une overdose.

— Comme j'étais libre ce soir, j'ai appelé Jackson pour lui proposer de sortir, et nous sommes finalement allés boire un coup au *Jardin du Bar de mer.*

— Bronwyn n'est pas en ville, elle aide son ancienne coloc de fac à préparer son mariage, expliqua Jackson.

Lex le regarda.

— Tu sais bien que ce n'est pas uniquement pour ça que je t'ai appelé.

— Bien sûr que je le sais, la rassura-t-il. Meilleurs amis pour la vie.

Elle lui adressa un sourire tremblant avant de se tourner vers sa tante.

— Bref, nous étions sur la terrasse quand Whitley est arrivée avec quelques amies. Nous lui avons fait un signe, mais c'est tout. Elles étaient à quelques tables de nous, riant trop fort et se comportant de manière un peu détestable, comme le font les gens quand ils ont trop bu.

— En fait, Lex et moi comptions le nombre de fois où Whitley et ses amies criaient le mot « fête », dit Jackson. Après douze, on a arrêté de relever, ça ne nous intéressait plus. Nous avions l'intention d'aller régler l'addition quand c'est devenu la folie.

— Je n'avais jamais rien vu de pareil, confirma Lex en frissonnant.

Elle ferma les yeux quelques instants, avant de poursuivre.

— Au moment où Jackson est entré, les amies de Whitley se sont levées et ont couru vers la plage. Elles hurlaient, parlant de trouver des sirènes hommes. Whitley s'est mise debout pour les suivre, mais elle a trébuché et commencé à trembler violemment, puis elle est tombée sur la terrasse.

— Ce devait être terrifiant, commenta gentiment Grace.

Lex s'essuya les yeux.

— C'était moi la plus près d'elle, donc je me suis précipitée vers elle pour m'assurer qu'elle ne se fasse pas mal à cause des tables et des chaises. Les secours sont arrivés quelques minutes plus tard. Je les ai entendus parler d'overdose. Je pensais qu'elle avait fait une crise d'épilepsie, mais ils lui ont administré un médicament pour contrer les effets de ce qu'elle avait pu prendre, puis ils l'ont emmenée.

— Je les ai entendus dire qu'elle présentait tous les signes d'une overdose de Cendrex, dit Jackson.

— De Cendrex ? répéta Hope en fronçant les sourcils. Qu'est-ce que c'est ?

— C'est la nouvelle drogue qui circule en ville et qui cause ces overdoses, expliqua Jackson. Elle se présente sous forme d'un bloc, que les gens font brûler comme de l'encens dans une pipe à eau, et ils inhalent la fumée ensuite.

— Et ça suffit pour créer une overdose ? Mais de quoi est-elle constituée ? s'écria-t-elle.

Tout à coup, elle se sentait vieille. De la drogue sous forme de bloc ? Elle n'en avait jamais entendu parler.

— A priori, répliqua Lex, qui se redressa en s'essuyant les yeux. Je ne veux plus jamais assister à ça.

— J'imagine, ma puce, dit Grace en l'enlaçant.

— Est-ce que vous avez des nouvelles de Whitley ? Savez-vous si quelqu'un a contacté sa mère ? demanda Hope.

Peggy Pitsman n'était pas la personne qu'elle préférait au monde ; malgré tout, il fallait lui dire que sa fille avait été transportée à l'hôpital.

— Lex a essayé d'appeler l'hôpital, mais ils n'ont pas voulu lui donner la moindre information, répondit Jackson. Nous n'avons pas pensé à appeler sa mère. Je pensais que l'hôpital s'en chargerait.

Hope sortit son portable de sa poche et composa le numéro de sa concurrente. Il y eut quatre tonalités, puis le répondeur.

— Peggy, c'est Hope Anderson. Vous avez sans doute déjà été contactée, mais, dans le doute, je voulais m'assurer que vous sachiez que Whitley avait été emmenée à l'hôpital ce soir, après ce qui ressemblait à une overdose. Nous n'avons pas plus d'informations. Nous espérons qu'elle va bien. Tous mes vœux de rétablissement.

— Tu es une femme bien, commenta Grace.

— Pas tellement, non. Mais des fois, il faut faire ce qu'il faut.

Elle était toujours très énervée contre les manœuvres de Peggy, mais Whitley méritait d'avoir sa mère à ses côtés à son réveil.

— C'est vrai, insista Jackson en se levant, afin que Grace puisse s'installer à côté de Lex.

Grace s'assit et attira sa nièce contre elle dans une étreinte de réconfort.

— Hope, est-ce que je peux te parler un instant ? demanda Jackson.

— Bien sûr.

Se levant, elle le suivit dans la maison, où Gigi et Joy étaient assises à table, des tasses dans les mains.

— Salut, dit Joy en s'empressant de rejoindre la cafetière. Par la fenêtre, nous avons vu que Lex était bouleversée, alors nous lui laissions un peu d'espace.

— Elle l'est, oui, confirma-t-il en s'asseyant lourdement sur une chaise. C'était brutal. Après sa crise, Whitley était si pâle que j'ai cru pendant un instant qu'elle était…

Il déglutit.

— J'ai eu peur qu'elle soit partie.

— Je suis navrée, Jackson, dit Gigi en lui tapotant la main. Ce devait être une bonne amie à toi.

Il secoua la tête.

— Non, pas du tout. Nous étions dans la même classe, mais Lex et moi ne nous sommes jamais entendus avec elle, alors nous restions chacun de notre côté. Si je suis aussi secoué, c'est parce que c'est la troisième personne que je vois faire une overdose de Cendrex, et c'est effrayant. On pourrait croire qu'après quatre hospitalisations à cause de ça, les gens éviteraient cette drogue, mais on dirait que ça ne les décourage pas du tout.

— Oh, non, c'est terrible, commenta Gigi, une main sur la bouche, en s'adossant à sa chaise. Je suis vraiment désolée que vous ayez assisté à ça ce soir. Est-ce que Whitley va bien ?

— Aucune idée, répondit-il en acceptant la tasse que lui tendit Joy avant de l'enlacer.

— Si tu as besoin de quelque chose, il te suffit de me le dire, d'accord ?

Jackson avait passé de nombreux après-midi chez elle, quand il était enfant. Sa mère et lui habitaient juste à côté de Joy et de sa famille lorsqu'il avait cinq ans. Lui et Kyle, le cadet de Joy, étaient amis depuis lors.

Il posa une main sur la sienne.

— Merci, madame Lansing.

— Tu peux m'appeler Joy, tu sais.

Il lui sourit et hocha la tête.

— Merci, Joy.

Une fois sa propre tasse servie, Hope alla s'asseoir en face du jeune homme.

— Tu disais vouloir me parler ? Ici, ça te va, ou bien tu veux faire ça en privé ?

— Non, c'est bon.

Il adressa un petit sourire à Gigi et Joy.

— Je ne voulais simplement pas en parler devant Lex tout de suite. Elle est vraiment bouleversée.

— Oui, confirma Hope qui, par la fenêtre, vit Lex et Grace sur la balancelle, en train de discuter. Je suis sûre que Grace va réussir à la calmer.

— Je l'espère.

Il prit une longue gorgée de café et ferma les yeux un instant.

— C'est vraiment bon.

— C'est parce que je l'ai agrémenté de whisky, expliqua Joy en lui faisant un clin d'œil.

Il jeta un coup d'œil à sa tasse puis pouffa.

— Nickel.

Il prit une nouvelle gorgée, se passa la main dans les cheveux, puis se tourna vers Hope.

— J'ai retrouvé Spencer, le gars qui a fait une overdose au *Panorama Café* l'autre jour.

— Comment va-t-il ?

Elle se souvenait du jeune homme efflanqué et de la crise qu'il avait eue sous ses yeux.

— Bien mieux, mais il refuse de parler. Il n'a pas voulu dire aux médecins où il avait trouvé la drogue. Il prétend être entré dans une pièce où des gens fumaient quelque chose et que c'est comme ça qu'il en a inhalé trop.

Il leva les yeux au ciel.

— Comme si ça suffisait à faire tomber quelqu'un. Et sérieux, qui ferait ce genre de fête à dix heures du matin ? Je crois qu'il craignait d'avoir des ennuis avec la police. Il n'a même pas voulu me le dire à moi. Il a dit qu'il refusait que, à cause de lui, d'autres puissent avoir accès à ça.

— Ce qu'on ne peut pas lui reprocher, commenta-t-elle en essayant de réprimer sa frustration.

Elle se crispa, bien qu'elle comprenne les raisons de Spencer. Ignorer le problème n'allait cependant pas le faire disparaître.

— Tu as des pistes concernant les deux autres overdoses ?

Il hocha la tête, l'air tout à coup fatigué.

— Oui. En bavardant, j'ai appris leur nom. Je comptais aller les voir demain, enfin, si j'arrive à les trouver.

— J'apprécie vraiment, Jackson, lui dit-elle, sincère.

Écoutant ses pensées, elle constata qu'elles étaient embrouillées. Il pensait beaucoup à son lit et au moment où il pourrait se vider la tête.

— Tu devrais rentrer chez toi te reposer, lui dit-elle. Nous nous chargeons de la suite.

— Tu n'imagines pas combien j'ai envie de le faire, déclara-t-il, avant de froncer les sourcils. Mais il faut que je te dise autre chose.

— D'accord.

Elle se tourna un instant vers Joy et Gigi, qui le regardaient attentivement, l'air inquiètes.

— Tu sais, ce que Lex et moi prévoyons de faire pour révéler les mensonges de Peggy Pitsman ? dit-il en faisant la grimace.

— Oui ?

Elle avait complètement oublié qu'ils lui avaient assuré avoir des dossiers sur elle. Maintenant que la fille de Peggy était à l'hôpital cependant, il était hors de question de s'en prendre à cette dernière, malgré le mal qu'elle avait fait à Hope.

— S'il te plaît, garde-le pour toi, maintenant, d'accord ?

— C'est ce que j'essaie de te dire, justement. C'est trop tard.

J'avais déjà raconté l'histoire à *Perspectives de Prémonition,* et ça doit sortir demain.

Il eut l'air peiné.

— J'ai appelé la journaliste pour lui demander de tout arrêter, mais elle m'a dit que c'était déjà parti à l'impression. C'est trop tard.

— Oh merde.

Hope ferma les yeux et s'appuya contre sa chaise.

— C'est mauvais à quel point ?

— Très mauvais, souffla-t-il, la tête rejetée vers l'arrière. Je me sens comme une merde.

— Tu ne pouvais pas savoir, tenta de le rassurer Gigi.

Mais Hope savait que rien de ce qu'elles diraient à présent ne pourrait l'aider. Il suintait la culpabilité.

— Que raconte l'article ? demanda-t-elle, songeant qu'il valait mieux retirer le pansement d'un seul coup.

— Peggy Pitsman a eu une aventure avec le coach de l'équipe de basket quand nous étions au lycée. Elle a couché avec lui pour le convaincre de choisir Whitley plutôt que Lex.

Elle en resta sans voix quelques secondes, ouvrant et fermant la bouche comme si elle était incapable de formuler des mots.

— Tu n'es pas sérieux ! s'écria Joy, les yeux écarquillés. Peggy Pitsman a couché avec M. Gale ? Le même M. Gale qui était marié à Brenda, qui apportait toujours des petits gâteaux faits maison à chaque match et qui était la femme la plus adorable au monde ?

Il hocha la tête, l'air malheureux.

— Je suis content de savoir qu'elle ne verra pas l'histoire demain. Elle ne méritait pas qu'il la traite de la sorte.

Brenda était décédée deux ans plus tôt d'une crise cardiaque particulièrement violente.

— Ce n'est pas qu'une rumeur ? Vous avez des preuves ? demanda-t-elle enfin.

— J'en ai. Je te l'avais promis.

Il sortit son portable, appuya quelques fois sur l'écran, puis lui montra une photo de Peggy et M. Gale dans une position très clairement compromettante, dans le bureau de ce dernier. Derrière l'entraîneur se trouvait un panneau indiquant *Tournoi de la côte Ouest* et l'année.

— J'ai pris cette photo moi-même, au lycée. Après ce jour-là, nous les avons espionnés, avec Lex. Nous l'avons tous les deux entendue offrir au coach une partie de jambes en l'air s'il faisait jouer Whitley au match suivant. Et bien sûr, malgré la très mauvaise saison qu'ils avaient déjà, c'est Whitley qui a joué et non Lex.

Joy poussa une exclamation étouffée et se couvrit la bouche. Puis elle plissa les yeux, enragée.

— Je m'en souviens. Lex était énervée. Et alors que l'équipe perdait de près de vingt points, il l'a fait rentrer, et elle s'est épuisée à essayer de reprendre l'avantage. Ça s'est produit plusieurs fois cette saison-là. Je n'avais jamais compris pourquoi. Demain, je vais dire à M. Gale ma façon de penser, clairement.

Hope la dévisagea, saisie d'une brusque envie de rire. À sa réaction, on aurait pu croire que Lex était sa fille. Cela dit, toutes deux l'aimaient très fort. Lex faisait partie de leur famille, alors il n'était pas étonnant que Joy se montre aussi protectrice. Hope n'en revenait pas qu'elle se souvienne de tout ça, cela dit.

— Je ne te savais pas aussi fan de basket, Joy. Tu allais à tous les matchs ?

— Oui. J'y retrouvais Grace et nous regardions Lex jouer, puis Kyle, puisqu'il passait juste après. Je suis une grande fan depuis, même si je préfère les matchs universitaires aux matchs pro. C'est plus intéressant.

— Ouah. Pourquoi est-ce que je l'ignorais ?

— Le basket n'était pas ton truc. Et tu étais occupée à monter ta boîte, répondit Joy en lui souriant.

— Oui, c'est vrai.

Elle se racla la gorge et se tourna vers Jackson.

— Merci de me l'avoir dit. Ça ne me fait pas plaisir que ça sorte demain, mais on n'y peut rien, alors essaie de ne pas stresser à ce sujet, d'accord ?

— Je vais essayer.

Il prit une grande inspiration.

— Je me sens tellement mesquin, là.

— Tu ne devrais pas. C'est elle qui a commencé en répandant des rumeurs infondées sur moi, répliqua-t-elle en secouant la tête de dégoût. C'est tellement prévisible, en plus, de me reprocher sa propre immoralité.

— C'est toujours comme ça, non ? intervint Gigi. Les garces manquent d'originalité.

Les autres approuvèrent, puis Jackson ressortit pour dire bonsoir à Lex.

Les trois sorcières se dévisagèrent.

— Qu'est-ce qu'on fait maintenant ? demanda Joy. Est-ce que nous continuons à interroger les gens en ville ? Ou bien va-t-on rester sans rien faire en attendant que Jackson parle aux deux autres personnes ayant fait des overdoses ?

— Nous patientons, j'imagine. La journée de demain va être moche, avec la publication de cet article. Mieux vaut faire profil bas, à mon avis, répondit-elle.

— Compris, dit Joy en reportant son attention sur son café.

Gigi s'adossa à sa chaise.

— Sacrée initiation au coven. Quand est-ce qu'on commence à jeter des sorts aux gens ?

Hope et Joy la fixèrent. Gigi se mit à rire.

— Je plaisante. Je ne maudis les gens que le dimanche, déclara-t-elle, un sourire impertinent aux lèvres. Je rentre chez moi. Appelez-moi si vous avez besoin de lancer un sort de flatulence sur un connard quelconque. C'est ma spécialité.

Après un dernier signe de la main, elle sortit de la maison, comme si elle ne venait pas de lâcher une bombe en affirmant être douée pour donner des gaz aux gens.

Hope se mit à glousser, puis à rire franchement, la tête posée sur la table. Joy se joignit à elle, et elles finirent en larmes.

Hope se redressa, s'essuya les yeux et déclara :

— Elle va vraiment me plaire, elle.

CHAPITRE 22

— Oh. Hum. Polly va les a-do-rer, s'exclama Skyler en détaillant les vitrines de *Quatre Patt'isserie*.

La boutique offrait de tout, allant des friandises faites maison à des tenues uniques pour chiens et chats, fabriquées par la propriétaire.

— Des cake pops ? Ce serait bien, puisque nous pourrions glisser leurs bâtons dans les arrangements floraux, mais nous devrons être vigilants à ce que les chiens, trop excités, n'essaient pas de les manger aussi. Ça causerait trop de dégâts.

— Hope, répliqua-t-il en la dévisageant comme si elle avait perdu l'esprit. Les bâtons sont comestibles, c'est écrit là. Tu vois ?

Il lui indiqua, dans la vitrine, le panneau immanquable.

— Ahhh. Oups. Je crois que je suis un peu distraite aujourd'hui. Désolée.

Elle avait déjà failli oublier qu'ils avaient convenu de se retrouver à l'animalerie, ainsi qu'au magasin d'articles de fête. Elle s'inquiétait tellement pour l'histoire qui allait paraître dans *Perspectives de Prémonition* qu'elle n'avait même pas vérifié son agenda ce matin-là. En fait, si Skyler ne l'avait pas contactée pour lui dire qu'il serait en retard, elle ne s'en serait même pas souvenu.

— Qu'est-ce qui t'arrive aujourd'hui ? demanda-t-il en la dévisageant. Tu n'as pas l'air en forme. Tellement pas que je pense que nous devrions aller nous faire masser après ça afin de te changer les idées.

Elle gémit en imaginant quelqu'un la débarrasser de la tension dans ses épaules et son dos.

— Je crois que rien ne me ferait plus plaisir.

— Très bien. On ira juste après. Lance nous trouvera un créneau.

Il se frotta les mains comme s'il les réchauffait avant de pratiquer une opération délicate. Puis il sortit son portable et appela leur propriétaire de salon préféré.

La sonnette de l'entrée indiqua l'arrivée d'un nouveau client, qui avança à pas lourds jusqu'à eux. L'odeur d'antiseptique était si forte que Hope fronça le nez et se tourna pour voir qui pénétrait dans la boutique tel un éléphant dans un magasin de porcelaine.

Peggy Pitsman. Qui se dirigea droit vers elle.

— Hope Anderson ! Je sais que c'est vous qui êtes responsable de ça. Comment osez-vous me faire ça, surtout après hier soir ? Vous êtes vraiment diabolique, vous en avez conscience ?

Elle lui agita le numéro de *Perspectives de Prémonition* sous le nez ainsi que son doigt osseux.

— Ouah, reculez, madame. Personne n'a le droit de parler comme ça à mon amie, intervint Skyler en se plaçant entre elles, obligeant Peggy à faire quelques pas en arrière.

— Mais elle répand de cruelles rumeurs sur moi, s'écria Peggy.

Skyler haussa un sourcil sceptique.

— D'après ce que j'ai entendu dire, c'est vous qui affabulez sur Hope. Vous ne projetez pas un peu, là ?

Peggy pinça les lèvres, le visage rouge vif. Si elle continuait ainsi, son visage allait exploser.

— Je ne projette pas, rétorqua-t-elle, les dents serrées, en essayant de regarder Hope derrière Skyler. J'attends de votre part un démenti publié dans le prochain numéro, avec des excuses également. Mieux encore, je veux que vous vous rendiez tout de suite à la station de radio pour dire à tout le monde que ce ne sont que des mensonges.

— Calmez-vous, madame, commença Skyler.

— Je m'en charge, le coupa Hope en lui adressant un petit sourire.

Elle appréciait que son nouvel ami la défende avec une telle conviction, bien qu'il ignore si elle était vraiment à l'origine de cet article, et elle ne l'en aimait que plus pour ça. Ils allaient être de grands amis.

— Peggy, je n'ai rien à voir avec la rédaction ni l'impression de cet article. Si je leur demandais un démenti, ils me riraient au nez. Quant à aller parler à la radio, qui vous dit que les gens de cette ville me croiraient ? Aux dernières nouvelles, j'engageais des traiteurs servant de la nourriture avariée et je me servais du sexe pour engager mes clients. Je pense que vous préféreriez quelqu'un de plus respectable pour défendre votre vertu.

— La vache. Qu'est-ce qu'elle vous a mis, commenta Skyler, ravi, en claquant des doigts devant Peggy.

Hope faillit en rire, avant de se souvenir de Whitley, sans doute toujours à l'hôpital.

Peggy froissa le journal et le jeta par terre.

— Je sais que vous êtes derrière ça. Retenez bien ceci : je

vais découvrir comment, puis je dirai à tout le monde que vous êtes une garce insensible.

Une larme coula sur sa joue, qu'elle essuya d'un geste rageur.

— Je suis désolée pour ce qui est arrivé à votre fille. Comment va-t-elle aujourd'hui ? lui demanda Hope gentiment.

— Ce ne sont pas vos affaires, cracha l'autre femme. Je n'en reviens pas que vous me posiez cette question alors que c'est la nièce de votre amie qui a donné ces drogues à ma fille.

Puis elle pensa : *« Si seulement c'était vrai, je pourrais m'assurer que ça ne se reproduise plus. »*

Hope la fixa et renonça à sa propre colère. Elle avait sous les yeux une mère en souffrance, qui s'en prenait à la seule personne qu'elle avait sous la main. Elle pouvait le supporter.

— Vous savez aussi bien que moi que ce n'est pas Lex qui a donné ces drogues à votre fille. C'est elle au contraire qui était là pour l'aider quand elle s'est écroulée, car les soi-disant amies de Whitley l'avaient laissée tomber. Que diriez-vous de conclure une trêve et d'essayer de découvrir qui a fourni ces drogues à votre fille ?

— Ma fille ne traîne pas avec des drogués, insista Peggy, qui refusait d'entendre raison.

— C'est ça, commenta Skyler, derrière elles.

Bien que Hope soit d'accord avec lui, elle ne dit rien.

— Peggy, comment va Whitley ? Va-t-elle se remettre ?

Peggy la fusilla du regard pendant quelques instants. Puis elle poussa un soupir de dégoût.

— Oui. Elle devrait pouvoir rentrer demain à la maison.

— Je suis vraiment contente de l'apprendre. Je suis sincère. J'espère qu'elle se rétablira vite.

Peggy hocha la tête et tourna les talons, comme pour partir.

Juste avant d'atteindre la porte toutefois, elle se tourna à nouveau et fixa Hope dans les yeux.

— Il faut que je découvre qui fournit ces drogues. Voulez-vous m'aider ?

Hope eut très envie de la frapper. Quelques minutes plus tôt, elle demandait des informations à Peggy, et celle-ci avait ignoré sa question. Il n'en ressortirait rien de bon, si elles s'associaient.

— Je n'en suis pas sûre. Je ne sais même pas pourquoi vous pensez que je pourrais vous aider. Je ne prends pas de drogues. Pourquoi aurais-je des informations ?

— Je vous en prie, Hope, insista l'autre femme, les larmes aux yeux.

Elle renifla et poursuivit.

— Tout le monde sait que vous avez demandé à Gabrielle, du *Journal de Prémonition*, d'enquêter sur les overdoses en ville. Je ne sais pas vers qui d'autre me tourner. La police a fait un rapport, mais ils ont dit qu'ils ne pouvaient pas faire grand-chose. Je cherche juste à protéger ma fille. S'il vous plaît, vous êtes la seule à pouvoir m'aider.

« Merde, comment Hope pourrait-elle dire non à ça ? » se demanda Skyler.

Elle ne pouvait pas, surtout à cause du désespoir dans le ton de Peggy plutôt qu'à cause de ses paroles. Et comme elle-même avait déjà des gens l'aidant à trouver l'origine des drogues, elle hocha la tête.

— C'est vrai ? s'écria Peggy, les yeux écarquillés.

— Oui, mais à certaines conditions, répliqua-t-elle, les bras croisés et le regard sévère.

Peggy déglutit.

— Lesquelles ?

— Tout d'abord, commença-t-elle en levant un doigt, je

veux que vous publiiez dans le journal des excuses pour les rumeurs que vous avez lancées sur les empoisonnements alimentaires dans mes événements.

— Je ne suis pas à l'origine de cette rumeur, insista Peggy.

Sa façon de détourner toutefois le regard et de rougir aurait été suffisante pour convaincre Hope qu'elle mentait, mais quand Peggy songea ensuite au jour où elle avait raconté à Yasmeen l'histoire de cinq personnes se précipitant aux toilettes en même temps, elle se trahit inconsciemment.

— Si. Et je parie que Yasmeen confirmerait, si je le lui demandais.

Peggy fit la grimace.

— D'accord, très bien. C'est moi qui l'ai lancée. Mais c'était une blague. Yasmeen n'aurait pas dû la prendre au sérieux. J'étais frustrée à cause d'une *wedding shower* annulée parce que la mariée avait attrapé froid et à cause d'une *baby shower* ratée, parce qu'un seul invité s'est pointé. C'était une mauvaise journée, d'accord ? Je ne pensais pas que Yasmeen me prendrait au sérieux. Je suis vraiment désolée.

Les épaules basses, elle ajouta :

— Je publierai une déclaration demain.

— Voilà qui règle le premier point, dit Hope en levant ensuite un deuxième doigt. Ensuite, je vous demande d'arrêter de dire aux gens que je couche avec mes clients. C'est un mensonge éhonté, et si vous persistez, je vous poursuivrai pour diffamation.

Peggy se redressa et affirma d'une voix pleine de conviction :

— Je ne suis absolument pas à l'origine de cette rumeur-là.

Hope la dévisagea et ouvrit son esprit, pour essayer de saisir les pensées de l'autre femme. Elle se hérissa en les entendant haut et fort. « *Lancer une rumeur, ce n'est pas la même chose que la répéter, non ?»* Hope leva les yeux au ciel. Cette femme était un sacré cas.

— Tu couches avec tes clients ? demanda Skyler d'une voix émerveillée. D'accord, ça confirme que nous serons vraiment les meilleurs amis du monde. J'adore les filles cochonnes.

— Skyler, répliqua-t-elle, incapable de cacher son amusement. Désolée de te décevoir, mais je ne couche pas avec mes clients. Alors, si tu ne veux plus être mon meilleur ami, je comprendrais.

Il poussa un soupir exagéré.

— Eh bien, oui, c'est décevant. Mais j'imagine que nous allons faire un essai quand même.

Elle pouffa.

— Et Lucas King, alors ? intervint Peggy.

Là, elle franchissait la ligne.

— Lucas et moi, c'est une longue histoire, comme vous le savez très bien. Mais je ne vous laisserai pas vous immiscer dans ma vie privée. Ce que Lucas et moi faisons ne concerne que nous deux.

— Sauf quand vous vous baignez nus dans un espace public où tout le monde peut vous voir, rétorqua Peggy, clairement incapable de s'en empêcher.

— Essayez de vous mêler de vos affaires, pour une fois. Avons-nous fini ? Je vais faire tout ce que je peux pour découvrir qui fournit du Cendrex aux gens, et vous, vous publierez un démenti concernant l'empoisonnement alimentaire et vous cesserez de répandre des rumeurs à mon sujet, d'où qu'elles viennent. Marché conclu ?

Elle tendit la main à l'autre femme.

Peggy la fixa, hésitante. Puis, lentement, elle la lui serra.

— Marché conclu.

Hope et Skyler la regardèrent partir, jusqu'à ce qu'elle eut refermé derrière elle.

— Quelle casse-pieds, commenta-t-il.

— À qui le dis-tu.

Elle s'affala sur une ottomane affublée des mots *Propriété des chiots* cousus sur le côté.

Skyler s'installa à ses côtés, jambes tendues et chevilles croisées. Il était si beau et si élégant que c'en était presque douloureux à regarder. Pour sa part, elle portait un legging et un pull trop grand qui donnait l'impression qu'elle avait juste cherché une tenue confortable et non seyante.

— J'adore tes chaussures, déclara-t-elle en avisant le cuir bicolore.

— Moi aussi ! dit-il, excité. Elles sont toutes neuves.

Elle lui sourit, puis le silence retomba entre eux, jusqu'à ce qu'il reprenne la parole.

— Tu n'as jamais couché avec un client, n'est-ce pas ?

— Jamais, confirma-t-elle.

— À part Lucas King ?

Elle lui jeta un regard en coin.

— Pas depuis son retour en ville. Non.

— Pourquoi pas ? Il est grave *sexy*.

— C'est compliqué, répondit-elle en soupirant.

— Ça n'a pas l'air compliqué, de mon point de vue, lui dit-il en lui tapotant la main. On dirait que vous êtes constamment attirés l'un par l'autre. D'après ce que j'ai glané dans les rumeurs à votre sujet…

— Tu ne dois pas croire ces mensonges, insista-t-elle.

— Exact, mais je suis doué pour lire entre les lignes. Voyons voir si j'ai bien compris.

Elle plissa les lèvres et haussa un sourcil, pour marquer son scepticisme.

— Tu peux toujours essayer, mais si je me marre, ne le

prends pas contre toi. Les suppositions ont tendance à me faire rire.

— Excellent.

Il se tourna vers elle.

— Il est ton amour de jeunesse. Exact ?

Elle opina.

— Il a donc dû être ton premier en tout. Ou au moins le premier dont tu as été amoureuse.

— Oui.

— Puis il est parti pour l'université, et vous avez rompu. On passe quelques années. Il est revenu en ville, vous avez repris votre relation où elle en était, jusqu'à ce qu'il quitte à nouveau les lieux pour un boulot.

— Où veux-tu en venir, Skyler ? demanda-t-elle.

Ce voyage dans ses souvenirs ne lui faisait pas plaisir.

— Vous êtes comme deux aimants. Combattre l'inévitable est inutile. Et si tu as trouvé la personne qui voit toutes tes facettes et t'aime pour ça, alors tu dois t'y accrocher. Accroche-toi et ne le laisse jamais partir, Hope. L'amour est la seule chose qui compte, dans la vie. Accroche-toi à lui de toutes tes forces et ne le lâche jamais.

Elle l'écoutait attentivement, les larmes aux yeux. Tout à coup, elle eut très envie de voir Lucas.

— Il faut que j'y aille.

Il se pencha pour l'embrasser sur la joue.

— Je m'en doute. Vas-y. Je vais annuler notre rendez-vous pour le massage.

Mince, il lui tardait vraiment d'y aller. Mais quand elle pensa à Lucas et à la perspective de lui dire ce qu'elle ressentait, son cœur se mit à papillonner dans sa poitrine et sa tension disparut, pour la première fois depuis que l'amour de sa vie était revenu en ville.

CHAPITRE 23

Hope gara sa Highlander devant la maison de style craftsman à étage dans laquelle elle s'était toujours imaginée vivre un jour. Lorsque Lucas l'avait achetée, elle l'avait pris comme un coup de poing dans le ventre. Il savait combien elle aimait cet endroit. Ils en avaient discuté suffisamment souvent quand ils étaient jeunes. À présent, elle savait qu'il l'avait acquise dans l'intention de la faire revenir.

Quelques semaines plus tôt, elle se serait rebiffée à cette idée. Elle aurait même qualifié Lucas de manipulateur. Mais à présent ? Elle percevait toute la sincérité dans son geste. Comme s'il prouvait qu'il était enfin prêt à s'engager à ses côtés à Prémonition et qu'il cherchait à le lui montrer de toutes les manières possibles.

— Hope Anderson ? l'appela Bell King depuis le jardin floral, alors qu'elle remontait l'allée.

Deux chiens arrivèrent en courant et aboyant depuis le côté de la maison. Les deux labradors devaient être dans le grand jardin.

Elle sourit à la mère de Lucas. Elles avaient été proches

quand Lucas et elle sortaient ensemble, et elles étaient restées amies depuis.

— Bonjour, Mme King.

— Il était temps que tu viennes me voir, répliqua l'autre femme en ouvrant grand les bras.

Hope l'étreignit, et elles restèrent ainsi enlacées un long moment.

— Comment allez-vous ? lui demanda-t-elle.

— Très bien. Ça ira encore mieux quand Lucas viendra me rendre visite.

— Comment ça ? la questionna Hope en reculant pour la dévisager.

— Oh, tu sais, depuis qu'il a emménagé à Boston, je ne le vois plus très souvent. Mon fils me manque.

Bell la prit par le bras et la guida jusqu'à la porte d'entrée.

— Viens, entre. Je vais nous faire du thé et nous pourrons discuter sur la terrasse.

Elle ne savait pas quoi dire ni quoi faire. Lucas lui avait raconté que sa mère souffrait de démence précoce. C'était la maladie de Bell qui l'avait fait revenir. C'était la première fois qu'elle en était témoin en personne, cela dit.

— Hope ? Tu veux entrer ?

Elle acquiesça et suivit, dans la maison, cette femme qu'elle considérait comme sa deuxième mère.

— Bell ? l'appela une femme depuis le fond de la demeure.

— C'est Janie, lui souffla Bell. La femme que Lucas a engagée pour garder un œil sur moi quand il n'est pas là.

Hope hocha la tête, rassemblant les pièces du puzzle. Quelques secondes plus tôt, Bell pensait que Lucas vivait toujours à Boston, et maintenant, elle savait que Janie était son aide à domicile.

— Où est Lucas ? demanda-t-elle, en guise de test.

— Il doit rencontrer un client à propos de meubles sur mesure, répondit Bell avec un fier sourire et en s'installant dans un fauteuil.

— Ce sont des placards encastrés, rectifia la femme qui devait être Janie en entrant dans le salon, deux verres de limonade à la main.

Elle était grande, avait de longs cheveux sombres et bouclés et portait une jupe en coton ainsi qu'un débardeur. Janie ressemblait davantage à une vendeuse de savons maison dans un marché fermier qu'à une aide à domicile.

Bell lui prit le verre des mains et fronça les sourcils.

— J'aurais juré qu'il m'avait parlé de meubles.

Puis elle pouffa.

— Son emploi du temps est difficile à retenir, ces jours-ci.

Janie tendit le deuxième verre à Hope et hocha la tête.

— C'est un homme occupé, mais il est toujours à la maison pour le dîner. On ne peut pas lui reprocher le contraire.

— Vous avez raison, acquiesça Bell en fixant sa limonade. Oups, j'ai promis du thé à Hope.

— C'est bon, c'est parfait, répliqua Hope en s'installant sur le canapé moderne de couleur crème, tout en admirant les courbes magnifiques de la table basse en bois qu'elle avait sous les yeux.

Lucas avait vraiment beaucoup de talent.

— Je serai à la cuisine en train de préparer à manger, si vous me cherchez, indiqua Janie.

— S'il vous plaît, dites-moi que vous allez nous faire des *manicotti*. Ça fait une semaine que j'en ai envie, dit Bell.

— Je vais voir ce que je peux faire.

— Vous êtes la meilleure, Janie !

L'intéressée pouffa et commença à retourner vers la cuisine.

— Vous n'arrêtez pas de me le dire.

— Merci, Janie ! s'écria Hope.

L'autre femme lui fit un signe de la main et quitta la pièce.

— Tu sais, j'en ai voulu à Lucas quand il m'a dit qu'il avait engagé quelqu'un pour m'aider, mais elle cuisine vraiment très bien. S'il m'avait dit qu'il comptait embaucher un chef cuisinier, notre conversation se serait mieux passée.

Elle rit, et les coins de ses yeux se plissèrent.

— Vieillir, ça craint, Hope. Mais avoir mon garçon à mes côtés, c'est un plus.

Cette façon qu'avait Bell d'être la plupart du temps complètement lucide et consciente de tout, et de temps à autre de se déconnecter de la réalité, était étrange. Hope eut le cœur serré pour ce que traversaient à la fois la mère et le fils. Malgré sa relation compliquée avec sa propre mère, si Angela se mettait à oublier des détails de sa vie, ce serait déstabilisant. Elle aurait voulu faire un câlin à Lucas à cause de ce qu'il vivait. Et à Bell aussi, d'ailleurs, parce qu'elle semblait tout à fait consciente de perdre la mémoire.

— Je suis contente qu'il soit rentré, moi aussi.

— C'est un bon garçon, Hope.

— En effet.

— Tu l'aimes toujours, n'est-ce pas ?

Elle s'étouffa sur la limonade qu'elle était en train d'avaler et se mit à tousser. Quand elle parvint à se calmer, elle regarda Bell.

— Vous n'y allez pas par quatre chemins, n'est-ce pas ?

— Je crois que vos sentiments l'un pour l'autre sont assez évidents. Alors pourquoi ne pas dire la vérité ?

— Parce qu'avouer à la mère de quelqu'un que je l'aime sans l'avoir dit à l'intéressé ne me paraît pas très juste.

Bell hocha la tête puis la pencha sur le côté.

— Est-ce que je peux te poser une question ?

— Oui, bien sûr.

— Pourquoi n'as-tu pas suivi Lucas dans l'Est ? Ta mère avait déjà quitté la ville. Je me suis toujours demandé ce qu'il y avait de si important pour toi ici.

Si n'importe qui lui avait posé cette question, elle se serait hérissée. Mais le ton de Bell était empreint d'une curiosité innocente.

— La première fois, j'étais toujours à la fac. La seconde, ma galerie commençait à prospérer. Alors j'ai dû faire le choix entre rester et continuer à bâtir cette entreprise dans laquelle j'avais investi tant d'efforts ou tout abandonner pour suivre un homme à l'autre bout du pays. J'en étais incapable.

Bell hocha la tête.

— Les choix. Nous avons tous nos raisons. Je suis sûre que tu comprends pourquoi il a ressenti le besoin de partir. Après tout ce qui est arrivé avec son père.

Hope fronça les sourcils. Elle n'avait jamais rencontré ce dernier. Il ne faisait déjà plus partie du paysage quand elle s'était installée en ville. Lucas n'avait jamais voulu en discuter. Il disait jute que son père était parti et qu'il n'avait plus jamais eu de ses nouvelles. Point barre.

— Lucas ne m'a jamais vraiment parlé de lui, avoua-t-elle. Sauf pour me dire qu'il était parti sans jamais revenir quand Lucas a eu quatorze ans.

Bell acquiesça.

— Ça ne me surprend pas. Nous n'en parlons jamais. Il n'y a pas grand-chose à en dire. C'est du moins ce que je croyais. Il s'est avéré que j'ai eu tort.

— Comment ça ?

Hope se pencha, comprenant que ce que Bell s'apprêtait à lui révéler était important.

— Le père de Lucas était un homme très charismatique. Je suis tombée très vite amoureuse de lui après notre rencontre. Il était le genre d'homme à vous donner le sentiment d'être le centre du monde. C'est enivrant et assez malsain, en fait, mais quand on est jeune, c'est difficile à comprendre. Le problème, c'est que même après notre mariage, il a donné à d'autres jeunes femmes les mêmes sentiments.

— Oh. Il vous trompait ?

Elle se sentait mal pour Bell, cette femme si adorable et chaleureuse qui méritait tellement mieux.

— Oui. Non seulement il n'y connaissait rien en matière de fidélité, mais en plus il était incapable de garder un travail ou de respecter un budget. Pendant notre mariage, j'ai parfois dû exercer trois boulots en même temps pour nous éviter de faire faillite. Avec le recul, je n'en reviens pas d'avoir tenu si longtemps, mais je croyais, et je crois toujours, en les vœux du mariage. En outre, je voulais que mon fils ait un père. Je ne m'étais pas rendu compte de l'influence que Randall avait sur Lucas. C'est quand il s'est mis à boire que j'ai atteint ma limite.

Hope fit la grimace. C'était pire que ce qu'elle pensait.

— Randall et Lucas avaient une bonne relation, jusqu'au jour où Lucas a compris que son père ne travaillait jamais, buvait trop et passait bien trop de temps avec d'autres femmes. Il s'est mis à lui en vouloir de me voir trimer tout le temps pendant que lui jouait les playboys. Lorsque Lucas l'a confronté à ce sujet, Randall lui a dit qu'ils étaient pareils, tous les deux, et qu'il devrait arrêter de rêver d'université, car il n'arriverait jamais à rien. Leurs disputes étaient mauvaises et ont continué pendant des mois avant que je découvre le pot aux roses.

Hope en eut les larmes aux yeux. Lucas ne méritait pas ça de la part de son père. Aucun enfant ne méritait d'être traité de la sorte. Elle commençait à comprendre l'obstination de Lucas pour l'obtention de sa bourse. Sans ça, sa mère n'aurait jamais pu lui payer des études. Le fait de réussir dans la vie était sans doute aussi un énorme doigt d'honneur adressé à son père.

— Ce devait être un homme vraiment malheureux.

— C'est exact, approuva Bell. Il détestait être connu comme l'alcoolique du coin et le playboy incapable de garder un emploi. Au bout du compte, il s'est défoulé sur son fils à ce sujet. Quand j'ai découvert ce qu'il se passait, je l'ai mis à la porte en lui disant de ne plus jamais revenir. C'est ce qui s'est produit.

— Vous avez bien fait, dit-elle en s'essuyant les yeux. Ça n'a pas dû être facile.

— Tu sais, une fois que j'avais pris ma décision, ça n'a pas été si difficile que ça. J'avais Lucas, il était et a toujours été ma priorité.

Hope la soupçonnait de vouloir lui enseigner une leçon avec cette histoire, bien qu'elle ne comprenne pas laquelle.

— Bell, pourquoi me racontez-vous cela ?

— Parce que, ma belle, je t'aime, et je crois que tu ne sais pas vraiment pourquoi Lucas a quitté Prémonition.

— Il voulait faire ses preuves. J'ai bien compris. Je ne comprends pas pourquoi il ne pouvait pas le faire ici avec moi. Pourquoi sa carrière était-elle plus importante que la mienne ?

Voilà. Elle avait enfin posé la question qui la travaillait depuis quinze ans.

Bell posa la main sur sa joue.

— Elle ne l'était pas. Il le sait. Il est parti parce qu'il avait besoin de se prouver qu'il ne deviendrait jamais comme son père. Qu'il était capable d'accomplir quelque chose et n'aurait pas à compter sur sa femme pour payer ses factures. Quand il est parti, c'est Prémonition et le souvenir de son père qu'il a quittés, Hope. Pas toi.

Oh merde. Voilà que les larmes s'étaient remises à couler sur ses joues. Pourquoi Bell ne lui avait-elle jamais dit tout ça ? Si elle l'avait su, si elle avait compris que Lucas avait besoin de partir pour sa tranquillité d'esprit, elle aurait réagi différemment au lieu de s'accrocher à sa colère et de se convaincre qu'il avait fui la vie qu'ils auraient pu avoir ensemble et qu'il considérait que les besoins de Hope n'avaient pas grande importance dans leurs projets. C'était tout le contraire, cependant. C'était elle qui n'avait pas saisi ce dont il avait besoin et qui ne l'avait pas soutenu. Elle lui avait dit de ne pas l'appeler. Elle avait refusé une relation longue distance, alors même qu'il avait insisté plus d'une fois pour qu'ils essaient.

Elle se cacha le visage dans ses mains et soupira.

— Nous avons vraiment tout fait foirer, n'est-ce pas ?

— Il n'est pas trop tard pour réessayer, la rassura Bell en sirotant sa limonade.

— Non, c'est vrai. Vous avez raison.

N'était-ce pas précisément pour cette raison qu'elle était venue ici sans prévenir, d'ailleurs ? Elle savait qu'elle voulait réessayer et faire durer leur relation pour toujours, cette fois-ci.

Bell tressaillit, regarda son verre de limonade, puis Hope.

— Je croyais que nous buvions du thé ?

— Janie nous a préparé de la limonade. Elle est bonne, d'ailleurs, indiqua-t-elle en levant son verre.

— Qui est Janie ?

Bell regarda autour d'elle, perdue et un peu stressée.

Hope sentit croître sa panique. La mémoire de Bell lui

échappait à nouveau, et elle ne savait pas comment gérer la situation. Elle décida de rester la plus factuelle possible.

— Elle vous aide à la maison pendant que Lucas est au travail.

Bell fronça encore plus les sourcils.

— Lucas habite à Boston.

Elle regarda autour d'elle, étudia les magnifiques détails de la maison restaurée.

— Attends. Lucas nous a acheté cette maison. Nous y vivons ensemble maintenant.

Hope hocha la tête.

— Elle est magnifique, n'est-ce pas ? Cette vue sur la forêt depuis l'arrière est fantastique.

— Lucas m'a dit que tu avais toujours adoré cet endroit, répondit Bell avec un sourire impertinent. Tu y emménageras peut-être avec nous un jour.

Hope sentit son visage s'échauffer, et comprit qu'elle rougissait. Elle ne demandait rien de plus que de vivre ici avec Lucas, ses chiens et Bell, sa deuxième mère.

— Vous savez quoi, Bell ? J'adorerais.

Bell se leva et vint s'asseoir à côté d'elle sur le canapé pour lui faire un gros câlin.

— Tu me diras quel jour tu arrives. Je t'aiderai à déballer tes affaires.

CHAPITRE 24

Vingt-quatre heures s'étaient écoulées depuis que Hope avait quitté la maison de Lucas, vingt-quatre heures qu'elle considérait leur ancienne relation sous un nouveau jour. Tous deux avaient leurs propres raisons quand ils avaient fait leurs choix, et aucun n'avait choisi sa carrière plutôt que celle de l'autre. Ils s'étaient choisis *eux-mêmes*. Hope, parce qu'elle avait besoin de racines et de s'investir quelque part, après l'abandon de sa mère. Lucas, parce qu'il avait besoin de se prouver qu'il ne deviendrait jamais comme son père.

Mais maintenant ? Ils avaient fait tout ce qu'ils souhaitaient faire, et elle était prête à lui dire qu'elle était à fond avec lui, prête à s'engager, quoi que l'avenir leur réserve ; qu'ils prendraient désormais les décisions ensemble pour leur vie. Quel dommage qu'il ait travaillé la veille. Le client qu'il était allé voir habitait à plusieurs heures de route et possédait une grande maison ayant besoin à la fois de meubles *et* de placards encastrés. Janie et Bell avaient raison toutes les deux. Il n'était rentré que tard et devait se lever tôt le lendemain pour rencontrer un nouveau client. Donc, malgré son impatience à lui parler pour lui dire tout ce qu'elle avait sur le cœur, elle se retenait jusqu'à pouvoir le lui révéler en personne.

Elle avait pour sa part passé la matinée à étudier son carnet de rendez-vous et, constatant que son entreprise avait perdu quarante pour cent de ses clients, elle s'était mise à l'ouvrage, réfléchissant au moyen de récupérer certains contrats perdus. Elle était présentement en route pour parler avec Yasmeen. Elle allait essayer de calmer le jeu concernant les rumeurs qui avaient encouragé l'autre femme à annuler sa grande soirée d'inauguration. Hope avait préparé une proposition à côté de laquelle la propriétaire de la galerie d'œuvres en verre ne pourrait pas passer, espérait-elle.

Elle se gara à un pâté de maisons de la galerie et marcha sous une petite bruine. Elle espérait que cela signifierait que Yasmeen n'était pas trop occupée. Quand le temps était humide et couvert, il y avait peu de touristes.

La sonnette retentit sur la porte quand elle entra. Les trois personnes près du comptoir d'accueil se tournèrent toutes vers elle. Yasmeen, bouche bée, secoua la tête et pointa la porte du doigt, comme pour ordonner à Hope de partir. Mais Iris Hartsen, la maire, ne vit pas ses gestes, car elle était justement occupée à sourire à Hope et à lui faire signe d'avancer. La troisième personne était l'un des hommes présents au cocktail de Gigi. Troy quelque chose. Un photographe, si ses souvenirs étaient bons.

— Hope, voilà justement la personne que j'espérais voir, la salua Iris. Venez là. Nous réfléchissions au moyen d'attirer plus de commerces artisanaux à Prémonition.

Le projet de la maire pour faire prospérer leur petite ville consistait à en faire un paradis pour les amoureux d'art. Outre la boutique offrant des objets en verre et quelques galeries, elle voulait ajouter une dizaine de magasins dédiés à l'art et au fait main. Elle avait commandé une étude sur le développement économique qu'elle pourrait espérer, et les chiffres avaient parlé d'eux-mêmes : les touristes passaient davantage de temps dans les commerces d'artisanat d'art que dans les attrape-touristes vendant des objets produits en masse, qu'ils pourraient commander de n'importe où. La maire voulait donc transformer Prémonition en une destination touristique ayant davantage à offrir que sa seule plage.

— D'accord, mais je ne vois pas bien comment vous aider, répondit Hope.

— Vous aviez une galerie d'art, avant, non ? Et votre amie Joy est au conseil d'administration du *Marché des Artistes,* n'est-ce pas ? insista la maire.

— Oui. Mais j'ai fermé ma boutique il y a un moment, et la plupart des artistes que j'exposais étaient trop occupés pour gérer leur propre magasin. Je peux tâter le terrain pour vous si vous le souhaitez, cela dit, ajouta-t-elle, désireuse d'être serviable.

Puisque la maire semblait vouloir ignorer les ragots, Hope ferait tout son possible pour lui donner un coup de main.

— Bonjour, Hope. Content de vous revoir, lui dit Troy en lui tendant la main. Skyler n'arrête pas de parler du mariage de chiens que vous organisez. Tout ça me paraît un peu fou, mais Sky est comme ça.

Hope sourit à l'homme séduisant, aux doux yeux bleus et au sourire décontracté.

— C'est l'une de mes demandes les plus inhabituelles, mais aussi l'une des plus amusantes. Il me tarde d'y être.

Yasmeen ricana avec dérision, et tous les trois se tournèrent vers elle ; elle évita leurs regards.

— Peggy Pitsman est une nouvelle organisatrice

d'événements prometteuse. Si vous devez organiser quelque chose, vous devriez faire appel à elle.

Dommage, je ne vais pas pouvoir récupérer Yasmeen, pensa Hope.

« *Quelle salope* », songea Troy, manquant de la faire rire tout haut.

« *Hors de question que je réserve Peggy Pitsman pour quoi que ce soit*, pensa la maire. *Même pas pour ramasser les crottes de chien dans le jardin. Cette femme est une menace ambulante, avec ses mensonges et ses ragots.* »

Hope gloussa, ravie de constater que tout le monde en ville ne prenait pas les commérages de Peggy au sérieux.

— Qu'y a-t-il de si drôle, Hope ? demanda Yasmeen sur un ton péremptoire. Vous savez que la fille de Peggy est à l'hôpital, n'est-ce pas ?

— Oui, répliqua Hope en reprenant son sérieux. C'est vraiment terrible. C'est la quatrième overdose ce mois-ci, madame, non ?

Iris poussa un lourd soupir.

— Oui. Certains de mes adjoints suivent des pistes pour savoir d'où cela peut provenir, mais, jusqu'à présent, ça n'a rien donné. L'un de vous a-t-il entendu des rumeurs que nous pourrions creuser ?

— Non, dit Yasmeen en secouant la tête. La seule que j'ai entendue concerne Hope échangeant des faveurs sexuelles contre du travail.

— Yasmeen ! la réprimanda la maire. Je vous ai déjà dit que c'était un horrible mensonge. Arrêtez d'être méchante.

Hope haussa les sourcils. Elle n'avait jamais entendu la maire parler de la sorte à qui que ce soit, encore moins un nouveau commerçant venant tout juste de s'installer.

— Désolée, rétorqua Yasmeen, les mains levées en signe d'excuse. Je pensais juste que nous l'avions tous déjà entendue. Je ne disais pas que je la croyais vraie.

La maire serra les dents. Hope lui fut reconnaissante d'être de son côté. Iris fixa Yasmeen un long moment avant d'ajouter :

— Essayez de ne pas être agressive, Yasmeen. Ce n'est pas une qualité très attirante.

La sonnette retentit, et le mari de la maire entra. C'était un homme pas très grand, possédant d'épais cheveux blonds et un grand sourire.

— Oh, salut, Iris. Hope. Et vous, monsieur, je crois que nous ne nous sommes jamais rencontrés.

Il tendit la main à Troy, qui se présenta. Puis il regarda nerveusement Yasmeen.

— Et bonjour à vous.

— Bonjour, Tom. Vous avez l'air en forme, aujourd'hui, répondit-elle avec un sourire faussement timide.

Hope les dévisagea et fronça les sourcils. Yasmeen venait-elle vraiment de flirter avec le mari de la maire devant cette dernière ?

— On dirait que vous êtes en pleine réunion, commenta Tom à l'intention de sa femme. Que se passe-t-il ?

— Nous réfléchissons à des idées pour attirer de nouvelles entreprises, expliqua-t-elle impatiemment.

— Je connais quelques personnes, intervint Troy. J'ai pas mal de contacts sur les côtes californienne et Est. Ça peut peut-être les intéresser d'ouvrir un nouveau magasin ici, surtout si toute la ville soutient ce projet.

— Oh, si nous pouvons proposer des gens extérieurs à Prémonition, j'ai déjà un tas d'amis intéressés, indiqua

Yasmeen. Ils font de l'art depuis des décennies. Poppy Tims, Butch Manroe, Annie Deckman. Leurs magasins ont tous énormément de succès.

— Quel genre d'articles d'art vendent-ils ? demanda Iris.

— Oh... hum...

Elle se tapota le menton.

— L'un d'eux vend des photographies, des peintures, etc. Butch est dans les œuvres d'art métallique, ainsi que les bijoux haut de gamme et les tableaux. Ce genre de choses.

— Euh... c'est étrange, commenta Troy.

— Pourquoi ? demanda la maire.

Il haussa les épaules.

— Je connais la plupart des grandes galeries d'art au sud et je n'ai jamais entendu parler de ces personnes.

— Vous ne connaissez sûrement pas tout le monde, rétorqua sèchement Yasmeen.

— Évidemment que non, mais la scène artistique est un cercle plutôt très uni. Je trouve ça étonnant, c'est tout.

Il recula et mit ses mains dans ses poches.

— Je vais faire un tour dans la galerie quelques instants, dit-il avant de se tourner vers Iris. Tenez-moi au courant si vous souhaitez une liste de contacts potentiels.

— Je n'y manquerai pas. Merci, Troy.

— Avec plaisir.

Puis il reporta son attention sur Hope.

— J'ai été ravi de vous revoir.

— Merci, moi aussi.

Elle le regarda faire un tour sommaire avant de retourner à l'extérieur, sous le ciel nuageux.

Tom le fixa des yeux, puis le magasin, et se tourna enfin vers Yasmeen.

— Vous savez, si vous avez besoin de bois pour de nouvelles étagères, tenez-moi au courant, je peux vous avoir un bon prix. Je connais un gars qui peut même vous les fabriquer.

— C'est très gentil de votre part, commenta-t-elle en fusillant Hope du regard. Le dernier type auquel j'ai demandé a voulu me saigner. Il se comportait très mal, aussi, comme s'il s'estimait trop bien pour aider ses camarades marchands.

Hope pivota sur elle-même et leva les yeux au ciel avant d'étudier des objets en verre soufflé. Elle présumait que Yasmeen parlait de Lucas. Il lui avait raconté l'histoire d'une cliente voulant des étagères faites main, mais très vite et pour la moitié de leur valeur. Si c'était bien Yasmeen, Hope était contente que celle-ci ait annulé leur engagement. Elle n'avait pas besoin de ce genre de clients. Sans quitter le trio des yeux, elle se déplaça, faisant mine de s'intéresser aux verreries. Bien qu'aucune de leurs pensées ne ressorte vraiment, il y avait beaucoup de tension dans l'air. Et s'il devait y avoir des rumeurs concernant Yasmeen et la maire, ou plutôt le mari de la maire, Hope voulait bien surprendre les conversations à l'ancienne.

— Ne t'en fais pas, Yas, dit Tom en lui caressant le bras, comme pour l'apaiser. Il était sans doute intimidé par tant de beauté naturelle.

— Tom ! Tu es sérieux ? s'écria Iris, les mains levées vers le ciel, avant de sortir de la boutique en trombe.

— Merde, marmonna-t-il. Il faut que j'y aille.

Yasmeen le prit par le poignet.

— Attends. Elle fait juste sa diva. En plus, elle ne sera bientôt plus un problème. Il suffit d'attendre un peu.

Elle lui sourit.

— Fais-moi confiance.

Il commença par se pencher vers elle, mais libéra finalement sa main.

— Il faut que j'y aille. Essaie de te tenir, pour une fois.

Elle ricana puis partit au fond du magasin.

Hope fut à ce moment-là certaine de deux choses : ils avaient totalement oublié sa présence et Yasmeen avait une aventure avec le mari de la maire.

Évidemment. Les gens les plus outragés par les affaires de morale étaient toujours ceux commettant les pires péchés.

Hope sortit en vitesse de la boutique et aperçut Iris et Tom qui se disputaient sous un auvent.

— Ne me refais plus jamais ça ! insista Iris. Tu m'as humiliée.

— J'étais juste amical, répliqua Tom. Tu te souviens de ce que « amical » veut dire, n'est-ce pas ? C'est ainsi qu'agissent les gens civilisés.

— Oh, tu veux parler de comportements civilisés ? Je vais te dire ce qui l'est, moi. C'est soutenir ta femme plutôt que d'essayer d'exploiter ses moindres liens professionnels pour ton propre gain. Le fait que tu te serves de mon bureau, de mon titre et de la confiance que m'a accordée notre communauté juste pour gagner des clients est malhonnête.

Hope fronça les sourcils. Tom était vendeur de bois. Pourquoi Iris était-elle aussi bouleversée qu'il travaille avec Lucas ? Ce dernier avait besoin de fournisseurs.

— Je ne me sers pas de tes liens ! Comment Lucas King pourrait-il être une de tes connexions ? rétorqua-t-il, les joues si rouges qu'on aurait dit qu'elle l'avait frappé.

— Parce qu'il est venu me voir pour du zonage, et maintenant, ça donne l'impression que je lui ai accordé des faveurs juste pour que tu puisses faire affaire avec lui. Bon sang, Tom ! Tu sais comment ça fonctionne. Nous devons être parfaitement irréprochables. Tu ne le vois pas ?

Lorsqu'il regarda vers la galerie, il aperçut Hope. Elle fit mine d'attendre un Uber, les yeux rivés sur son portable. Puis il reporta son attention sur sa femme.

— Je ferai ce que je veux. C'est bien ce que tu fais, non ?

Et il s'éloigna, laissant la maire tremblante de rage. Hope aurait voulu aller la réconforter, mais l'autre femme s'en alla rapidement. Elle la soupçonnait d'être plutôt du genre à évacuer sa frustration en travaillant plutôt qu'en papotant avec ses copines. Toutefois, elle soumettrait à Grace, Joy et Gigi l'idée d'inviter la maire à une réunion du coven si l'opportunité se présentait. Elle aimait bien Iris.

— Oh. Hum. Ouah. Tu as tout vu ? demanda Skyler.

Main dans la main, Pete et lui s'approchèrent d'elle, des sacs à emporter de chez *L'ormeau* dans les mains.

— C'était divertissant. Tu sais pourquoi ils se disputaient ?

— Sky, dit Pete qui pouffa et secoua la tête.

— Oh, sérieux, Pete. Hope était aux premières loges pour le spectacle. Elle doit tout me raconter, parce que c'est ma meilleure amie.

Hope rit.

— Eh bien, puisque tu veux tout savoir, j'ai vu son mari flirter avec Yasmeen. Quand Iris est partie, Yasmeen a dit à son mari qu'il ne devrait pas trop s'inquiéter d'Iris, car elle ne sera bientôt plus un problème. Je pense qu'ils ont une aventure.

— C'est scandaleux, s'écria Skyler, une main sur le cœur.

— Une aventure ? répéta Pete, les sourcils froncés. Je ne crois pas. Ou du moins, ce n'est pas tout. Peut-être qu'ils couchent aussi ensemble, cela dit, mais je préfère ne pas y penser.

Il frémit comme si cette idée l'effrayait.

— Qu'est-ce qu'il peut y avoir d'autre ? demanda Hope.

Pete fit la moue et jeta un coup d'œil à la galerie.

— Elle vient de remplir les papiers pour se présenter contre la maire aux prochaines élections.

Hope et Skyler poussèrent un même cri de surprise et s'écrièrent en cœur : « Nooooooon ! »

CHAPITRE 25

Quand Hope rentra chez elle, elle était épuisée. Après la scène dont elle avait été témoin au magasin de Yasmeen, elle avait reçu un appel de Troy. Il prévoyait d'organiser un dîner avec ses amis artistes qui venaient en ville dans quelques semaines et il lui avait demandé son aide. Elle avait été contente de pouvoir se changer les idées. Qui aurait cru qu'une petite ville abriterait tant de mélodrames ? Ne se passait-il pas déjà assez de choses sans que Yasmeen essaie de devenir maire ? Hope craignait que cette dernière parvienne à convaincre suffisamment d'amies cancanières de voter pour elle. Si elle y arrivait, la ville tomberait bien bas.

La maison était sombre et silencieuse quand elle y entra. La voiture de sa mère était garée devant, mais aucun signe d'elle.

— Maman ? l'appela Hope en lâchant le courrier sur la table.

— Je suis là.

La voix d'Angela arrivait du couloir. Une lumière s'alluma,

puis elle apparut en legging et sweat froissé. Ses cheveux étaient en bataille et elle avait la marque d'un oreiller sur la joue.

— Tu as bien dormi ? lança Hope, jalouse tout à coup.

Cela aurait été bien de pouvoir dormir tout l'après-midi.

Angela hocha la tête et se frotta les yeux.

— Je commençais à avoir la migraine, la sieste m'a bien aidée.

Hope fit la grimace.

— Je suis désolée. Elle est partie ou bien as-tu besoin de médicaments ?

Sa mère souffrait de temps en temps de migraines quand Hope était enfant, qui avaient empiré l'année avant qu'elle ne l'abandonne.

— C'est pire avec la télépathie ?

— Ces derniers jours, oui. Quand je me retrouve submergée par les pensées des gens, j'en paie le prix après.

Elle se frotta le visage et bâilla.

— Je me suis évanouie.

Hope s'assit sur un fauteuil large et étudia ta mère.

— Où étais-tu quand tu t'es retrouvée submergée ?

— Au *Panorama Café*. J'écoutais une conversation entre deux jeunes en âge d'aller à la fac. C'étaient des livreurs qui parlaient de leur boulot, mais l'un d'eux pensait à des paquets qu'il livrait en douce. Il songeait qu'il ne voulait plus recommencer après ces overdoses, mais qu'*elle* le tuerait s'il essayait d'arrêter.

Bon sang de bois. Hope se pencha, très intéressée par ce que sa mère lui racontait, tout à coup. Celle-ci avait écouté toute la semaine les pensées des gens, mais il n'y avait rien eu d'intéressant à rapporter. Elle semblait cependant avoir touché le jackpot et être tombée sur un garçon transportant du Cendrex.

— *Elle* le tuerait ? Nous cherchons donc une femme ?

— C'est l'impression que j'ai eue, oui. Il pensait à un jour où il en avait fumé un peu et au fait qu'il ne se souvenait de rien ensuite. À ce moment-là, je me suis levée et je suis allée les voir pour essayer d'obtenir un nom. J'ai fait croire que je le prenais pour le fils d'amis et je l'ai appelé « Hal » en le saluant. Mais ce petit con a trouvé ça drôle et m'a laissée faire.

— Quel plaisantin, commenta sèchement Hope. Son ami n'a pas pensé à son prénom non plus, n'est-ce pas ?

— Non. Il l'appelait « E », juste, alors c'est déjà un point de départ, j'imagine. Mais c'est frustrant de n'arriver à rien à partir de là.

— Maman, dit Hope en se levant pour aller s'asseoir à côté d'elle. Tu as été géniale. Maintenant, nous savons que nous cherchons une femme, et si nous croisons un livreur se faisant appeler « E » ou dont le prénom commence par un « E », nous saurons que nous devons le pister.

Elle enlaça sa mère.

— Je suis désolée qu'écouter les pensées des gens soit si douloureux pour toi. Tu veux que je te prépare à manger ? Ou un thé, peut-être ?

Angela secoua la tête.

— Non, merci. Je vais plutôt aller me promener sur la plage, pour prendre un peu l'air. M'éloigner des gens me ferait du bien.

Hope comprenait que sa mère voulait surtout se vider l'esprit, et bien que Hope soit la seule personne présente dans la maison, Angela pouvait quand même l'entendre penser.

— Tu as raison, mon lapin. J'ai besoin d'être au calme,

confirma Angela en l'embrassant sur la joue avant de se lever du canapé pour retourner dans le couloir.

Quelques minutes plus tard, tandis qu'elle était dans la cuisine à faire réchauffer un reste de pâtes, Hope entendit la porte d'entrée s'ouvrir puis se refermer.

Et alors qu'elle venait de s'installer à table, la porte se rouvrit et se referma, et des pas résonnèrent sur le parquet. Elle fronça les sourcils.

— Tu as oublié quelque chose ?

— Non, répondit Lucas, à l'entrée de la cuisine. Je me souviens de *tout*.

Elle se tourna vers lui et lui sourit, le cœur battant la chamade. Qu'est-ce qu'il lui avait manqué, bien que cela ne fasse que quarante-huit heures qu'elle ne l'avait pas vu.

— Tu es un régal pour les yeux. Je ne savais pas que tu comptais passer ce soir.

Il entra dans la pièce et l'enlaça. Sans un mot, il posa ses lèvres sur les siennes et prit tout son temps pour les explorer, ainsi que sa langue, sa bouche. Lorsqu'il recula, elle haletait et se penchait vers lui pour en avoir davantage.

— Je suis venue chez toi hier, indiqua-t-elle.

— Je sais. Ma mère était contente de ta visite.

Il lui cala une mèche de cheveux derrière les oreilles.

— Elle m'a dit que tu travaillais.

— Oui. Je faisais un devis à un client. Je suis désolé de t'avoir manquée.

Il l'attrapa par la nuque pour lui délivrer un nouveau baiser, jouant avec sa lèvre inférieure cette fois-ci, ce qui provoqua une vague de picotements dans tout son corps.

Elle ferma les yeux et poussa un petit gémissement. Bon sang, c'était vraiment agréable d'être de nouveau dans ses bras.

— Je te veux, Hope, annonça-t-il d'une voix rauque en l'embrassant dans le cou puis sur l'épaule.

— C'est… ah !

Il venait de la mordiller, causant une légère brûlure.

— Ce n'est pas juste, souffla-t-elle. Tu sais que ça m'excite.

— Personne n'a dit que je comptais jouer selon les règles.

Les mains sur les flancs de Hope, il fit remonter son tee-shirt.

Elle pouffa.

— Tu vas rire, j'ai beau être une femme adulte, ma mère peut rentrer à tout moment.

Il leva la tête et riva son regard au sien.

— Non, elle ne reviendra pas. Je l'ai croisée en arrivant. Elle m'a dit qu'elle serait absente et que je devais rentrer pour te prouver combien je te désire.

Hope plissa les yeux.

— Elle n'a pas dit ça.

— Oh, si. En fait, elle m'a même dit qu'elle comptait passer la nuit à l'hôtel, histoire de nous laisser un peu d'intimité.

Pendant qu'il parlait, il l'attira plus près, afin qu'elle se retrouve plaquée à son torse.

— Tu te fiches de moi ?

Amusée par leur échange, plein de taquinerie comme autrefois, elle lui sourit. Elle avait toujours adoré faire l'amour avec lui. Il y avait constamment eu beaucoup de rires, et le sexe avec lui avait été plaisant à chaque fois.

Il pouffa.

— On pourrait le croire, mais non, elle m'a vraiment dit ça. Je suis sûr que c'est parce que, depuis que nous nous sommes embrassés la dernière fois, je ne pense qu'à passer ma langue sur chaque parcelle de ton corps.

Hope gémit.

— Elle a lu dans tes pensées, t'a ordonné de me donner du plaisir puis a décidé de se prendre une chambre ? C'est surréaliste.

— Oui, mais je ne vais pas me plaindre. Je te veux vraiment.

Il lui caressa doucement les lèvres.

Bien qu'elle ait très envie de l'entraîner dans sa chambre en cet instant, elle avait encore des choses à lui dire, qu'elle refusait de révéler en pleine brume post-orgasmique. Alors elle recula un peu et se racla la gorge.

— Je crois qu'il est clair que j'en ai envie tout autant que toi, mais nous devons parler d'abord.

Il écarta ses mains d'elle et se raidit.

— Ça ne me paraît pas de très bon augure.

Elle pouffa tout bas.

— Si. Enfin, je pense que si.

Elle lui prit la main et le conduisit au salon où, après l'avoir gentiment poussé sur le fauteuil imposant, elle s'installa sur ses genoux, les jambes posées sur l'accoudoir.

— Ça pourrait être pire, commenta-t-il en l'enlaçant et en frottant son nez dans son cou.

Elle entrelaça leurs doigts.

— Je te dois des excuses.

Il arrêta de lui embrasser la mâchoire pour la regarder.

— À quel sujet ?

— Pour avoir considéré que tu avais tous les torts, il y a quinze ans, quand tu es parti.

Il fouilla son regard, perplexe.

— Mais c'est moi qui suis parti alors que nous avions décidé de construire quelque chose ensemble.

— Je sais. Mais ce que j'oublie souvent, parce que ça m'arrange, c'est que tu m'as demandé je ne sais combien de fois de venir avec toi et que j'ai refusé. Pour être honnête, Lucas, je n'ai jamais envisagé cette idée.

Elle se sentit rougir et dut détourner le regard pour reprendre contenance. Ce n'était peut-être pas une bonne idée de s'installer sur ses genoux pour parler. Elle avait voulu être près de lui, physiquement connectée à lui au moment de lui avouer son amour. Cependant, confesser ses propres fautes sans pouvoir prendre la fuite était plus dur qu'elle ne s'y attendait.

— Tu n'as jamais envisagé de le faire ? répéta-t-il, avant de songer : *« Est-ce qu'elle m'aimait autant que je l'aimais, au moins ? »*

— Bien sûr que je t'aimais, répondit-elle sans réfléchir.

Elle s'en voulut immédiatement. Sa télépathie était ennuyeuse, et à sa place, elle regretterait qu'il puisse le faire.

— Désolée. Certaines pensées jaillissent si fort que je ne peux pas m'empêcher de les entendre.

Les commissures de ses lèvres se levèrent, et il l'embrassa doucement.

— Ce n'est pas grave. Tu ne le fais pas exprès. Ça va m'aider à rester honnête.

— Tu l'as toujours été.

Cela, elle le savait jusqu'au plus profond de sa chair. Ils avaient eu leur lot de problèmes, mais la confiance n'en avait jamais fait partie.

— J'aime à le croire, moi aussi.

Il lui serra la main avant d'ajouter.

— Maintenant, j'aimerais entendre pourquoi tu n'as jamais envisagé d'emménager avec moi dans l'Est.

Ce fut demandé sur un ton davantage curieux qu'accusateur et, encore une fois, elle se retrouva émerveillée par cet homme. S'il lui avait dit qu'il n'avait pour sa part jamais envisagé de rester à Prémonition, elle aurait été dévastée.

— Ce n'est pas que je ne l'ai jamais envisagé, à vrai dire. Je l'ai peut-être fait, brièvement. Mais jamais *sérieusement.* J'ai su tout de suite que je ne partirais pas. J'avais ma galerie et tu m'avais déjà quittée une fois. J'étais indépendante. Tu sais combien c'était important pour moi. Je n'étais pas prête à renoncer à toute ma vie pour te courir après dans tout le pays. Surtout en étant celle qui devrait tout abandonner.

— Tu es en train de me dire que ta galerie et ton indépendance étaient plus importantes que nous ?

Cette fois-ci, il avait l'air peiné. Elle le caressa entre les sourcils pour essayer de faire disparaître ses rides.

— Non. Elles ne l'étaient pas. C'est ce que j'ai réalisé depuis. Ce qui était plus important que nous en revanche, c'était *moi.* Avec mon passé, ayant été abandonnée par les deux personnes que j'aimais le plus au monde, je devais faire passer mes propres besoins en premier, et c'est ce que j'ai fait inconsciemment.

Il la dévisagea sans un mot, attendant qu'elle poursuive. Elle ne sentait cependant aucun jugement de sa part, et c'est ce qui l'encouragea à le faire.

— J'avais besoin de racines, Lucas. D'un foyer. De soutiens. De liens avec ma mère et de stabilité. Prémonition m'offrait tout ça. Mon coven, ma galerie, ma maison, la possibilité que ma mère revienne et que nous formions à nouveau une famille.

— J'aurais pu t'offrir la stabilité, répliqua-t-il tranquillement.

Elle secoua la tête.

— Pas comme j'en avais besoin. À l'époque, du moins. J'ai mis longtemps à comprendre pourquoi je ne t'avais pas suivi à Boston. Mon instinct s'y refusait, et j'ai longtemps pris ça comme le signe que je ne devrais pas être avec toi. Mais, pour être honnête, j'ai des angoisses d'abandon et il m'était impossible de me précipiter dans un monde incertain où je ne pourrais compter que sur quelqu'un d'autre. Tu vois ce que je veux dire ? Je devais m'épanouir ici, tout comme toi, tu devais t'épanouir ailleurs. C'est *pour* moi que je ne suis pas partie. Et non *contre* toi. C'est important que tu le comprennes.

Il resserra son étreinte et se cacha le visage dans le cou de Hope. Elle l'enlaça et retint son souffle en attendant qu'il réponde.

Enfin, il leva la tête et l'embrassa sur la tempe.

— Je voulais rester avec toi, ma chérie. Vraiment.

— Je sais.

— Ah oui ?

Elle sourit.

— Ma conversation avec ta mère m'a ouvert les yeux. J'ai compris que nous avions tous les deux quelque chose à prouver. Et que nous devions le faire de deux manières différentes. Je sais pourquoi tu es parti. Et je le comprends, même. Rester ici n'était pas possible pour toi. Tout comme partir ne l'était pas pour moi.

— Je t'ai toujours aimée. Tu le sais ?

— Oui, affirma-t-elle, sans se soucier des larmes qui emplissaient ses yeux. Je t'ai toujours aimé, moi aussi. Il n'y a jamais eu personne d'autre dans mon cœur.

Il posa la main sur le côté gauche de sa poitrine, et elle sentit son cœur battre plus fort sous cette paume.

— Moi aussi. Je suis de retour, maintenant, Hope. Crois-tu que nous pouvons enfin laisser tout ça derrière nous et prendre un nouveau départ ?

— J'adorerais, confirma-t-elle avec un petit rire tremblant. Mais que va-t-il se passer à l'avenir ? Sommes-nous un couple qui va avancer ensemble ou deux personnes indépendantes qui ne feront jamais de compromis sur leur carrière ?

— Je suis capable d'en faire, répliqua-t-il très vite. Je suis rentré pour ma mère. Mais ce serait mentir que de dire que je n'ai pas songé à le faire pour toi pendant quatorze ans. Pas la première année à Boston, car j'étais trop blessé. Ensuite, cependant, tu m'as manqué et…

Il haussa les épaules.

— Je suis là, maintenant, et je ne partirai pas. Jamais.

— Et si je trouvais un jour un boulot à Boston ? Ou dans le sud ? Ou en Europe ? Tu viendrais avec moi ? demanda-t-elle, même si ces scénarios étaient hautement improbables.

Son coven était à Prémonition. Toute sa vie aussi. Elle ne voulait pas partir. Elle le savait. Malgré tout, elle souhaitait entendre sa réponse.

— S'il y a quelqu'un pour s'occuper de ma mère, alors oui. J'irai où tu iras.

Il le dit avec une telle conviction qu'elle en fut réchauffée de l'intérieur.

— Lucas, dit-elle en se tournant vers lui pour pouvoir prendre son visage dans ses mains. Je t'aime. Je t'ai toujours aimé. Je veux être avec toi pour le reste de ma vie.

— C'est ce que je veux aussi, affirma-t-il, le regard intense.

— Parfait. Pouvons-nous nous promettre que, si l'un de nous recevait une opportunité professionnelle en dehors de la ville, nous prendrions la décision ensemble afin de déterminer ce qui est le mieux pour nous deux ? Pour notre vie ensemble, plutôt que ce qui est le mieux pour toi ou pour moi ?

— Le faire comme une équipe, tu veux dire ? demanda-t-il, les yeux pétillants de joie.

— C'est ça. Si nous comptons passer le reste de notre vie ensemble, faisons les choses comme il le faut. J'ai planté mes racines, et toi, tu es devenu un homme d'affaires prospère. Découvrons maintenant ce qui nous attend ensemble.

— Marché conclu.

Il se leva en un mouvement souple, la tenant toujours dans ses bras. Elle poussa un petit cri de surprise et s'accrocha plus fort.

— Je crois que ce qui nous attend maintenant, c'est un voyage dans ta chambre, déclara-t-il d'une voix rauque de désir. Que dis-tu de ça ?

— Oui, répondit-elle en l'embrassant sur les lèvres. C'est un grand oui.

CHAPITRE 26

Toute la journée, Hope eut le sourire aux lèvres. Sa nuit avec Lucas avait été magique. Elle sentait encore ses caresses sur sa peau, ses douces lèvres, sa chaleur contre elle pendant des heures. Elle qui n'avait jamais été du genre câline, même à l'époque où ils sortaient ensemble, s'était accrochée à lui aussi fort qu'il l'avait serrée dans ses bras, comme s'ils essayaient tous les deux de compenser le temps où ils avaient été séparés.

Au réveil, elle avait été accueillie par l'odeur du café fraîchement passé et de croissants garnis d'œufs. Elle ignorait qu'il avait appris à cuisiner sur la côte Est. Ils avaient passé une matinée paisible, puis avaient fait des plans pour se retrouver le soir même, après qu'ils auraient un peu travaillé tous les deux.

Rien ne pourrait gâcher sa bonne humeur. Pas même sa mère, qui commentait présentement tout ce qui se passait dans la tête de Hope. Elle avait bien essayé de faire taire ses souvenirs de la nuit, mais certains ne cessaient de jaillir. Par exemple, quand elle entra dans la cuisine pour se servir une tasse de café, elle repensa à ce moment où elle avait exploré chaque centimètre du corps de Lucas avec sa langue.

— Assure-toi qu'il te rende la pareille, ma puce. Le sexe oral doit aller à double sens, commenta Angela sans lever les yeux du journal qu'elle tenait dans les mains.

— *Maman* ! S'il te plaît. Si tu ne peux pas rester loin de ma tête, garde au moins tes remarques pour toi ! la réprimanda Hope, tout en essayant de se vider l'esprit.

— Je dis ça comme ça. Les femmes ont des besoins, elles aussi, répliqua sa mère en lui souriant. Je suis contente que vous ayez passé du bon temps hier soir. Vais-je donc bientôt avoir un gendre ?

— Oh, par les déesses, s'écria-t-elle en levant les yeux au ciel.

Elle se fourra un cookie dans la bouche et ignora la question de sa mère, quittant la cuisine. Elle entendit sa mère glousser.

— Je vais te le faire payer, s'écria Hope avant de s'enfermer dans son bureau.

— Je ne suis pas sûr que nous trouvions des cornouillers, commenta Skyler en regardant les plants en pot à la jardinerie.

Hope l'avait retrouvé dans l'après-midi pour discuter des fleurs et des plantes qu'il voulait pour le mariage des chiens. Elle lui avait déjà dit que c'était des arbustes impossibles à trouver, à moins de les commander en ligne et de se les faire livrer.

— De toute façon, ils ne fleurissent pas à l'automne. Tu ne veux pas quelque chose ayant des fleurs ?

— Si, soupira-t-il. Mais le cornouiller, c'est l'arbuste des chiens, alors j'aimais bien cette idée.

— Je ne pense pas que nous devions être pointilleux à ce point, répliqua-t-elle en riant. Que penses-tu des tournesols ? Nous pourrions faire une séance photo avec les chiens courant dans un champ de tournesols, et en avoir aussi pour la cérémonie. Les tournesols sont si gais, c'est parfait pour l'occasion.

Il fit la moue, pensif, puis hocha lentement la tête.

— Les tournesols, ça peut le faire. Ils sont…

La sonnerie du portable de Hope le coupa dans sa phrase.

— Un instant, lui dit-elle, reconnaissant la sonnerie qu'elle avait mise pour Jackson. Salut, qu'est-ce qu'il y a ?

— *Il y a eu une nouvelle overdose,* répondit-il à voix basse, comme s'il murmurait. *C'est notre livreur, ce coup-ci. Il était en train de faire entrer les caisses de gobelets quand il s'est effondré dans la pièce de stockage.*

— Votre livreur ? répéta-t-elle, se souvenant de ce que sa mère lui avait rapporté la veille. Il est toujours là, ou bien les secours l'ont emmené ?

— *On n'a pas eu besoin de les appeler, donc oui, il est toujours là. Ce n'était pas aussi terrible que la crise de Whitley ou de Spencer. Il s'en est remis assez vite et il m'a même empêché d'appeler les secours. Il a très peur de devoir parler aux autorités, mais je crois qu'il aimerait raconter à quelqu'un ce qu'il se passe. Il est nerveux, mais ne paraît pas pressé de partir.*

— J'arrive tout de suite, lança-t-elle avant de raccrocher.

— Tu t'en vas ? demanda Skyler, incrédule. Mais comment est-ce que je peux être sûr de ne pas dérailler complètement ?

Elle l'enlaça brièvement.

— Je suis désolée. C'est une urgence. N'achète rien

aujourd'hui. Fais des photos de ce qui te plaît et nous regarderons ça ensemble, d'accord ?

— Moi, ne rien acheter ? répéta-t-il en riant et lui faisant un clin d'œil. Bonne chance pour m'en empêcher.

Il reprit ensuite son sérieux, comme s'il se rappelait qu'elle avait parlé d'une urgence.

— J'espère que tout va bien. Tu m'appelles demain ?

— Sans faute.

Elle lui souffla un baiser et s'en alla.

ETHAN POMEROY ÉTAIT ASSIS dos contre le mur dans la pièce de stockage du *Panorama Café*, à siroter un verre d'eau. Il portait un jean noir usé et un polo blanc surmonté du logo *Vagues de livraisons* cousu près du col. Hope le fixa, se demandant quoi dire pour l'encourager à lui parler. Jackson avait vu juste : Ethan ne voulait pas partir. Toutefois, discuter ne paraissait pas l'intéresser non plus.

Hope s'assit à côté de lui.

— Dure journée ?

— Vous n'imaginez pas à quel point, répliqua-t-il, avant de tousser. Ma patronne est une garce, et à cause d'elle, j'ai failli mourir aujourd'hui.

— Failli, oui, mais vous n'êtes pas mort, dit-elle, essayant d'être rassurante.

Il eut un petit rire moqueur.

— Ce n'est pas à elle que je le dois. Si j'avais pris une aussi grosse dose que ce qu'elle aurait voulu, je serais sans doute dans le coma à l'heure actuelle. Je ne veux plus faire ça. Si ce ne sont pas les drogues qui me tuent, ce sera elle.

— Qui ça, elle ?

Il leva vivement la tête vers elle.

— Ma patronne. Qui voulez-vous que ce soit ?

Elle haussa les épaules.

— Aucune idée. Vous parlez de votre patronne à *Vagues de livraisons* ?

Il regarda autour de lui, puis secoua lentement la tête.

— Je parle de la patronne qui contrôle tout ce que je fais avec cette drogue.

— Elle vous oblige à en prendre ?

Il fixa le sol un long moment, au point qu'elle se convainquit qu'il ne répondrait pas, jusqu'à ce qu'il hoche finalement la tête.

— Avant et après chaque service. C'est pour qu'on soit accros, histoire de garder ses secrets.

— C'est brutal, Ethan. Pourriez-vous me dire comment vous vous êtes retrouvé impliqué là-dedans, si ça ne vous dérange pas ?

Il attrapa un bout du gâteau au café que Jackson lui avait laissé et le réduisit en miettes.

— En faisant mon boulot, en fait. Dès mon deuxième jour à peine, mon superviseur m'a dit d'aller faire une livraison spéciale, qui rapportait cent dollars de plus, donc j'ai accepté et je me suis retrouvé devant une belle maison, sur les collines. La femme qui m'a ouvert était très gentille et m'a invité à sa super fête. Bon sang, c'était trop cool. Du champagne, une magnifique vue, de superbes nanas et plein de drogue.

Il secoua tristement la tête.

— J'étais tellement naïf.

— Nous le sommes tous un jour ou l'autre, commenta-t-elle, dans l'espoir qu'il continue à parler. Il s'est passé quelque chose ce soir-là, non ?

Il ferma les yeux et secoua la tête. Elle eut la nette

impression qu'il tentait de faire disparaître ce souvenir de sa mémoire. Mais, tout à coup, il ouvrit les paupières et riva son regard sur elle.

— Une fille a fait une overdose ce jour-là. Elle ne s'en est pas sortie. Oh, putain. Elle ne s'en est pas sortie, répéta-t-il en sanglotant, ses deux mains sur la bouche, et il se mit à se balancer d'avant en arrière. La fille est morte, et quand j'ai flippé et demandé à ce qu'on appelle les secours, on m'a dit que c'est moi qui avais fourni du Cendrex à la fille et à tous les autres invités, et que si les autorités étaient impliquées, c'est moi qui me ferais arrêter.

Hope cilla.

— Ils vous ont mis les drogues sur le dos ?

Il secoua la tête.

— Ce n'était pas la peine. C'est moi qui les ai livrées. Sauf que j'ignorais ce qu'il y avait dans le paquet.

Il s'affaissa sur lui-même et ajouta tout bas :

— Je ne voulais pas être mêlé à ça, mais ils m'ont coincé quand j'ai essayé de m'échapper ce soir-là. Ils m'ont dit qu'ils avaient tout filmé. Et ils m'ont menacé. Soit je travaillais pour eux, soit j'allais en taule pour trafic de drogue et homicide involontaire. Ils ne m'ont pas laissé le choix. Maintenant, je me retrouve à récupérer les produits chez le fournisseur, les livrer aux dealers, et accro afin que je ne pose pas de question tant que j'ai ma dose.

Hope avait très envie de mettre ce gamin dans sa poche pour le ramener en sécurité à la maison. Il ne devait pas avoir plus de dix-neuf ans et s'était pourtant retrouvé exploité et embrigadé dans un énorme trafic de drogues.

— Et si je vous disais que je peux vous aider ?

— C'est impossible, croyez-moi, affirma-t-il en posant le menton sur ses genoux.

Elle ravala un soupir. Bien sûr qu'elle pouvait l'aider, mais les gens qui le contrôlaient semblaient brutaux. L'amener à se confier à elle allait être difficile. Il était terrifié par le fait d'être impliqué dans un trafic, mais aussi terrifié à l'idée que la situation empire s'il ne disait rien.

— Vous m'avez dit que vous alliez récupérer les drogues chez le fournisseur. Pourriez-vous me donner un indice d'où c'est ? Afin que je puisse enquêter et vous laisser en dehors de ça.

Il secoua la tête, mais elle s'y attendait. Elle ouvrit son esprit et fixa le jeune homme, attendant que ses pensées s'écoulent de sa tête.

— Je ne peux pas vous le dire, répéta-t-il à plusieurs reprises, tandis qu'elle s'épuisait à essayer d'écouter des pensées inexistantes.

— D'accord.

Elle se leva et lui tendit sa carte de visite.

— Si vous souhaitez être un héros, il vous suffit de m'appeler, je serai prête à vous écouter. Promis.

Il observa le petit carton et, tout à coup, ses pensées se déversèrent de son esprit. Elles furent d'abord embrouillées, et Hope se retrouva submergée par toutes ces voix. Une nouvelle fois, elle fut à la fois pleine d'admiration et de compassion pour sa mère. Elle-même serait incapable de le supporter au quotidien.

Quand Ethan mit de l'ordre dans sa tête, Hope vit Lucas vaporiser un produit sur sa sciure et, quelques jours plus tard, Ethan la récupérer et la livrer dans un entrepôt où des ouvriers attendaient pour la traiter.

La scène changea, ces mêmes ouvriers conditionnaient la sciure en petits blocs qu'ils pouvaient ensuite envoyer dans la nature.

Figée, la bouche sèche, elle crut qu'elle allait s'évanouir. La scène avait commencé à la boutique de Lucas, qui vaporisait une substance inconnue sur sa sciure.

Le Cendrex. Ce devait être ça.

En d'autres termes, l'homme qu'elle aimait était le fournisseur de Cendrex.

— Je vais vomir, annonça-t-elle, avant de se précipiter aux sanitaires en courant.

CHAPITRE 27

— Hope ? Ça va ? lui demanda Jackson à travers la porte.

Elle se tenait devant le lavabo et s'aspergeait le visage d'eau. Après avoir fait le lien entre Lucas et la drogue, elle avait rendu son déjeuner. Ses pensées tournaient maintenant à plein régime. Lucas pouvait-il être vraiment impliqué dans un trafic de drogue ? Il n'en avait jamais consommé lui-même. Était-ce à cause d'un problème d'argent ? En avait-il besoin pour s'occuper de sa mère ?

Ce n'était pas logique. Bell était retraitée de l'éducation nationale, l'État lui versait donc une bonne retraite.

— Hope ? insista Jackson. Si tu ne me réponds pas, je défonce la porte.

Elle tourna le loquet et ouvrit le battant. Jackson était hagard, comme s'il avait pris dix ans en dix minutes. Jetant un coup d'œil dans le miroir, Hope grimaça en avisant sa propre peau pâle et ses cernes, et décréta qu'elle n'avait pas meilleure allure que lui.

Il entra dans la pièce et s'adossa à la porte refermée.

— Tu as besoin de quelque chose ? Du ginger ale ? Des biscuits salés ?

Elle lui adressa un faible sourire.

— C'est gentil, mais je crois que j'ai surtout besoin de réponses.

Elle devait parler à Lucas.

— Je crois savoir comment faire.

— Ah oui ?

— Une des filles ayant fait une overdose il y a quelques semaines m'a dit qu'elle voulait bien me parler. Je lui ai envoyé un message il y a quelques minutes pour lui dire qu'il venait d'y avoir un nouvel incident. Elle a répondu qu'elle nous retrouvait dans cinq-dix minutes au *Jardin du Bar de mer*. Je me disais qu'on pourrait y aller avec Ethan, peut-être qu'ils seraient plus enclins à parler tous les deux. L'union fait la force, non ?

Hope opina.

— Bonne idée. Et ça ne peut pas leur faire de mal de se rencontrer. Je sors dans un instant, d'accord ?

Il hocha la tête et retourna au travail.

Elle devait rassembler d'autres personnes à ce rendez-vous. Sortant son portable, elle envoya un texto à sa mère. Puis un message groupé à son coven. Si Lucas était réellement impliqué, elle allait avoir besoin de ses sœurs. Le seul auquel elle n'écrivit pas, ce fut lui. Elle n'arrivait pas à se faire à l'idée qu'il était l'homme qu'elle cherchait depuis tout ce temps. Comment était-ce possible ? Elle lui avait parlé de la personne voulant utiliser sa boutique pour du trafic de drogues, et il avait rejeté l'idée avec une telle facilité et une telle conviction qu'elle ne l'aurait jamais cru impliqué.

En outre, elle ne l'avait jamais entendu penser à de la drogue. Cela dit, elle percevait rarement ses réflexions. Était-ce parce qu'il était doué pour bloquer ses pensées ? Son cœur se serra tout à coup, l'empêchant de respirer pleinement. Elle posa une main dessus en priant pour ne pas être en pleine crise cardiaque.

Hope attendit Ethan à la sortie du *Panorama Café* tandis que Jackson terminait son service. Elle se sentait toujours nauséeuse, mais elle était sans doute en bien meilleure santé qu'Ethan, qui suait tout en se plaignant du froid, comme s'il avait de la fièvre.

— Dites-moi, est-ce que vous avez besoin d'un médecin ? Vous n'avez pas l'air en forme.

— Je vais bien, affirma-t-il, fermant les paupières un instant avant de lui lancer un regard douloureux. Ça arrive chaque fois. Ça va passer.

— Chaque fois ? Vous avez fait combien d'overdoses à cause de ce truc ? ne put-elle s'empêcher de demander, bien qu'elle sache qu'elle devrait attendre d'avoir des renforts.

— C'est la troisième.

Il se mit à tousser, et elle n'eut de nouveau qu'une seule envie : le mettre dans sa voiture et le ramener chez elle, où elle pourrait le mettre au chaud et l'abreuver de thé à la cannelle jusqu'à ce qu'il se sente mieux.

— Les trois parce qu'on vous a forcé à vous droguer ?

Il acquiesça.

— C'est horrible, Ethan. Vous devriez arrêter de faire des livraisons pour… cette personne.

— Je ne peux pas, répliqua-t-il, si bas qu'elle l'entendit à peine. Elle me tuerait.

— Vous êtes prêts ? lança tout à coup Jackson, qui sortait.

— Comme si j'avais le choix, rétorqua Ethan, les épaules basses et les mains dans les poches.

Ils se mirent en route vers le *Jardin du Bar de mer,* à deux pâtés de maisons du café, où ils devaient retrouver Riley, le contact de Jackson. Tous marchèrent en silence, perdus dans leurs pensées. Hope entendit Ethan prier pour être en train de faire ce qu'il fallait, et Jackson espérer ne plus jamais assister à une overdose. Pour sa part, elle souhaita que sa mère et son coven parviennent au bar en plein air avant eux, afin qu'elles soient près d'elle si besoin. Sa mère, surtout, c'était le plus important. Elle voulait qu'Angela écoute. La présence de ses amies était quant à elle requise pour quand le moment serait venu d'aller botter des fesses.

Le *Jardin du Bar de mer* n'était pas bondé. Ce qui n'avait rien de surprenant en début d'après-midi. Cela faisait donc de lui un endroit parfait pour se retrouver. Ils pouvaient s'asseoir à l'extérieur et bénéficier d'un peu d'intimité. Enfin, pas tellement, puisqu'Angela était là.

Hope l'aperçut assise à une table de la terrasse en compagnie de Grace. Gigi et Joy n'étaient pas encore arrivées, manifestement. Ce n'était pas grave, tant qu'Angela était présente.

Jackson les conduisit à une table près de la plage où était installée une petite blonde, qui grignotait des frites.

— Salut, Riley, lui dit-il. Comment ça va ? Mieux, j'espère ?

Elle fixa Ethan, l'air un peu paniquée.

— Tout va bien. Je te présente Ethan. Tu te souviens, je t'ai dit que je venais avec quelqu'un ayant vécu la même chose ?

— Je m'en souviens, oui.

Elle déglutit et détourna le regard, pour ne pas avoir à fixer le jeune livreur.

— Je ressemblais à ça pendant plusieurs jours après... Le rétablissement a été horrible. J'ai encore des tremblements.

Ethan hocha la tête.

— Oui, ça arrive.

Les deux jeunes gens se turent quand le serveur vint prendre leur commande. Comme tous demandèrent de l'eau, Hope l'intercepta pour commander des nachos, afin que le jeune homme n'ait pas perdu son temps. Lorsqu'il fut reparti, elle se tourna vers Riley et se présenta.

— Enchantée, Riley.

La jeune femme poussa un grognement qu'elle ne sut pas comment interpréter.

— Hum, d'accord. Pouvez-vous nous dire comment vous avez obtenu votre Cendrex ? Ou bien de qui, plus précisément ?

— Pourquoi ? Vous voulez que je vous branche ensemble ? rétorqua sèchement Riley, les yeux plissés.

— Riley, intervint Jackson en soupirant. Je croyais que tu voulais nous aider à faire tomber les gens qui t'ont fait ça.

— Pas les gens, non. La personne, rectifia-t-elle en fixant Hope d'un air dégoûté. Comme si elle ne le savait pas déjà. Pas vrai, Hope ?

Elle fronça les sourcils et essaya de déchiffrer les pensées de la jeune femme, mais elle ne perçut que le mot « salope ». *Eh bien*, songea-t-elle. Comment était-elle parvenue à se faire détester aussi vite ?

— Je ne sais pas de quoi vous parlez.

— Oui, c'est ça. Est-ce que vous faites ça ensemble, votre

copain et vous ? Est-ce que c'est votre façon de me dire de me taire ?

— Je ne sais vraiment pas…

Ethan sursauta tout à coup et inspira vivement. Tournant la tête, Hope suivit son regard et aperçut Yasmeen et Peggy Pitsman un peu plus loin sur la terrasse.

— Ethan, persifla Riley, tiens le coup.

Il secoua la tête et se leva.

— Je ne peux pas. Il faut que j'y aille.

Il fila sur la plage avant que quiconque parvienne à l'en empêcher, courant vers la jetée.

— C'était quoi, ça ? demanda Hope.

— Il a peur que vous lui régliez son compte s'il se met à parler, expliqua Riley.

— Moi ? s'écria Hope, choquée. Pourquoi est-ce que je ferais une chose pareille ? J'essaie de l'aider.

— Arrêtez de jouer les imbéciles. Tout le monde sait que c'est vous la femme qui fournissez la drogue, cria-t-elle en se levant, avant de se tourner vers Jackson. Je ne sais pas à quel jeu tu joues, mais je me casse. Je ne veux plus être mêlée à cette drogue dangereuse, tu m'entends ? Maintenant, laisse-moi tranquille et ne t'approche pas non plus de mes amis.

Elle partit à grands pas vers l'intérieur du bar.

— Mais c'était quoi, ça…, commença Hope, avant de remarquer le léger signe de tête approbateur que Yasmeen adressa à Riley.

Un calme inquiétant s'empara d'elle. Elle avait été piégée. Riley essayait de lui mettre le trafic sur le dos, bien qu'elle ne comprenne pas pourquoi. Elle jeta un coup d'œil à Peggy et Yasmeen, qui la fixaient avec intensité. Puis Peggy se leva brusquement de sa chaise et se rua sur elle.

Hope se mit debout et montra ses mains pour lui dire de

s'immobiliser, mais Peggy la repoussa avec force, la faisant trébucher sur la table, qui s'écroula par terre, éclaboussant le sol d'eau.

— Vous ! C'est votre faute si ma fille a failli mourir ! déclara Peggy en la poussant une nouvelle fois. Je savais que vous étiez une fauteuse de troubles. Je le savais. Comment osez-vous me demander de publier un démenti concernant vos pratiques commerciales et me promettre de trouver la personne ayant donné de la drogue à ma fille ? Vous êtes détestable. Une ordure. Que quelqu'un appelle la police ! Qu'ils viennent enfermer cette salope avant que je l'enterre vivante.

— Hé, intervint Jackson en essayant de se placer entre elles. Ça suffit. Peggy, calmez-vous. Hope n'a rien à voir avec ces drogues et vous le savez aussi bien que moi.

— Non. J'ai entendu cette fille. Elle vient de le crier haut et fort, et Hope n'a pas nié. Elle ne nie toujours pas, même si je lui hurle dessus.

Parce que Hope était trop occupée à surveiller Yasmeen, qui tapait furieusement sur son portable en pensant : *« Une personne de moins. Plus qu'une. »*

Tout ceci était donc calculé ? Yasmeen était-elle derrière tout cela ? Ou bien essayait-elle juste de faire de la vie de Hope un enfer ? Elle regarda sa mère, qui fixait aussi Yasmeen intensément, comme si elle se concentrait.

Hope reporta son attention sur Peggy, qui pleurait désormais et continuait à l'accuser d'avoir failli tuer sa fille.

— Peggy, jamais je ne prendrais de la drogue, encore moins du Cendrex, et jamais je n'aurais l'idée d'en produire et d'en vendre. Je ne sais pas pourquoi Riley me croit responsable, mais je vous assure que ce n'est absolument pas vrai.

— Je ne vous crois pas, lança sèchement l'autre.

— Je suis navrée de l'entendre.

Elle s'apprêtait à rejoindre Yasmeen, afin de la confronter, quand elle entendit Joy l'appeler frénétiquement.

— Hope ! répéta son amie en apparaissant sur la terrasse, Gigi sur les talons. Il faut qu'on y aille. Tout de suite. C'est Lucas. Il s'est fait arrêter.

CHAPITRE 28

Le cœur de Hope cessa de battre en apprenant la nouvelle.

— Arrêter ? souffla-t-elle. Pourquoi ?

— Il est accusé de possession de Cendrex dans l'intention d'en vendre. La police vient de l'interpeller, et ils avaient un mandat pour fouiller ses affaires.

Joy tira sur son bras.

— Nous devons lui trouver un avocat. Viens.

Hope était figée. Quand elle avait appris qu'il était impliqué, elle n'y avait pas vraiment cru. Elle pensait qu'il s'agissait d'une erreur. Lucas n'était pas du genre à enfreindre la loi ou fabriquer des drogues.

Mais ça fait quinze ans. Tu ne le connais plus aussi bien, se dit-elle, à nouveau prise de nausées.

— C'est bien ce que je pensais, commenta Yasmeen. Vous méritez d'être enfermés, votre copain et vous. Heureusement que je ne vous ai pas engagée. Vous imaginez les ordures que vous auriez invitées à ma soirée d'inauguration ?

Elle fourra son portable dans sa poche arrière et ajouta :

— Peggy, allons-y. Nous avons mieux à faire que rester avec ces criminels.

Yasmeen poussa Hope, manquant de la faire tomber, mais elle fut coupée dans son élan par Angela, qui se plaça sur son chemin.

— Vous avez un sacré culot, grogna celle-ci. Comment osez-vous accuser ma fille et Lucas ? Vous vous prenez pour un génie parce que vous croyez avoir réussi à faire plonger quelqu'un d'autre pour votre drogue mortelle. Vous vous en êtes même prise au mari de la maire et l'avez fait chanter afin qu'il vous aide, après que vous l'avez piégé. Tout ça pour prendre le travail de la maire et transformer Prémonition en capitale de la drogue. Eh bien, sale garce, vous savez quoi ? C'est moi qui me mets en travers de votre route, aujourd'hui. Vous ne vous en sortirez pas comme ça.

Yasmeen la fusilla du regard.

— Vous êtes folle, comme votre fille. Vous aurez peut-être droit à une entrée achetée, une entrée offerte à l'hôpital psychiatrique.

Hope ne quitta pas sa mère des yeux. Elle savait au plus profond de son être qu'Angela avait entendu les pensées de Yasmeen concernant la pagaille qu'elle avait semée en ville. Tout était vrai. Ce qui signifiait que Lucas n'était pas mêlé à tout ça. Le soulagement l'envahit, et la tension qui l'avait figée sur place commença à se dissiper.

— Hope ? répéta Joy. Il faut qu'on y aille. Lucas s'est fait arrêter.

Hope allait s'approcher d'elle, mais elle fut pratiquement bousculée par Peggy Pitsman qui s'était mise à courir pour tacler Yasmeen, laquelle cherchait à quitter les lieux.

— Espèce de salope ! cria Peggy en lui tirant les cheveux. C'est toi qui as fait ça à ma fille et tu vas le payer !

Yasmeen poussa un cri et lui donna un coup de coude dans les côtes. L'étreinte de Peggy se relâchant, Yasmeen roula sur elle-même et se releva maladroitement.

— Peggy ! Tu ne vas quand même pas croire ces mensonges, n'est-ce pas ? Je suis ton amie. Je ne ferais jamais…

Peggy se rua sur elle et lui donna une gifle. Violente.

— Angela est télépathe. Et puissante. Je présume que tu l'ignorais. Maintenant, nous savons tous quelle femme horrible tu es. Une femme qui se fait de l'argent en filant de la drogue à des gamins… ouille !

Yasmeen lui avait mis un coup dans le ventre, et les deux femmes se roulèrent par terre à nouveau, faisant tomber les tables et les chaises sur leur passage.

Hope les regarda faire, écœurée, puis rejoignit Joy.

— Allons-y. Nous devons trouver le moyen de faire sortir Lucas.

— Je viens avec vous. J'ai toutes les informations pour laver son nom, annonça Angela en lui serrant doucement le bras.

Elle sourit, reconnaissante.

— Merci, maman. Sans toi…

Elle secoua la tête.

— Je ne veux même pas y penser.

— Et tu n'as pas à le faire. Je suis là pour te protéger, mon lapin.

Elle lui serra la main.

— Allez, viens. Allons récupérer ton homme.

— Je reste ici afin que la police puisse récolter un maximum de témoignages, déclara Grace.

— Moi aussi, annonça Gigi.

— Merci, les filles. Jackson ? Tu veux venir avec nous ou… ?

Il secoua la tête.

— Non, je vais chercher Ethan. Je pense qu'il voulait

sincèrement nous raconter tout ce qu'il s'est passé, mais qu'il a perdu courage quand Riley s'est mise à déverser tout son venin.

— Oui, je le crois aussi.

Hope se tourna vers Angela.

— C'est Yasmeen qui lui a dit de faire ça, n'est-ce pas ?

Sa mère opina.

— Oui. Yasmeen a découvert que Jackson et toi enquêtiez, et elle a décidé de payer certaines personnes pour te piéger. Son plan consistait à faire arrêter Lucas et à te désigner comme sa complice. Riley était dans le coup. Ethan, lui, ne voulait pas être mêlé à ça. Il n'est venu que parce que Yasmeen les a menacés, sa famille et lui.

C'était ce que Hope soupçonnait. Elle se tourna vers Jackson.

— Va le trouver. Il a vraiment besoin d'un ami. Si tu peux le convaincre, faire une déposition lui permettra d'éviter pas mal d'ennuis.

— Je m'en charge.

Il partit sur la plage, en direction de la jetée.

Hope jeta un dernier coup d'œil aux deux femmes qui se battaient toujours sur la terrasse, puis sortit du *Jardin du Bar de mer*, bien décidée à aller libérer son homme.

Hope était dans une salle d'interrogatoire en compagnie d'Angela, et fulminait. Cela faisait pas moins de cinq heures qu'elles se trouvaient au poste, et pourtant personne n'avait encore trouvé le temps de leur parler. C'était même un miracle si elles avaient pu accéder à cette pièce. À leur arrivée, elles s'étaient renseignées pour faire sortir Lucas sous caution.

Cette dernière n'avait cependant pas été fixée encore, et elles devaient attendre. Puis elles avaient voulu faire une déposition concernant les événements, et on les avait ignorées.

Hope avait fait les cent pas, angoissée de ne pouvoir rien faire, tandis que Joy les fournissait en snacks pris au distributeur. Angela avait eu un meilleur plan. Elle avait commencé à réciter toutes les pensées du policier de l'accueil. Même quand il avait songé qu'il avait très envie de rentrer chez lui pour se faire une pédicure.

Lorsqu'elle avait révélé qu'il craquait pour l'une de ses collègues dont il rêvait de vernir les ongles, il était devenu rouge vif et impatient de se débarrasser d'elles. C'est là que Hope et Angela avaient atterri dans la salle d'interrogatoire. Joy n'avait plus eu qu'à les attendre devant. Hope se demandait si l'inspecteur en charge de l'enquête allait venir leur parler un jour.

— Je devrais peut-être balancer les secrets de tout le monde, déclara Angela. Lui, là-bas, se fait une teinture.

— Je ne suis pas sûre que ce soit suffisamment embarrassant pour attirer l'attention, maman.

— Une teinture des poils pubiens.

Hope explosa de rire.

— Quelle idée ! Mais pourquoi ?

— Il ne veut pas avoir l'air vieux quand il se déshabille. Les beaux vieux, c'est séduisant, jusqu'à ce qu'on se retrouve confrontée à leur serpent au milieu de son herbe grise.

Hope leva les yeux au ciel.

— N'importe quoi.

Angela rit.

— Mais ça t'a distraite quelques secondes, non ?

Un coup sur la vitre les fit sursauter, puis la maire entra et s'installa dans la pièce.

— Bonjour, Hope, Angela. J'ai entendu dire que vous veniez faire une déclaration concernant les événements survenus au *Jardin du Bar de mer.*

Hope se redressa, les mains à plat sur la table.

— Lucas ignorait qu'il était mêlé au trafic de Cendrex. Il s'est fait piéger.

Iris Hartsen hocha la tête.

— Je sais.

— Ah bon ? s'écria Hope. Alors pourquoi s'est-il fait arrêter ?

— Les enquêteurs n'avaient pas connaissance de toutes les informations que nous collections ces dernières semaines. C'était un sujet… délicat.

Hope se tourna vers sa mère et, surprise, la vit sourire.

— Maman, qu'est-ce que tu me caches ?

— Vous êtes vraiment sournoise, madame, la félicita Angela.

Iris lui rendit son sourire.

— Tom a dû découvrir à présent que j'avais toujours trois coups d'avance sur lui tout ce temps. Mon seul regret, c'est de n'avoir pas eu les preuves plus tôt permettant d'arrêter le trafic. Trop de personnes ont été blessées à cause du Cendrex distribué en ville.

— O.K., si quelqu'un pouvait m'expliquer, s'exclama Hope en levant les bras au ciel. Vous saviez que Yasmeen était la baronne de la drogue et que votre mari était impliqué ?

Iris hocha la tête.

— Quand Tom a commencé à travailler avec elle, j'ai compris qu'ils tramaient quelque chose, même si j'ignorais quoi.

Hope haussa les sourcils.

— Vous ne les soupçonniez pas d'avoir une liaison ?

— Oh, si, bien sûr, répliqua la maire en agitant la main, comme si ce n'était pas important. Mais quand de grosses sommes d'argent non comptabilisées ont commencé à apparaître sur le compte de Tom, j'ai compris que quelque chose n'allait pas. J'ai demandé à un policier de confiance d'enquêter discrètement pour moi. Je ne peux pas vous en dire plus, puisque l'enquête est encore en cours. Mais je peux vous confirmer que Lucas King a été relâché et qu'aucune charge n'a été retenue contre lui. Il ne va pas pouvoir ouvrir sa boutique pendant une semaine ou deux, le temps que nous collections des preuves, mais à part ça, tout ira bien pour lui.

Hope en fut tellement soulagée qu'elle faillit s'affaler sur la table. Il restait cependant des zones d'ombre à éclaircir.

— Pouvez-vous au moins nous dire comment son magasin s'est retrouvé être le fournisseur de la drogue ?

— Je dois pouvoir vous répondre, oui, puisque vous pourrez tout saisir de toute façon quand vous retrouverez Lucas, dit Iris en souriant. Tom s'y est rendu un jour pour acheter une petite table…

— C'est vrai. Lucas m'a dit que l'entreprise de Tom l'aiderait à se débarrasser de sa sciure. Ils prévoyaient d'en faire quelque chose.

Elle écarquilla les yeux.

— Du Cendrex ?

Iris confirma.

— Mais la sciure devait être traitée avec une substance spéciale et sécher quelques jours avant d'être récupérée. Alors Tom a fait en sorte de la livrer sous forme liquide au magasin de Lucas, qui a ensuite « traité » sa sciure, et un des livreurs de Tom venait la chercher pour la conditionner en pastilles que les gens fumaient. C'était plutôt ingénieux, sauf qu'il n'a pas pu me cacher ses manœuvres. Voilà pourquoi nous sommes là aujourd'hui.

— C'est… ouah, s'exclama-t-elle, estomaquée. Et Yasmeen est la tête pensante ?

— On peut dire ça comme ça, répliqua Iris en se levant. C'est tout ce que je peux vous dire pour le moment. En plus, je crois que quelqu'un vous attend.

D'un geste du menton, elle indiqua à Hope de regarder derrière elle.

Hope pivota et découvrit Lucas, très fatigué. Elle se leva vivement de sa chaise et courut le rejoindre.

— Bon sang, tu es un vrai régal pour les yeux, lui dit-il, humant son odeur.

— Moi aussi, je suis contente de te voir. Quand Joy m'a dit que tu t'étais fait arrêter, j'étais tellement inquiète. Ensuite, nous avons dû attendre pendant des heures pour pouvoir leur rapporter ce que maman a entendu dans les pensées de Yasmeen. Je ne croyais pas que nous réussirions à te faire sortir d'ici ce soir.

Il passa les mains dans les boucles de Hope pour s'accrocher à elle.

— Tu n'as pas cru que j'étais devenu un baron de la drogue, n'est-ce pas ?

Elle hésita, ne sachant pas trop quoi dire.

Lucas recula et la fixa, troublé.

— Hope ?

— Non. Pas vraiment. Je te *connais*. Donc, au plus profond de moi, je n'y croyais pas vraiment. Mais j'ai douté quelques minutes. Tout ça se passait dans ta boutique sans que tu le saches.

— Savoir que ça a transité par mon magasin…

Il grogna de frustration.

— Ça me donne envie de frapper quelque chose... ou quelqu'un.

Elle posa la main sur sa joue.

— Si ça peut t'aider, sache que Peggy Pitsman a essayé de mettre une raclée à Yasmeen.

Il cligna des paupières, puis rit à gorge déployée.

— Tu me fais marcher, n'est-ce pas ?

— Non. C'était grandiose. Je suis pratiquement sûre que Peggy a gagné.

Riant toujours, il lui prit la main.

— Tu vas devoir me décrire la bagarre dans les moindres détails sur le chemin du retour.

— Promis, accepta-t-elle en lui souriant, contente d'avoir réussi à le faire rire.

— Angela, voyez-vous un inconvénient à ce que Hope vienne dormir chez moi ce soir ? demanda-t-il à sa mère, qui les suivait pour sortir du commissariat.

— Non, aucun. Assure-toi juste de lui préparer du café demain matin, ou bien tes soins post-coït laisseront un peu à désirer. Tu sais comment est Hope sans son café.

— Ignore-la, exigea Hope. Et ne demande plus jamais la permission pour que je découche. Je suis une femme adulte. Je prends seule mes propres décisions.

— Bien sûr, confirma-t-il en hochant la tête. Je voulais juste l'informer que tu ne rentrerais pas ce soir. Nous avons des projets.

Sur ces mots, il la souleva en un geste plein de souplesse et la porta jusqu'à sa Toyota Highlander.

— Qui conduit ? Toi ou moi ?

Elle lui lança un sourire ironique.

— On dirait que tu as déjà pris les commandes.

— C'est vrai ?

Il lui caressa le cou du bout du nez et la porta jusqu'au siège passager, où il l'installa avant de contourner la voiture pour se mettre côté conducteur.

— Où est ta mère ? Elle a besoin d'être ramenée ?

Hope tourna la tête et la vit déjà en train de monter dans la voiture de Joy.

— Il semblerait que ce soit réglé. Allons-y. J'ai envie de prendre une douche avec toi.

Lucas hocha la tête, mit le moteur en route, puis fila comme s'ils avaient le feu aux trousses.

— Quelqu'un a faim, le taquina-t-elle.

— Hope, je viens de sortir de prison. J'ai du temps à rattraper.

— Oh ? Je sens que ça va être sauvage.

— C'est un défi ?

— Un peu, oui, répliqua-t-elle, souriant de toutes ses dents.

— ET SI ON se mariait au printemps ? lança Lucas alors qu'il jouait avec les doigts de Hope le lendemain matin, sur la balancelle de la terrasse.

Hope, qui était en train de boire le meilleur café de sa vie, recracha tout.

— Quoi ?

— Au printemps ? Le mariage ? Toi dans une robe blanche ? Moi dans un costard ? Ou nous pouvons faire plus décontracté sur la plage, si tu préfères. Juste toi, moi, nos mères et le coven. Je ne suis pas difficile, tant que je peux enfin t'appeler « ma femme ».

Elle le dévisagea, bouche bée. Puis secoua la tête, éberluée.

— Tu es sérieux ? Après tout ce temps, c'est *comme ça* que tu me fais ta demande ?!

— Quoi ? Tu t'attendais à une grande annonce ? Avec quatuor à cordes, un millier de tournesols ou encore un petit déjeuner royal juste pour tous les deux, où je me mettrais à genoux pour t'offrir un diamant de trois carats ?

— Oui, quelque chose du genre, marmonna-t-elle en observant les deux labradors qui s'ébattaient dans le jardin. C'est mille fois mieux que « hé, Hope, si on se mariait ? » Franchement. Je ne demande pas des tonnes de romantisme non plus, mais…

Elle se tut quand elle vit Lucas sortir un écrin en velours bleu de sa poche et poser un genou à terre. Il lui adressa le petit sourire suffisant qu'elle aimait tant et ouvrit la boîte. Elle baissa le regard et plissa les yeux en avisant l'énorme pierre sur laquelle se reflétait le soleil, manquant de l'éblouir.

— Oh mon Dieu. Dis-moi que je ne rêve pas.

— Tu ne rêves pas, Hope. Je t'ai déjà perdue deux fois, car nous avions tous les deux besoin à ce moment-là de quelque chose que l'autre ne pouvait pas nous apporter. Mais tu sais ce qu'on dit : la troisième fois, c'est la bonne.

Elle pouffa tout en s'essuyant les yeux.

— J'ai déjà entendu cette théorie, oui.

— Je t'aime depuis mes dix-sept ans. Il nous a peut-être fallu trente ans pour en arriver là, mais maintenant que nous y sommes, je ne veux pas perdre une seule autre journée.

Il lui prit la main gauche et ajouta :

— Hope Anderson, veux-tu faire de moi le plus heureux des hommes en acceptant de devenir ma femme ?

— Oui, répondit-elle, criant presque.

Puis elle se mit à genoux et se jeta sur lui, l'embrassant passionnément.

Lorsqu'ils arrêtèrent pour respirer, il éclata de rire.

— Tu veux ta bague ? Ou bien tu vas attendre le jour du mariage ?

Elle observa l'écrin et pouffa.

— Oui, je la veux. Mais j'avais encore plus envie de t'embrasser.

— Et c'est pour ça notamment que je t'aime, répliqua-t-il en lui faisant un clin d'œil, avant de lui passer l'anneau au doigt. Allez, viens.

Il la mit debout.

— Où allons-nous ? demanda-t-elle, incapable de détourner le regard de la bague de fiançailles ancienne qui brillait à son annulaire.

Elle était parfaite. Si Hope avait dû la choisir, elle n'en aurait pas pris une autre.

— Prendre le petit déjeuner.

Sur la table de la cuisine, elle découvrit un large éventail de gourmandises : pancakes, croissants, œufs, bacons, toasts, jus d'orange pressé à côté d'une assiette de muffins aux myrtilles. Elle éclata de rire. On aurait dit la scène du petit déjeuner dans *Pretty Woman*. Lorsqu'ils prenaient le petit déjeuner à l'époque où ils sortaient ensemble, elle lui disait qu'un gentleman devait commander tout ce qu'il y a sur le menu pour sa femme, comme Edward Lewis le faisait pour Vivian. Hope se tourna vers lui pour l'enlacer.

— Je n'en reviens pas que tu t'en sois souvenu.

— Ma chérie, je me souviens de tout.

Il lui releva le menton pour s'emparer de ses lèvres, lui coupant le souffle.

— Prenez-vous une chambre, lança la mère de Lucas en entrant dans la cuisine.

Hope s'écarta juste assez de Lucas pour la regarder par-dessus l'épaule de ce dernier. Elle agita sa main gauche.

— Vous étiez au courant, Bell ?

— Évidemment. Qui l'a aidé à choisir la bague, d'après toi ? répliqua-t-elle en lui faisant un clin d'œil. Félicitations. Et maintenant, je suis sérieuse, trouvez-vous une chambre. Certaines personnes ont des choses à faire par ici.

Riant, Lucas souleva Hope dans ses bras et obéit à sa mère, lui faisant oublier toute idée de petit déjeuner à la *Pretty Woman.*

CHAPITRE 29

— Ça va bientôt être ton tour, dit Joy à Hope alors que, assises sur des chaises blanches sur la falaise, elles regardaient Skyler et Pete mener leurs deux shih tzus jusqu'à l'autel.

Polly portait une blouse en satin blanche très ample et Drew la plus adorable des vestes à carreaux agrémentée d'un nœud papillon assorti. Ils étaient tellement mignons que tout le monde craquait.

— N'importe quoi. Je porterai un bikini et un sarong, et Lucas un short de bain, insista Hope.

Joy leva les yeux au ciel.

— Pas si Bell et Angela s'en mêlent.

Au soupir de Hope, Joy comprit que son amie allait bientôt céder. Angela et Bell avaient toutes les deux cru ne jamais voir le jour où leurs enfants se marieraient. Elles avaient donc très envie de participer à la cérémonie. Hope ne leur refuserait jamais ce plaisir, quel que soit son propre désir de fuir pour se lier à l'homme de ses rêves.

— On pourrait croire que c'est plus facile à organiser pour

une femme comme moi dont c'est le métier. Mais en fait, chaque fois que j'y réfléchis, je me fiche de tout. Tout ce que je veux, c'est l'épouser, point barre.

Au tour de Joy de soupirer. Elle avait été cette femme, tant d'années plus tôt, quand Paul et elle s'étaient fiancés. Elle aussi se fichait de la cérémonie. Tout ce qu'elle désirait, c'était entamer sa vie aux côtés de l'homme dont elle était follement amoureuse. Pas de chance, ce connard s'était barré presque trente ans plus tard. Maintenant, elle reprenait à zéro, un peu perdue. Elle cherchait un travail comptant davantage à ses yeux que d'être volontaire pour le *Marché des Artistes*.

Elle voulait aussi un rencard. Bien qu'elle soit tentée par Tinder, elle n'avait pas vraiment envie de rencontrer un homme via Internet. Qu'étaient devenus les vrais rendez-vous ?

— C'est un peu de la folie, vous ne trouvez pas ? commenta un homme à côté d'elle.

Elle sursauta légèrement ; elle n'avait pas remarqué que quelqu'un s'installait sur la chaise voisine.

— Bon sang, Troy. Quand êtes-vous arrivé ? souffla-t-elle à l'homme élancé aux doux yeux bleus.

Détaillant son torse, elle ne put s'empêcher de se demander ce que cachait sa chemise blanche parfaitement coupée.

— À l'instant. Je suis content de n'avoir pas manqué les vœux. Comment vont-ils faire ? S'aboyer dessus ? Partager une friandise ? Se renifler le derrière ?

Joy gloussa, puis étouffa son rire en récoltant des regards mauvais de la part du rang devant.

— Merci, souffla-t-elle. Maintenant, je ne vais pas être invitée à leurs noces d'argent, c'est malin.

— D'ici là, vous serez pardonnée. Et sinon, vous pourrez

toujours passer la journée à la plage, au spa ou dans mon jaccuzzi.

Il lui adressa un petit sourire sexy qui éveilla l'intérêt de ses parties intimes.

Il flirtait avec elle. Oh, par les déesses. Se souvenait-elle comment faire ? Depuis combien de temps un homme séduisant ne s'était-il pas intéressé à elle ? Elle ne s'en souvenait pas. Bon sang, elle ne se souvenait même pas de la dernière fois qu'elle avait couché avec quelqu'un, y compris son mari.

— Vous êtes en train de rater le plus important, lança-t-il tout à coup en lui donnant un petit coup de coude.

— De rater quoi ?

Elle se rendit compte que la cérémonie était terminée et que Pete et Skyler redescendaient l'allée avec leurs précieux chiots, invitant tous les convives à rejoindre leur maison pour la réception.

— Content que ça n'ait pas duré toute la journée, commenta Troy. Puis-je vous escorter jusqu'à la fête ?

— Bien sûr.

Elle jeta un coup d'œil du côté de Hope et Lucas, pour leur dire qu'elle les retrouverait là-bas, et les découvrit en pleine conversation avec Iris Hartsen. Elle devait sans doute les informer que son mari avait réussi à conclure un accord pour éviter la prison. Aucune négociation n'avait cependant fonctionné avec Iris. Dès l'instant où il était sorti de prison, elle l'avait mis à la porte. *Elle a bien fait,* pensa Joy. Iris n'avait pas besoin d'un homme non fiable.

Elle reporta son attention sur Troy et passa son bras dans le creux du sien.

— Je les retrouverai plus tard. Allons-y.

Ils empruntèrent la route de bord de mer qui menait chez

Pete et Skyler. Avant d'y parvenir, Troy s'arrêta devant une maison de style moderne dotée de grandes fenêtres.

— J'ai oublié le cadeau. Voulez-vous entrer le temps que je le récupère ?

— Vous me posez vraiment la question ? Évidemment que je veux. Je n'ai jamais vu d'aussi belle maison. Ça doit être épuisant de contempler cette vue sans arrêt, le taquina-t-elle.

Il esquissa un petit sourire.

— Vous savez ce qu'on dit. Quitte à ce que quelqu'un en profite, autant que ce soit moi.

— Mon pauvre. Je vous plains.

Il ouvrit la porte de chez lui, où, en lieu et place des nuances de blanc qu'elle s'attendait à trouver, elle découvrit les murs peints en une chaude teinte taupe et des photos sur pratiquement toutes les surfaces verticales. Qui n'étaient honnêtement pas très nombreuses, vu toutes les fenêtres. Mais quand même, c'était impressionnant.

Tandis que Troy partait chercher le cadeau, Joy se perdit dans la contemplation des clichés imprimés aux murs. L'un en particulier, montrant une femme enroulée dans un drap de soie, qui paraissait avoir passé la nuit de sa vie. Elle était incapable d'en détourner les yeux. Cette femme dégageait une sensualité si puissante que Joy l'envia.

— Vous êtes encore plus belle que cette mannequin, vous savez, commenta Troy. J'adorerais vous photographier un jour. Vous feriez un magnifique sujet.

Cette pensée l'excita. Elle avait été top model, plus jeune, avant d'épouser Paul, et avait même souhaité être actrice. Cela remontait toutefois à longtemps.

Elle se tourna vers Troy.

— Vous êtes sérieux ? Parce que ça ressemble davantage à une invitation qu'à une vraie offre d'emploi.

Il pencha la tête et plissa un peu les yeux.

— Oui, je suis sérieux. J'engage des mannequins tout le temps. Je paie le tarif standard. Réfléchissez-y et tenez-moi au courant, d'accord ?

— Oui, d'accord.

— Je suis curieux, cela dit. Pourquoi trouvez-vous que ça ressemblait à une proposition ?

Elle haussa les épaules.

— Il est assez évident que cette femme vient de passer une nuit torride. Et vu comme elle regarde l'appareil, je suis certaine que vous deux avez…

Elle agita la main.

— Vous savez.

Il haussa les sourcils.

— Non. Quoi ?

Sa bouche s'assécha, et elle se demanda tout à coup ce qui l'avait prise d'aborder ce sujet.

— Vous savez. Fait l'amour. Vous veniez de coucher ensemble.

— Ah bon ?

Des petites rides apparurent au coin de ses yeux quand il sourit.

— Vous prétendez que ce n'est pas le cas ? répliqua-t-elle, les mains sur les hanches.

— Exactement.

— Je ne vous crois pas, dit-elle en secouant la tête. C'est impossible.

Il acquiesça pensivement.

— Je vois ce qui vous fait dire ça. Il est évident que le photographe a une relation particulière avec son sujet. Le seul problème avec votre théorie, c'est que ce n'est pas moi qui ai fait cette photo. C'est l'un de mes amis, et la femme était sa compagne de l'époque. Aujourd'hui, ils sont mariés. Si j'ai ce cliché chez moi, c'est pour me rappeler que l'amour doit toujours être plein de passion, de fougue, d'ardeur, et tout ce qui nous illumine de l'intérieur. C'est ce que je cherche un jour. Pas vous ?

Joy en perdit le souffle. La déclaration de Troy lui donnait envie de lui sauter dessus. Elle posa une main sur son torse et le fixa dans les yeux.

— Si, souffla-t-elle. Plus que tout.

Sans hésiter, il se pencha pour réclamer ses lèvres. Le baiser fut plein de passion, de besoin. Joy enlaça ses épaules musclées et accepta tout ce qu'il avait à lui offrir.

Lorsqu'ils s'écartèrent enfin, les yeux de Troy étaient emplis de désir, une lueur qu'elle n'avait pas vue depuis trop longtemps dans le regard d'un homme.

— Bon sang, Joy, je vous veux. Plus que tout. Serait-ce déplacé de ma part de vous demander de passer l'après-midi avec moi, dans mon lit ?

Ils se fixèrent pendant une éternité tandis que les étincelles jaillissaient entre eux. Et bien qu'il lui ait offert un travail de modèle et que ce soit donc faire preuve de manque de professionnalisme total que de coucher avec le photographe, rien n'aurait pu l'empêcher d'accepter la proposition de Troy.

Parce qu'il était temps pour elle de se remettre en selle.

À PROPOS DE L'AUTEURE

Deanna Chase, auteure de best-sellers aux classements du New York Times et de USA Today, a grandi en Californie, avant de s'installer dans le sud-est de la Louisiane, au rythme de vie plus tranquille. Quand elle n'écrit pas, elle passe du bon temps à La Nouvelle-Orléans avec son mari ou elle joue avec ses deux chiens shih tzu. Pour plus d'informations et actualités sur ses nouvelles parutions, visitez son site web, deannachase.com.

www.ingramcontent.com/pod-product-compliance
Lightning Source LLC
LaVergne TN
LVHW091116080826
845145LV00008B/1939

9781953422248